Alain Guyard, né en 1966, professeur de philosophie, est l'auteur de trois romans.

DU MÊME AUTEUR

La Fin de la franc-maçonnerie
Edimaf, 2003

Le Projet Salomon
Dervy, 2006

Alain Guyard

LA ZONZON

ROMAN

Le Dilettante

TEXTE INTÉGRAL

ISBN 978-2-7578-2785-7
(ISBN 978-2-84263-675-3, 1re publication)

L'Épitaphe de Villon
en forme de ballade

Frères humains qui après nous vivez,
N'ayez les cœurs contre nous endurcis,
Car, si pitié de nous pauvres avez,
Dieu en aura plus tôt de vous mercis.
Vous nous voyez ci-attachés, cinq, six :
Quant de la chair que trop avons nourrie,
Elle est piéça dévorée et pourrie,
Et nous, les os, devenons cendre et poudre.
De notre mal personne ne s'en rie :
Mais priez Dieu que tous nous veuille absoudre !

Si frères vous clamons, pas n'en devez
Avoir dédain, quoique fûmes occis
Par justice. Toutefois vous savez
Que tous hommes n'ont pas bon sens rassis.
Excusez-nous, puisque sommes transis,
Envers le fils de la Vierge Marie,
Que sa grâce ne soit pour nous tarie,
Nous préservant de l'infernale foudre.
Nous sommes morts, âme ne nous harie,
Mais priez Dieu que tous nous veuille absoudre !

La pluie nous a débués et lavés,
Et le soleil desséchés et noircis.

Pies, corbeaux nous ont les yeux cavés,
Et arraché la barbe et les sourcils.
Jamais nul temps nous ne sommes assis :
Puis çà, puis là, comme le vent varie
À son plaisir sans cesser nous charrie,
Plus becquetés d'oiseaux que dés à coudre.
Ne soyez donc de notre Confrérie,
Mais priez Dieu que tous nous veuille absoudre !

Prince Jésus qui sur tous a maîtrie,
Garde qu'Enfer n'ait de nous seigneurie :
À lui n'ayons que faire ni qui soudre.
Hommes, ici n'a point de moquerie ;
Mais priez Dieu que tous nous veuille absoudre !

I

Bouffon cabot

Je n'étais pas particulièrement destiné à la prison. À l'époque, je sillonnais tous les week-ends au volant de ma petite camionnette les routes sinueuses de l'Ardèche ou des Cévennes ; parfois, j'enquillais quelques heures d'autoroute ou de train pour m'aventurer de l'autre côté du Rhône dans la vallée lyonnaise et les monts du Forez. J'accostais à des terres lointaines, accueilli par un café brûlant ou un solide coup de pivois local dans des salles des fêtes éclairées au néon, les Maisons du Peuple surchauffées où les chaises manquaient, des bergeries retapées en ciné-clubs, des bibliothèques de patelins si petits que leur nom sur la carte masquait leur position, des bastringues pénombreux où l'on devait gueuler plus fort que les picolos pour se faire entendre sur la scène, des foyers ruraux, des apiculteurs, des caves à pinard, des baraques Algeco… À chaque fois, je déboulais dans ces coins improbables pour y prodiguer mes leçons de philosophie foraine, claironnant une gouaille fleurie sur l'estrade en déballant l'article.

Mon public n'était guère celui des cafés-philo pour intellectuels urbains et semi-professeurs se pavanant en philosophes, sortant leur science comme on sort sa bite dans les cabinets de l'école pour montrer qui a la plus longue. Non, c'était surtout un public rural, souvent peu diplômé, mais avec un appétit de pensée et une réelle soif de culture. C'étaient des pékins ordinaires, le populo réel et digne d'estime, invisible aux médias, cogitant à la va-comme-je-te-pousse, épaté par les univers philosophiques que je déployais pour eux et heureux de les explorer avec moi.

Un beau jour, à la sortie de mon boniment, dans une ancienne chambrée de nonnes reconvertie en tripot de village, Dominique vint m'entreprendre. Je savais qu'elle bossait plus ou moins au SPIP, le Service pénitentiaire d'insertion et de probation, le truc qui fait dans le social en prison, comme le porc à l'ananas dans le sucré au milieu du salé. Ou alors elle bossait à la PJJ, la Protection judiciaire de la jeunesse, je sais plus. Comme j'étais d'humeur jouasse, je joue au mec pris la main dans le sac sur un sale détournement de gamine. C'est des comme ça qu'elle fréquente, des fois, avec son turbin, Dominique.

– OK, OK, je dis en levant les mains comme si je capitulais, OK, elle était mineure. Mais, ma parole d'honneur, madame, à l'époque des faits, elle avait dépassé l'âge de la majorité sexuelle…

Mon sens de l'humour qui donne dans le gros et dans le demi-gros ne lui va pas droit au cœur. Elle secoue la tête de dépit. Mais comme je suis bon garçon, pas rancunier, je commande deux bien fraîches binouzes. Elle entame à peine la sienne, la repose, et me regarde de coin :

– Ça t'intéresse la prison ?

Merde. Je manque m'étouffer dans la mousse.

– Eh Dominique, je déconnais ! je réponds, affolé. C'était une vanne bidon ! Attends, tu me vois, moi, faire des conneries pareilles !?…

Elle soupire en se passant la main sur le front :

– Pas pour en faire, de la prison, abruti ! Pour y bosser !

– Ah bon, soupiré-je, soulagé. Mais qu'est-ce que j'y pourrais bien faire, moi, en zonzon ? que je dis, bravache, en ricanant à la cantonade, des stages de clown ?

Elle continue sur sa lancée.

– Y faire de la philo, banane. T'as pas peur des publics différents ?

– Non.

– Des publics mélangés non plus, t'as pas peur ?

– Ben non.

Je connaissais la prison par contumace, moi, sans m'y être frotté, comme qui dirait, par relations interposées. Je venais du quart-monde rural, de la Champagne pouilleuse, et la vie n'y est pas plus belle que dans les grands ensembles urbains. Mais c'est une misère que l'on tait : elle passe moins bien à l'écran que celles des cités car on y brûle rarement des tracteurs dans les labours pour passer au JT. Tous mes copains d'enfance avaient fini à la gendarmerie ou à l'armée pour fuir la misère et le chômage. Les rétifs au képi avaient logiquement fini taulards, le grand Poiscaille, qui était tombé pour une affaire de stups, et Frédo, qui avait braqué la poste du village avec le fusil de chasse de son grand-père. Pascal, lui, avait eu chaud aux fesses. Les bourres étaient venus voir sa mère pour la mettre en garde : la coco à la sortie des bahuts, c'est mal. Voilà, c'était par eux que je savais qu'existait le monde de la prison.

Dominique attendait la réponse. J'ai pensé à eux. Je me suis dit que j'étais un bel enfoiré de n'avoir jamais pris de nouvelles. Elle prit de nouveau la parole.

– Je t'ai vu. T'es assez bouffon pour descendre en prison. Et t'es suffisamment cabot pour pas te faire bouffer la gueule par les mecs.

Bouffon et cabot. Dominique savait parler aux hommes.

– Alors ? c'est oui ou merde.

– Oui, que j'ai dit.

Quelle merde.

Au moment où j'avais été recruté par Dominique pour faire le philosophe en prison, la France avait été sommée d'introduire de la culture dans les taules pour se mettre au diapason des normes européennes. C'était la belle aubaine. Et de baladin branleur à la présence précarisée, je devins, le temps d'un coup de baguette magique et bureaucratique, un *expérimentateur pédagogique en milieu carcéral.* On m'avait raccroché à un programme expérimental qui concernait la région Grand Sud, des Pyrénées au Rhône. On était cinq profs de philo, sous la tutelle du rectorat de Toulouse, et on devait descendre dans les taules comme la Légion française a sauté sur Kolwezi. C'était une joyeuse expérimentation, fondante à cœur et bordélique à souhait, dont le but était de voir si ça valait la peine, pour les enchristés, d'utiliser les outils conceptuels pour essayer de donner du sens à leur peine.

À cette époque, entrait dans la classe de philosophie qui voulait. Chaque lundi, j'avais l'impression d'être une call-girl sonnant à la porte d'un appartement dont on m'avait donné l'adresse, sans savoir qui allait ouvrir : un client sérieux qui paie bien et reste correct, une bande de bourgeois vicelards fêtant la fin de leurs études, un petit vieux lubrique qui voulait que je le fesse cul nu… Je pouvais tout avoir. Simplement, il y avait sélection naturelle : les toxicos n'arrivaient pas à se lever pour assister aux leçons, et les cas psychotiques lourds, qui sont si loin dans la souffrance que la verbalisation est impossible, ces cas ne descendaient guère dans un cours où la compétence requise reste, avant toute autre chose, la capacité au dialogue. En dehors de ces limites, tout le monde pouvait venir.

Les gens du dehors se berlurent souvent sur les gens du dedans qui font de la philo avec moi. Ils s'imaginent que c'est des étudiants, des boules, qui veulent passer un doctorat en droit et qui ont besoin de la philosophie en option, et qui finiront par devenir avocats des droits de l'homme ou directeurs culturels au Centre Pompidou. Mais non. Des cas comme ça sont exceptionnels, même s'ils existent, mais je n'en ai jamais trouvé sous le pied de mon cheval.

Ou alors, ils s'imaginent que c'est des garçons qui passent le bac en prison, que c'est une erreur de jeunesse et d'aiguillage et qu'ils n'en vendront plus, de la drogue dans leur lycée, et qu'ils le reprendront, le cabinet médical de leur papa, et qu'ils l'auront, leur bac, grâce à ces bizarres cours particuliers donnés par des également bizarres profs dépêchés par l'Éducation nationale derrière les barreaux. Mais non. L'Éducation nationale a autre chose à foutre qu'envoyer un prof donner des cours particuliers : il lui faut supprimer le nombre d'enseignants, réduire les postes aux concours, et s'arranger pour faire disparaître les humanités dans les lycées.

Ou alors, les gens croient que c'est des gens comme Bertrand Cantat, qui ont tué, s'interrogent sur le mal, et espèrent connaître la rédemption par les études de philosophie. Cantat, à Toulouse, a profité de sa détention pour valider une licence de philo, c'est vrai. Mais pour un Cantat capable de faire le point avec sa conscience, combien de types complètement paumés, dans une misère et une indigence qui sont autant économiques que sociales, culturelles et intellectuelles, incapables de mesurer la portée de leur geste ? J'ai eu en cours un des types qui avaient brûlé vive une jeune fille dans un bus à Marseille. Il avait arrosé le bus d'essence, fermé les portes en coinçant la femme à l'intérieur et mis le feu pour voir comment ça faisait. À la question de savoir s'il avait vraiment mesuré la portée de son geste, il a répondu que oui, et même qu'il avait eu peur. Il avait eu peur que son geste, de lancer le bouchon qu'il avait empli d'essence enflammée, n'ait pas une assez grande portée. Pas grand-chose à faire avec ce genre d'ordure.

Mon profil de clientèle, comme on dit chez les vendeurs de bagnoles d'occasion, n'obéit guère à ces stéréotypes. C'est plutôt du tout-venant, et rarement du saignant, heureusement. Pour l'immense majorité de ceux qui défilent aux leçons de philosophie, ce sont des types ordinaires, tombés pour violences conjugales, des conduites sans permis ni assurance, ou du trafic de stupéfiants. Et depuis quelques années, les paumés, les démunis, les largués, les sur-le-bord-de-la-route s'amassent et s'entassent en prison. Ce n'est plus la pauvreté à qui on a déclaré la guerre. C'est aux pauvres. Presque tous ceux qui viennent à mes leçons n'ont jamais entendu parler de philosophie avant.

Ma première leçon, je m'en souviens comme si c'était hier… À quatre heures du matin, la veille, je ne dormais toujours pas. Le lendemain, j'allais entrer en prison pour la première fois. Steph m'avait dit :

– T'inquiète. On te réserve la crème.

Brave Steph ! Il était le coordinateur de l'équipe pédagogique dans cette maison d'arrêt. Mais c'était surtout un semi-pro en boxe française. Un jour, il s'en est revenu d'un match un peu esquinté, mais bon… C'est les risques du métier. On était aux premiers jours du printemps et cyprès, mimosas et platanes pollinisaient à tour de bras. Et voilà mon Steph qui se trouve du jour au lendemain avec un pif au bruit de vieille tuyauterie.

– J'y comprends rien, qu'il dit à son toubib, j'ai jamais eu d'allergie de ma vie. Je me suis fait des fumigations à la fleur d'oranger, mais peau de nib, ça veut pas s'en aller. Est-ce que vous auriez pas des granules homéopathiques contre le rhume des foins ?

Son toubib l'ausculte et il lui dit, comme ça :

– Mon vieux Steph, c'est pas les fleurettes ou les poils de chatte qui foutent ton tarbouif à l'envers. Y a que t'as une fracture nasale depuis ton dernier match.

Voilà qui était Steph. Le genre de mec qui se fait exploser le pif à coups de latte et met les difficultés à respirer sur le compte des azalées et des violettes.

– Tu vas voir, il me disait, faut pas t'en faire une montagne. En général, c'est des mecs tranquilles. Mais attention, hein, attention surtout : va pas me foutre la révolution là-dedans, qu'il me disait, l'index courroucé.

Mais ça ne réglait pas mon problème à quatre heures du matin. Quel thème aborder ? Comment l'aborder ? Avec quels auteurs ? Je me disais que des taulards qui se lèvent un lundi matin pour assister à un cours de philosophie ne devaient pas être légion, et qu'ils devaient avoir un profil très spécial. Je m'attendais à voir défiler des Charlie Bauer, des Roger Knobelspiess, des Rouillan et Cipriani. Je voyais bien aussi arriver des rejetons de Louis Lecoin, de Paul Roussenq ou d'Alexandre Jacob. Je me disais qu'ils allaient débouler dans la leçon et te me la foutre à l'envers, profitant de l'occasion pour semer la révolution. Je pétochais à l'idée d'aborder la question sociale devant de tels gonzes. J'étais sûr qu'ils avaient été en tôle en Italie avec Toni Negri et qu'ils allaient m'interroger sur une subtilité très glandilleuse à propos du rôle des multitudes dans l'insurrection, de la place du prolétariat dans l'hypercapitalisme postindustriel, ou des machins fumeux comme ça, que j'y comprenais pas grand-chose et que ça me fatiguait. Au milieu de la nuit, rongeant mes ongles, je me berlurais magnifique, et grimais la truandaille en corporation postmarxiste, rompue à la dialectique de l'école de Francfort, à la critique sociale et à *Surveiller et punir* de Foucault.

Dans mon petit lit, tournicotant dedans mes draps mouillés de mauvaise sueur, je faisais des rêves wagnériens, où la maison d'arrêt était mise à feu et à sang à cause de moi, où des hordes émeutières pendaient des gendarmes avec les tripes des matons et déferlaient en une meute vengeresse sur la ville, violant femmes, filles et curés, pillant banques et postes, renversant le vieux monde. Et je voyais alors les cieux d'orage s'entrouvrir, et entre les nuées noires et grondantes, la tête de Steph apparaître, monumentale et biblique, avec un pif de phacochère et des brassées de mimosas plantées en dedans, qui pointait vers moi un index de Cecil B. DeMille et qui me disait d'une voix de Charlton Heston : « POINT NE FOUTRA LA RÉVOLUTION. » Et moi, alors, je me réveillais, trempé comme un Égyptien plongé dans la mer Rouge, haletant, affolé.

– Mais qu'est-ce que tu fous ? m'a demandé Vanessa les yeux en couilles d'hirondelle. T'as vu l'heure qu'il est ?

– Je ne sais pas quoi leur faire comme leçon, aux mecs, demain…

– Lève-toi, bouquine…

– Je n'y arriverai jamais.

Elle a soupiré de lassitude.

– Écoute le dernier CD que j'ai gravé. Y a les Rita et des vieux trucs des Négresses vertes. Il est dans la cuisine.

– C'est con que Noël, le chanteur des Négresses, y soit mort, hein ? j'ai hasardé.

– C'est con surtout parce que maintenant je suis réveillée.

J'ai écouté le truc. C'était bon, mais ça ne m'a pas permis de trouver le sujet. J'ai bu un coup, j'ai été pisser. Je me suis repagnoté en loucedé. Et là, sans prévenir, la ritournelle des Rita Mitsouko m'est revenue dans le ciboulot. *Les histoires d'amour finissent mal*. Je l'ai chantonnée dans la pénombre. Vanessa m'a insulté, mais j'étais content, parce que j'avais trouvé mon sujet, désamorçant tous les conflits de classe, et qui allait réunir tous mes lascars demain matin comme on rassemble des vieilles demoiselles à principes chez le pasteur pour une kermesse de Pâques avec chasse aux œufs et crêpes au beurre. La philosophie n'avait qu'à bien se tenir : pour son entrée en prison, elle aurait droit au patronage de la meilleure variété française, serait divertissante et un rien superficielle.

Le matin donc, dans les couloirs, Steph me briefa une dernière fois.

– Bon. On n'a choisi que trois mecs, finalement. Herman, Pernaud et Rey. On a fait un petit recrutement pour démarrer, à l'essai. Après on verra si on étend. Tu verras, c'est la crème. On n'a pris que des qui savent lire et écrire.

– Ah, je fis.

À l'époque, j'ignorais que pas mal des bonshommes enchristés n'étaient même pas foutus de lire les mandats d'arrêt qui les avaient conduits ici.

– Pernaud, tu verras, c'est un mec intéressant. Il écrit. Des poésies.

– Ah.

À l'époque, je croyais que les poètes étaient des gens gracieux, avec une mèche, une lavallière, et une mer démontée devant eux.

– Herman, tu verras, par contre, il est spécial. Mais très serviable.

– Ah.

À l'époque, j'ignorais le sens que dans la pénitentiaire on réserve au mot « spécial ».

– Et euh… le dernier, Rey, alors tu pourras te reposer sur lui. C'est un mec très fin, très lettré. Il était professeur d'histoire-géographie, *avant*.

– Ah.

À l'époque, je ne prêtais pas assez attention aux intonations sur « avant » et « après ».

C'est ce qui s'appelle un briefing rapide. Nous voilà rendus. C'est parti. Rodolphe, un petit surveillant sec et nerveux, avec un visage tout en longueur et un nez à la rebique me sert une paluche virile.

– Philosophie ?

On ne m'avait jamais appelé comme ça avant.

– Euh, oui…

Tonique et sportif, il donna une pichenette d'un coup de stylo sur le dossier qu'il tenait à la main, et il commença à beugler :

– Herman et Pernaud. Par ici les philosophes !

Dans la nuée de mecs, deux se détachèrent. Je n'osais pas les regarder. Je faisais mine de m'intéresser au dossier du gardien.

– Il en manquerait pas un troisième ?

Il ne m'entendit pas. Il défit le trousseau de clefs qui battait contre la jambe de son treillis bleu marine. Il fronça les sourcils en me regardant le futal.

– Elle est mal attachée, ton alarme. Passe la dragonne autour de la boucle de ton ceinturon. Comme ça, si les détenus veulent te l'arracher, automatiquement, ça envoie le signal.

– Ah, dis-je en tripotant nerveusement l'alarme.

C'était un gros boîtier en plastique gris avec deux boutons d'un joyeux rouge orangé, un en haut et un sur le côté. Il suffisait de presser, de taper dessus, et aussitôt elle envoyait le signal au central. Jean-Louis, qui passait par là, me regarda me dépêtrer avec la dragonne. Jean-Louis était un vétéran qui avait passé ses quarante dernières années à alphabétiser les voyous. C'était sa dernière année.

– Bof, tu sais, ce truc, il se déclenche pour un rien. Mets-le dans ta poche de veste, et puis voilà.

Rodolphe n'était pas d'accord :

– C'est à ses risques et périls, aussi, s'il y a un incident.

– Bof, bougonna Jean-Louis dans sa barbe… Au central, dès qu'une alarme se met en route, ils regardent un grand tableau, où ils ont accroché le numéro de l'alarme à l'endroit où tu es. Alors ils téléphonent au surveillant d'étage. Alors le surveillant d'étage prend son talkie-walkie et informe le surveillant le plus proche. Alors le surveillant le plus proche sort son trousseau de clefs, et il va ouvrir la cellule dans laquelle tu es enfermé avec une demi-douzaine de types, dont la moitié ont des symptômes psychiatriques lourds… Ils ont le temps de te transformer en steak tartare trois fois, si ça leur chante.

Je ne sentais plus trop mes jambes. Jean-Louis me regarda par-dessus ses lunettes d'instit. Un sourire apparut dans sa barbe d'homme de gauche.

– C'est la première fois ?

J'ai acquiescé en silence. J'avais l'impression d'être au régiment, avec l'adjudant-chef qui amène tous les bleubites au bordel.

– T'en fais pas… Tu verras, ça va bien se passer. Qui tu as, là ?

Il jeta un coup d'œil au dossier.

– Pernaud, c'est un mec intéressant. Il écrit. Des poésies. Herman… bon…, il est spécial. Mais très serviable. Et Rey, alors tu pourras te reposer sur lui. C'est un mec très fin, très lettré. Il était professeur d'histoire-géographie, *avant*.

– Ah ben non, dit Rodolphe. Rey, il est pas là. Il a pas pu se lever.

Il ouvrit la porte. J'entrai. Pernaud et Herman me suivirent, puis il la referma à double tour. Il est huit heures trente. Il ouvrira de nouveau la porte à onze heures trente. J'étais seul avec deux hommes qui s'étaient levés ce matin pour faire de la philosophie. Je ne connaissais presque rien d'eux ; ils ne connaissaient rien de moi.

Nous nous observions poliment. La chasse d'eau retentit. La salle de cours n'en était pas vraiment une.

C'était un local placé sous les conduites d'eau et toutes les chiottes de tous les étages se vidaient dans le gros tuyau à ma gauche. Sympa. Ça allait rythmer mon intervention à propos de l'amour pendant toute la matinée, ce bruit de cataracte d'étrons, de bronzes et de colombins.

Je les saluai.

Pernaud était un mec épais et costaud, la cinquantaine bien tassée, je crois. Sa poignée de main était un étau. Toutes ses dents de devant avaient été cassées. Les dernières qui lui restaient étaient des chicots rabougris et noircis. Il était chauve, avait deux touffes de cheveux gris et filasse en bataille au-dessus de ses grosses oreilles. Il portait un survêt bleu marine, des claquettes de surveillant de baignade et une veste en jean sans manches. Ses bras étaient des vrais troncs d'arbre. Il s'était assis en silence, avait ouvert un petit cahier d'écolier rempli d'une écriture nerveuse. C'était lui, le poète.

Herman était un tout petit bonhomme, une espèce de lutin triste et ratatiné. Il avait le front bombé, des paupières grises, il était bossu et ses bras partaient à la déglingue vers l'arrière. Il me serra la paluche d'une main moite et molle. Il m'appelait Professeur.

J'ai enseigné en fac, en lycée, j'ai bossé au CNRS, je suis intervenu dans des séminaires à l'étranger, mais jamais on ne m'a appelé Professeur. Herman, après, quand on se croisera, même si deux grilles nous séparent, toujours il me donnera du titre, me hélant de sa petite voix flûtée et nasillarde entre deux portes :

– Bonjour, Professeur, quelle belle journée nous avons, vous ne trouvez pas ?

– Bonjour, Professeur, comment allons-nous aujourd'hui ?

– Bonjour, Professeur, de quoi allons-nous parler, aujourd'hui ?

Voilà comment je commençai ma première séance : « Les histoires d'amour finissent-elles toujours mal ? » Et vas-y que je leur fis un long exposé remontant à Aristophane, au mythe de l'Androgyne, passant par Épicure, l'amour platonique, Lucrèce, les cours d'amour courtois du Moyen Âge… J'en faisais des tonnes. La vérité, dans l'histoire, c'est que j'avais peur de leur laisser la parole.

– Ça ne va pas, monsieur Herman ?

Je lui demandai ça, parce que Herman virait au rouge coquelicot et son visage était baigné de sueur. Il perlait des dizaines et des dizaines de gouttelettes de sueur sur son front, sur ses petites bajoues frissonnantes, sur ses lèvres violettes de poupée, sur ses paupières. Il en dégouttait de son nez qui s'écrasaient sur la table. Même ses mains devenaient luisantes de flotte.

Herman ne pouvait plus me répondre. J'ai arrêté mon cours au moment précis où j'expliquais avec Diotime de Mantinée que le véritable amour, il consiste en un amour du beau, que le véritable amant, lorsqu'il est bouleversé à la vue de l'être aimé (*bruit de chiottes*), lorsque son cœur se met à battre la chamade et que son désir s'élance vers celle ou celui qui l'aime en retour (*bruit de chiottes*), ce qu'il révèle par cet élan, par ce mouvement du désir, c'est que, à l'instant où nous sommes capables d'aimer, dès que nous pouvons être ravis par l'amour, par là même, nous avouons que nous sommes capables d'être touchés par la beauté (*bruit de chiottes*). C'est donc une erreur grossière que de croire que l'érotique est un chemin qui conduit uniquement à la passion charnelle et à l'éveil des sens (*bruit de chiottes*). En vérité, l'érotique conduit également à l'esthétique, et l'esthétique à l'éveil de l'âme (*bruit de chiottes*).

Mais je voyais bien qu'Herman était largué, et qu'il partait en digue-digue.

– Appelez le surveillant, me dit Pernaud d'une voix égale.

Je tripotais mon alarme qui s'était coincée sous la ceinture et me rentrait dans l'aine.

– Non, pas avec ça. Les trois quarts ne marchent pas. Allez frapper à la porte.

Je m'exécutai. Rodolphe m'ouvrit.

– Qu'est-ce qu'il y a ?

Je lui montrai la flaque de gelée bossue :

– Il se sent mal, on dirait.

– Allez Herman, claironna Rodolphe, infirmerie !

À l'injonction du gardien, Herman sursauta. Il bredouilla une vague excuse à son Professeur, rangea proprement son petit cahier, son petit stylo, remit la chaise à sa place, et s'en alla, chancelant, à la suite de Rodolphe.

Nous voilà seuls, avec Pernaud. Ce tête-à-tête me gênait un peu.

– Alors voilà, je conclus, si vous avez des questions ?…

Pernaud regarda encore une fois les extraits de textes que j'avais distribués. Il relut les passages du *Banquet* de Platon, les extraits du livre IV du *De natura rerum* de Lucrèce. Il secoua sa grosse caboche cabossée et se leva, s'avança vers moi, avec un extrait du discours d'Aristophane à la main.

– Ce qu'il dit là, sur l'amour passion, sur la recherche de l'âme sœur, l'amour unique de toute une vie, celui qui nous fait goûter à quelque chose de divin, qui nous…

Il cherchait les mots dans le texte, les suivit du doigt :

– *Qui nous guérit de notre naturelle blessure*… Eh bien, tout cela, c'est absolument VRAI !

Il avait dit « vrai » en secouant sa mâchoire, comme un chien déchiquette un morceau de bidoche. Il était tout près de moi maintenant. Je vis ses chicots pourris ; ses yeux roulèrent, éperdus et furieux.

– Ce qu'il dit, Aristophane, sur l'amour passion, c'est ce que j'ai vécu !, vous comprenez ? C'EST CE QUE J'AI VÉCU !!!

D'un coup, il s'est arrêté. Il a serré son poing et il l'a secoué lentement sous ma figure. Puis il a baissé la tête et s'en est retourné à sa chaise en silence. Bruit des claquettes sur le carrelage. Bruit de chiottes. Il s'est assis et a repris son stylo. D'une voix basse, il m'a dit :

– J'écris de la poésie, vous savez…

Je n'ai pas répondu.

– … Vous voudriez la lire, un jour ?

J'ai bredouillé lâchement :

– Oh moi vous savez, la poésie… J'en lis pas trop… Et puis c'est très personnel…

Il y a eu un long silence. Pernaud a refermé son stylo :

– Il était très bien votre cours, vous savez.

– Merci.

En sortant, je suis passé au bureau de Steph.

– Alors, comment ça s'est passé ?

– Oh super ! Pernaud m'a même dit qu'il a bien apprécié la leçon.

– Et Herman ?

– Il s'est senti mal. On a dû le sortir.

– Ah bon ?! C'était sur quoi, ton cours ?

– « Les histoires d'amour finissent-elles toujours mal ? », j'ai répondu, fiérot. Tu vois, rien de subversif !

Mais Steph ne m'écoutait plus et il partit d'un grand éclat de rire.

– Tu parles que ça a dû leur plaire !

– Pourquoi ? dis-je, l'air con.

– Pernaud, en revenant un jour de la chasse, il a trouvé sa femme et son meilleur copain dans son lit. BANG ! BANG ! Et Herman, tu m'étonnes qu'il a eu des suées ! Il est ici pour avoir esquinté une pute qui ne voulait pas monter avec lui à grands coups de ciseaux dans le bas du ventre.

Steph est reparti dans les couloirs en rigolant de la bonne blague et en chantonnant les Rita Mitsouko. Moi, j'ai tourné un peu dans les coursives avec l'envie de dégueuler. Je sentais encore dans ma paume l'empreinte humide et molle de la main d'Herman. Sale matinée. Je n'avais qu'une envie, c'était de me barrer d'ici.

J'entendis une voix fluette derrière moi.

– Au revoir Professeur, et excusez-moi encore pour mon indisposition de tout à l'heure.

Ouais, c'est ça... Et alors, à la sortie de ce premier cours, je me suis promis un truc. La prochaine fois, j'allais leur causer politique, que de politique. Et avant d'aller me pieuter, j'écouterais les chœurs de l'Armée rouge.

Les gens s'imaginent la prison comme un truc avec un silence de plomb, et des fois, les beuglements des torzingues dans leur cellule capitonnée, ou la nuit, les cris des mecs qu'on encule. Mais non. Ça c'est du cinéma d'Amerloques. Les taules chez nous sont beaucoup plus « vieille Europe », latines, avec tout ce que ça veut dire d'ambiance de foire agricole crapotingue et malpropre. Je ne connais rien de plus bruyant et de plus jacassant qu'une prison. C'est un bordel sonore sans nom. Ça jaspine à longueur de jour et de nuit en français, en arabe, en gitan, en russkof, en rital depuis peu, et ça donne une soupe de tchatche internationale qui rebondit contre les murs jusqu'au plafond et se casse la gueule en écho dans toutes les oreilles, au milieu des crépitements des radios et des talkies-walkies des gardiens, des télés à fond de caisse, du R'n'B et du rap qui crachent les watts, des enregistrements de hadj qui psalmodient des hadiths du Coran, des lourdes qui s'ouvrent et qui se ferment, des verrous électriques qui vibrent et qui claquent, et tout ça d'un bout à l'autre des bâtiments, à travers les barreaux, à travers toutes les fenêtres, entre les barbelés-rasoirs, entre les filins d'acier tendus au-dessus de la cour de promenade, et ça va jusqu'à dégueuler sur la voie publique dehors avec les parloirs sauvages, avec les femmes, les filles, les mères et les maîtresses qui battent le pavé devant la taule.

Et il n'y a pas que le bruit. Il y a le monde aussi. Les couloirs sont pleins de mecs qui vont et viennent, affairés, avec des gueules incroyables, des gueules ravaudées, presque toutes marquées par le manque de soleil, de sommeil, les joues trop creuses ou trop pleines à force de cachetonner ou de prendre la fiole, les chicots jaunis par le shit et le tabac, pourris ou déchaussés à cause de l'héro, les yeux cavés, les peaux malades, hâves, blêmes, grevées, gravelées, tavelées, des barbes de prophète, des crânes de boxeur avec des oreilles en chou-fleur, des squelettes vivants qui se déplacent en rasant les murs à la recherche d'un cacheton de Subutex, ou alors des tas de barbaque gonflée en salle de muscu, avec des épaules bombées comme un dos de requin où tu ne vois plus la nuque, ou alors des pékins difformes et cabossés sortis du Moyen Âge de Villon, ventre en barrique et pattes grêles, béquillard à l'œil chassieux, au nez en pivoine, mâchoires bancroches et dépareillées, lippe pendante et mouillée, mains crochetées et gloglotantes, ou des ados explosifs, gangrénés d'acné et d'herpès, immenses, nerveux, souples, puissants, larges d'épaules et chaloupant des hanches dans les couloirs, le rire haut, les dents blanches et le corps acéré, cruel et perfide comme un couteau passé à l'aiguisoir.

Et il n'y a pas que les mecs qui tchatchent de partout tout le temps. Y a l'odeur, aussi. Bon Dieu, ce que ça peut puer, une prison ! C'est d'une puanteur à gerber, qui imprègne les murs et les sols, qui te poisse les fringues et te pénètre la couenne. Odeur de sueur refroidie et rance, de vieille pisse sur fond de sang et d'ordure. Les gars balancent la bouffe dégueulasse par la fenêtre et préfèrent cuisiner eux-mêmes. Alors tout finit en un tas immonde qui croupit au soleil et se transforme en un purin abominable, qui suinte et remonte le long des murs. Parfois, les cloches et les déchards, tous les types qui sont dans l'indigence la plus noire, qui ne peuvent même pas s'acheter du papier chiottes et qui veulent gagner quatre sous, sont volontaires pour nettoyer les amoncellements de charogne et de débris alimentaires. Mais les autres, du haut des fenêtres, les insultent et leur crachent dessus. Voilà ce qu'il en coûte d'être pauvre. Condamnés à faire les éboueurs, ils ratissent la merde et les ordures balancées par les plus riches. Et quand ils sont sous la fenêtre des plus riches, ces derniers montent sur des tabourets, sortent leur bite à la fenêtre et leur pissent sur la gueule. Un jour même, des petits mariolles allumèrent le feu aux tas de merde et de bouffe. Ce fut un joli feu de joie. Il s'ensuivit une marée de cancrelats, de cafards et d'autres vermines qui, refluant devant les flammes, quittèrent les ordures, remontèrent en une vague infecte et grouillante tout le long de la façade, passant d'un étage à l'autre, s'engouffrant par toutes les fenêtres, infectant toutes les cellules, pénétrant les literies, les tuyauteries, les fringues. Alors depuis, les tas d'immondices, de déjections, de bouffe pourrie baignant dans l'urine continuent de mijoter et de croupir au soleil. La pluie les dilue et les confond avec la terre. Le fumet qui se dégage du sol, des murs, du suint qui abîme les peintures, imprègne tout.

Je suis là, au milieu de tout ce merdier, dans un vacarme assourdissant, au milieu de tous ces mecs dans une sale odeur de vieille pisse. Une prison française.

II

Les Poings Nickelés

Le Kalinka était tenu par une Ukrainienne mastarde, conjuguant tous les verbes à l'infinitif, blonde, nichonnée et pommettée comme une gravure de mode stalinienne. Momo, en bon musulman, y consommait en terrasse un café-verre d'eau. Ou alors quand il n'y avait pas trop de ses coreligionnaires, un verre à thé décoré de finasseries en faux or fin, vermeilles et émeraudes, qui dissimulaient du pastaga. Rocky Malteste, assis à côté de Momo, s'était mis au rosé avec une application toute sportive. Il y a quelques années encore, il ne se le serait pas permis : il tenait à sa ceinture abdominale. Mais bon, aujourd'hui, il tirait sur la cinquantaine, et voilà qu'il se prenait de tendresse pour sa carcasse qu'il avait tant malmenée. Jusqu'à présent, c'était viande blanche découennée, pas un pet d'alcool, de tabac pas l'once d'un brin, et l'amour jamais la veille d'un combat. Et puis voilà, d'un coup, ça lui était tombé dessus, l'évidence qu'avec tout ça il s'entourloupait lui-même. Et qu'il était temps, peut-être, de s'aimer un peu plus. Il s'était donc mis à bouffer gras et salé, à fumer pis que pendre, à baiser comme un lapin, et à boire, surtout, avec une tendresse étonnée pour la bouée qui lui venait doucement autour des hanches. Et cela l'agréait. Se pichtegornant gentiment, avec patience et longueur de temps, il cultivait l'ivresse pointue des petits ballons de rosé enquillés à la suite et bus sur des lits de glace pilée, tant qu'à la fin, la langue anesthésiée comme au sortir du dentiste, il était infoutu de sentir le liquide lui couler dans la goise. Mais par un effet qui n'avait de cesse de le surprendre, moins il se sentait boire, mieux il se sentait parler. La langue, donnée pour morte à la glace, était rendue à la parole par l'alcool. Et il prenait des envies à Rocky, là, au bistro, de palabrer sans fin avec Momo son poteau, de lui causer littérature, amours perdues et guerres lointaines. Lui, Momo, aimait bien ça, et il le relançait. Parce que Momo, tout illettré qu'il était, d'une ignorance crasse pour tout ce qui touchait à l'école et aux bouquins, boxeur poids lourd aux oreilles en chou-fleur, Momo, lui, était un puits de poésie. Et il t'en récitait des ventrées et des ventrées, de l'Adonis ou du Mahmoud Darwich, qui lui venait de sa grand-mère, de son grand-père, de ses tantes et du bled, les vers et les rimes. Car il avait l'âme ciselée par mille ans de poésie bédouine, et cependant restait goguenard et sceptique dès qu'on lui disait que c'en était, de la poésie.

Momo et Rocky Malteste venaient poser leur cul en terrasse du petit caboulot comme chaque soir, sur les coups de sept heures. Ils avaient fermé le club de boxe une demi-heure plus tôt. Puis Rocky avait éteint les barres de néons asthmatiques qui toussotaient leur lumière pâlotte, et il avait pris la comptée du jour au fond du tiroir-caisse. Momo avait mis de côté un ou deux petits billets qu'il avait lissés soigneusement comme s'il s'était tracé la raie au jour de son mariage. Ensuite, comme chaque soir, il les avait montrés à Rocky en lui disant :

– Viens, on va s'en jeter un chez la Polak.

Alors, comme chaque soir, Rocky avait dû dire :

– Oui mais juste un, hein ?

Momo s'était fendu la poire en silence d'un air entendu et il avait fermé les grosses lourdes en ferraille du club avec une clef monumentale. Après il se l'était accrochée autour du cou, la clef, et ça lui donnait un air de *gangsta rap* mâtiné de bourgeois de Calais. Puis ils s'en étaient allés cahin-caha par la rue de la Baume, avaient remonté rue de la Porte-d'Alès en parlant des prochains championnats et avaient longé le boulevard Gambetta jusqu'au coin de la rue Robert, au Kalinka, pour y prendre la fraîche en terrasse. La nuit était grasse et sentait l'aisselle. Il fallait boire pour lui donner des raisons de suer.

Quand j'arrivai, un peu plus tard, les deux lascars étaient déjà pas mal arsouillés. Ils souriaient bêtement aux passants qui passaient et aux lampadaires qui lampadaient, vautrés sur leur chaise, le bide en avant, les jambes allongées en travers du trottoir.

– Oh cousin, me salua Momo en claquant la bise, ça va, ou quoi ?

– *Abdullah*, je répondis, grâce à Dieu, tout va bien.

– « Grâce à Dieu », répéta Rocky en s'esclaffant et en secouant sa banane fraîchement brillantinée, tu te fous pas de nous, sans déconner ? Le jour où tu croiras à Dieu, toi…

– Mécréant, maugréa Momo, tu rôtiras en enfer…

J'ai jeté un coup d'œil dans le fond du godet de Momo. Il a grimacé et d'un revers de sa grosse paluche, il a escamoté le fond de pastaga.

– Tartufe, va !, tu me réserveras une place en terrasse si t'arrives en enfer avant moi.

La Polak entra en scène, jouant de la croupe et de la hanche entre les minuscules tables en ferraille pour arriver jusqu'à nous.

– Oh, Lazare, quoi vouloir ? Komdab ?

– Comme d'hab…

Elle fit demi-tour et disparut dans l'arrière-salle.

Je posai mon cul sur une chaise.

– Bon, alors c'est quoi, le plan ?

– On voudrait te présenter à un type.

– Qui c'est ?

– Y va arriver.

– Bientôt ?

– Ben sois pas pressé… Y va venir.

Je me suis calé confort au fond de ma petite chaise et puis j'ai attendu. Avec ces deux loustics, il ne fallait pas être pressé. Momo n'était pas une flèche. Les nombreux ramponneaux qu'il s'était pris dans le chou lui avaient un peu trop secoué la cervelle. Depuis, il y avait du jeu dans la boîte à gamberge : ça flottait là-dedans dans le liquide céphalique comme une méduse dans la mer Morte. Rouler une clope exigeait de lui une attention infinie. Le tabac, il le mettait sur la feuille brin à brin, émiettant les bouloches avec ses gros doigts, penché sur l'ouvrage en vieille couseuse sous sa lampe à pétrole. Ensuite, il roulait le truc lentement, longuement, amoureusement. Pour mouiller le papelard, il tirait une langue comme une limace, allumait le mégard en penchant avec précaution la tête comme si elle menaçait de rouler dans le caniveau. La première taffe, il la prenait au ralenti, longue, la clope calée au fond des doigts, les joues creuses, les yeux mi-clos. Après, il se retirait un à un les brins de tabac sur la langue, puis il observait le bout rougeoyant de la clope qui commençait de mourir. Il était si lent à tirer dessus qu'elle s'éteignait sans cesse. Elle s'éteignait. Il rallumait. Une clope pouvait lui durer une semaine, à Momo. Sur le ring, il était pareil, mais développait une incroyable indifférence aux coups. Momo devait être aussi sensible qu'une enclume froide un jour de grève des forges. Il recevait, recevait, recevait… À la cloche, il chancelait jusqu'à son coin. On lui demandait si ça allait… Il disait en souriant gentiment ouais ouais, nickel… Et c'était vrai. On lui vaselinait la gueule, on lui strippait les arcades explosées, on lui mouchait le blair de tout le résiné qui tombait d'un coup en fontaine poisseuse, on lui donnait à boire à la pipette, et il repartait, souriant gentiment, insensible. Il était arrivé que des petits minots tombent dans les pommes d'épuisement de l'avoir trop tabassé, Momo. Il restait seul sur le ring, alors on lui prenait le bras, on le levait, et il était vainqueur. Il disait merci.

Et Rocky, pareil. Sa carrière était derrière lui, et depuis qu'il avait décidé de se la couler douce, il déployait une énergie folle à l'heure de l'apéro, mais rien qu'à l'heure de l'apéro. Le club vivotait avec les abonnements des adhérents et quelques extra dus à des combats arrangés. Quand vraiment c'était la loose, que l'hiver était sévère et qu'il n'y avait plus de pognon pour acheter du fuel pour la chaudière, Momo et Rocky décrochaient leurs gants. Momo servait de steak pour un jeune champion fougueux qui voulait se payer un sparring-partner ; Rocky organisait une tournée de gala dans la Haute-Loire ou dans la Creuse, avec ses vieilles affiches de plus de quinze ans, quand il avait remporté le championnat de France des poids welters. On le mettait en lice avec un vétéran local, ou alors avec un jeune coq tatoué de frais qui se la pétait viet vo dao. Les trois premiers rounds, Rocky encaissait, tout en *crouch*, ramassé presque en boule, les gants encadrant les tempes. Il attendait la fin de l'orage, ne bougeant que les coudes de quelques millimètres pour protéger le foie et les côtes flottantes, comprimant les poumons à chaque coup reçu, serrant des chicots, s'appliquant surtout à éviter les coins du ring. Il comptait les secondes, économisait sa respiration, jouait sur les feintes de corps quand il sentait que le mec envoyait toute la purée sur un direct en boulet de canon ou un swing mal assuré qui passait au large en vrombissant. Rocky attendait et ses côtes bleuissaient. Des gisquettes rabattues de la sous-préfecture la plus proche défilaient, nippées en string, avec les cartons des numéros de rounds à bout de bras. La sono balançait ses watts avec une reprise frelatée de *Highway to Hell*. Les pécores égrillards sifflaient les nénettes, insultaient Rocky. Au quatrième round, les mecs inexpérimentés avaient donné tout leur jus. Ils respiraient en ouvrant la bouche, comme des poiscailles à la ramasse, et ils baissaient la garde parce que les gants leur pesaient. Leurs yeux s'agrandissaient. Ils constataient que Rocky ne tombait pas, et ils avaient peur de comprendre. Alors Rocky libérait l'enfer.

À eux deux, comme ça, Momo le sac de sable sur pattes et Rocky la cible humaine aux allures de Dick Rivers gonflé à la créatine, ils arrivaient à maintenir le club à flot. Ils n'en foutaient pas une ramée de toute l'année, à part ces matchs bidochards pour bouseux. Mais il en fallait du courage pour monter au turbin en se disant qu'on allait en prendre dans la gueule pendant trois fois trois minutes, que ça allait être le déluge, l'humiliation, les quolibets, les pommettes ouvertes, les arcades éclatées, les côtes fêlées, les lèvres en boudin et les oreilles en salade. Rien que pour ça, Momo et Rocky, je les respectais, et jamais je me plaignais de mon boulot devant eux. Même si leur temps de travail dans l'année était à peine plus long que celui du Père Noël.

La Polak était revenue avec un petit ballon de costières râpeux et sec comme un sac d'aspirateur. Mais quand je bois du rosé glacé, je tombe dedans et je ne sais pas m'arrêter, et le blanc me fout des crampes : je préférais donc boire ce pousse-au-crime infâme. De toute façon, je n'allais jamais au-delà de trois ou quatre ballons, parce que j'avais trop peur de tomber aveugle.

– Ah tiens, le voilà !

Déboula un gros type en blazer bleu marine à boutons dorés. Le gars, la cinquantaine tassée, portait un Tergal gris trop large où flottait son gros cul et des mocassins effondrés noirs à pompons. Au petit doigt qu'il avait poilu, une chevalière en jonc tapée des armoiries de famille, et, du même jonc, brandigotant au poignet, une gourmette maousse. Il fendait la terrasse avec des allures d'homme pressé et toujours droit au but… Pas s'encombrer de principes ou de chichiteuses élégances, ah non madame !… on est là que pour le *bizness* !

– Monsieur Riccioli ! fit Rocky en secouant la main par-dessus la tête, on est là !

Le dénommé Riccioli, interloqué, se campa au milieu des petites tables, bigla par-dessus ses lunettes double foyer, opina du chef et trissa jusqu'à nous en poussant les chaises comme s'il crawlait contre un courant furieux. Puis il s'en attrapa une et se posa dessus, jambes écartées, mains potelées et rondes à la retourne sur les cuisses grasses. Ainsi que font les obèses pour tenter de caler toute leur montagne de cul sur le plat de la chaise. La Polak déboula aussitôt, plus pétulante que jamais, jabotière en vrac et nichons à la régalade. Apparemment, elle n'était pas insensible aux charmes du bombé. Il lui commanda une Suze, jeta un sibérien coup d'œil sur mézigue, me foutant à poil en trois secondes, et commença à tchatcher avec Rocky à mi-voix. Je ne comprenais pas trop, j'étais naze de ma journée et en général les malpolis me fatiguent. Je ne cherchais donc pas à le calculer, le gros Riccioli : il m'avait scruté comme si j'étais une merde collée à ses chausses mais je m'en foutais. Je voulais prendre aussi le frais sans m'énerver après les importuns, quel que soit le tonnage. Mais, tandis qu'il discutait le bout de gras avec Malteste, sa tronche me revenait peu à peu, je le connaissais pour l'avoir vu sur des matchs, des tournées ou des galas de boxe régionaux. À Saint-Gilles, au moins, je l'avais rencontrée, ma baleine, tournant autour de la table d'arbitrage, s'engrenant avec les arbitres entre deux matchs, le doigt courroucé et trapu tendu sous le pif des juges, et puis après chaloupant dans les couloirs des vestiaires, beuglant et aboyant, une roteuse dans une main, une pute dans l'autre, cherchant la loge du champion. Je suppose que Riccioli devait monter des paris clandos, bourriquer des jeunes espoirs en les berlurant sur leur avenir, truquer des matchs, distribuer de la coke dans les vestiaires, et par-dessus le marché, se donner du titre de « directeur sportif ».

Rocky me montra à Riccioli.

– Monsieur Riccioli est directeur sportif.

Je fis une grimace de circonstance.

– On s'est déjà vus à Saint-Gilles. Enfin, je vous ai vu, moi… Pour les dix ans du club… Y avait eu une jolie petite finale féminine, Zaïn contre Aboudi, je crois…

– Ah, fit le gros d'un air gourmand, vous aimez la boxe ?

– Oh ben oui, mais comme un amateur, seulement.

Riccioli m'a regardé autrement. Il s'est penché vers Rocky :

– Il est quoi ? moniteur sportif ?

Riccioli avait bien vu que je n'étais pas taillé pour monter sur le ring. Mon nez était trop fin et mes esgourdes ourlées comme des jeunes pousses de scarole.

– Nan, que fit Rocky. Il bosse à la pénitentiaire. À la maison d'arrêt de Nîmes. C'est çui que je vous ai causé… Que je voulais vous présenter… Lazare Vilain…

– Ah ! fit l'autre en hochant du museau. C'est bien, ça, la tentiaire, monsieur Vilain… Et dans quel service ? Pas surveillant, hein ? Ou alors jeune entrant ?

Je gagnais de l'estime, mais pas au point de me faire embrasser sur la bouche. Riccioli, qui n'avait pas son œil dans la poche, m'avait vite décortiqué. La coupe pas assez nickel, ou les manières pas assez paranos pour être maton… je ne sais pas. Peut-être il me manquait le trousseau de clefs réglementaire. Les matons en civil se baladent toujours avec un trousseau de clefs comac, qu'ils tripotent et font glinguer en public, qu'ils te balancent sur la table de l'apéro, ou qu'ils s'attachent avec un chevron d'alpiniste à la ceinture du jean : trousseau des clefs de leur baraque, de leur caisse, de leur bécane, va-t'en savoir, c'est plus fort qu'eux… Mais moi, de clefs, point. Donc, pas maton – Riccioli avait vu juste. Le gros continuait son interrogatoire. Je me rigolais à le voir chercher. Il épuisait les services les uns après les autres. Non, j'étais pas de l'Unité locale d'enseignement… Non je n'étais pas dans le social… Pas dans l'administratif… Alors visiteur ? Fi donc ! CHU ? Nenni… Une barre de frustration creusait son front. Monsieur n'aimait guère l'échec. Rocky mit fin à la torture :

– Alors monsieur Riccioli, vous avez pas idée de ce qu'il fait, Lazare ?

L'autre se figeait dans un silence boudeur. Il bouffait sa moustache et soufflait comme un phoque. Derrière ses culs de bouteille, il m'envoyait des éclairs. Rocky posa alors une patte bonasse sur mon épaule et me présenta :

– Il fait le philosophe. Il fait de la philosophie dans le mitard.

Il y eut une gerbe de Suze. Riccioli faillit s'étouffer. Déjà, philosophie c'est un gros mot. Mais l'accoupler à la pénitentiaire, c'est comme souiller un drapeau ou cracher sur l'uniforme. Je crus que le gros allait finir en apoplexie.

Rocky continua les politesses :

– Et monsieur Riccioli, que tu vois là, est détaché du ministère Jeunesse et Sports auprès de la pénitentiaire.

Je lui fis l'éloge d'un sifflement entre mes dents pour me retenir de rigoler : Riccioli, directeur sportif à la ville, plus prosaïquement, selon ce que je piffais du personnage, bookmaker véreux pour combats de boxe truqués. Voilà qu'il prenait du grade de minute en minute. Je m'attendais à ce que Rocky m'annonce que le gonze se présentait aux présidentielles et comptait sur moi pour son comité de soutien.

– Ben dis donc, Rocky, le raillai-je avec ironie, tu m'introduis à du sacré beau monde. Si j'avais su, j'aurais mis une cravate.

Le gros phoque se rengorgeait d'aise, il passa d'une fesse à l'autre.

– Oh… ! je vous en prie, je vous en prie, comme vous y allez monsieur Vilain, dit-il en rosissant avec des accents de pucelle à moustache.

Mais je le sentais au bord de pisser de contentement : il disait *non non non* en secouant ses mains courtes et poilues, mais ses petites lèvres grasses et mouillées disaient *oui oui oui* à voix muette.

Rocky continuait :

– Monsieur Riccioli, c'est lui qui travaille avec les moniteurs sportifs dans les prisons. Il repère les garçons qui sont courageux, qu'en veulent…

Riccioli embraya :

– Faut donner sa chance à chacun, pas vrai ?… Et c'est pas parce qu'on a fait une connerie lundi qu'on en fera une mardi… Ça, c'est ma… philosophie.

Il s'était mis à me cligner de l'œil d'un air entendu. Il n'avait pas dû le dire ou l'entendre depuis un ou deux siècles, le mot philosophie, le camarade Riccioli.

– Dès qu'un garçon bouge bien à l'entraînement, dès qu'il a du cœur, surtout, on essaye de voir avec la direction pénitentiaire s'il n'y a pas moyen de le réinsérer par le sport. T'en sais quelque chose, hein, Mohamed ?

Il s'était retourné vers le grand Momo et lui avait envoyé une bourrade dans l'épaule. Momo s'était fendu d'un large sourire.

– C'est sûr, monsieur Riccioli, sans vous, je sais pas ce que je ferais maintenant.

Rocky reprit la parole :

– Et de temps à autre, on travaille ensemble, tu vois. Monsieur Riccioli m'envoie un garçon… Je vois ce qu'il a dans le coffre. On essaye de voir ce qu'on peut faire ensemble pour le sortir du truc… Qu'il ait une vie convenable…

– C'est pour préparer la sortie ? que je demande.

– Pas seulement, précisa Riccioli. Les permissionnaires aussi… Les primaires qui sont à la moitié de leur peine… Et ceux qui sont en conditionnelle… Plein… On fait dans le social, quoi…

« Le social »… Espièglerie d'arnaqueur… Je voyais un peu mieux le dispositif, maintenant. Ce n'était pas aussi blanc-bleu que Riccioli et Rocky Malteste voulaient me le faire croire. Les salles de boxe sont fréquentes dans les prisons françaises. Les taulards viennent y libérer la colère et la violence pour éviter d'abîmer le maton qui passe. Mais les meilleurs éléments, les têtes froides, sont vite repérés. On améliore leur technique, on se concentre sur l'efficacité du geste et la maîtrise des passions. À la sortie, c'est vrai, de tels types sont assurés de trouver un job. Mais ce n'est pas dans le social pour organiser des sorties rando avec des minots de la cité. C'est pour être videurs de boîtes de nuit. Non seulement ces types sont des cogneurs savants et labellisés, mais surtout leur fréquentation interlope de la racaille entaulée leur a permis d'avoir un carnet d'adresses et un trombinoscope intégré au viseur. Ils savent qui il faut faire rentrer, quel dealer est une poucave pour les schmitts, quel autre est au contraire un pourvoyeur de neige pour les bourgeois, toléré par les services bienveillants de la maréchaussée dès qu'il s'agit des fils de famille… Les patrons de boîtes sur tout le long de la côte se les arrachent. La réinsertion dont il est question est un joli bidonnage. En vérité, les gonzes ainsi recrutés sont les cerbères de toutes les boîtes à putes le long de la Côte d'Azur, de Nice à Perpignan. Je m'imaginais déjà Riccioli et Malteste écumant les claques et les boxons de la Provence, au volant d'une DS gaullienne, et Momo, assis à l'arrière, gobant les mouches, roulant des clopes et chantant du Umar Khayyâm pour égayer le voyage. Je les voyais bien, mes cornaqueurs de champions, adeptes du porte-à-porte en montrant leur press-book, plein de La Motta de caniveau et de Cerdan la riflette, refilant au black du boxeur boucané et des mornifleurs de contrebande… Ah les beaux endauffeurs de la jeunesse !… Ils en avaient plein la bouche, du *ministère*, de l'*insertion,* du *social* et du *cœur à l'ouvrage*, mais c'était rien que des maquignons piteux et misérables représentants-placiers du festival de Bourre-Pif !… Mais va ! je leur en voulais pas… Au finish, chacun y trouvait son compte : patron de l'estaminet borgne, content de trouver un videur au courant des déplacements de lignes de front et des étoiles montantes à épargner dans la truandaille locale ; racaille elle-même assurée d'une fiche de paie à présenter devant les ronds-de-cuir des commissions de probation ; Rocky Malteste qui faisait vivoter son club ; Mohamed Ham'sa qui était l'oreille vivante pour toutes rumeurs pégriottes et s'occupait de dispatcher les impétrants sur des boîtes adaptées à leur profil ; Riccioli encore, qui devait jouir de patauger dans les eaux troubles et magouillardes du demi-monde de la nuit avec la couverture de la légalité ministérielle. Le monde roulait ainsi sa bosse, et leur labeur n'était pas pire ou plus honteux que celui des huissiers, des présentateurs sportifs ou des professeurs de khâgne. Mais, dans l'histoire je voyais mal ma place… Pourquoi diable Malteste voulait-il m'introduire auprès de ce maquereauteur de champions de Riccioli ? J'intervins dans la conversation.

– Je suis très honoré de vous rencontrer, monsieur Riccioli, mais je ne vois pas trop ce que je peux faire pour vous, moi… modeste philosophe et vous, détaché du ministère.

J'avais dit ces dernières syllabes avec une onctuosité dévote. Riccioli balaya mes scrupules d'un revers de main.

– Cher monsieur Vilain… vous permettez que je vous appelle Lazare ?… Oui ? Bien !… Parce que, voyez-vous, cher Lazare, mon métier me prend beaucoup de temps entre les aller-retour à Paris, au ministère, les dossiers à monter… Je n'ai plus guère le temps de les suivre, mes petits protégés… À peine le temps de venir une fois l'an dans chaque prison du Grand Sud…

Il a joué la mijaurée, comme ça, penchant la tête en soupirant, et il a coulé un regard à Rocky. L'autre a compris, il devait reprendre la manche.

– Tandis que toi, Lazare, la prison, celle de Nîmes, tu y es chaque semaine, pas vrai ?…

– Oui, j'ai fait, raidi sur ma chaise, en me méfiant de l'embobinage qui pointait son sale bout de nez pas mouché.

– Et des fois, monsieur Riccioli aimerait leur passer du courrier, à ses protégés… Parce que le parloir ou les visites sur le site, c'est trop de temps à organiser…

– Un agenda de ministre ! a ajouté le gros en soupirant, baudruche à poil brun.

– Ben y a la poste, j'ai suggéré, faussement con.

Les trois se sont esclaffés à la bonne plaisanterie… Qu'il est drôle, le minet… Mais je voyais bien dans le regard que Riccioli adressait à Malteste qu'il n'y avait rien de poilade, mais que de l'affolement et de la fureur. C'était un regard qui disait : « Si tu m'as refilé un rencard avec un cave aussi naze, tu vas le payer… »

– Ah mais non, mais c'est pas possible ! s'exclama Malteste, la poste, tu penses bien, avec le retard de courrier, le vaguemestre des prisons, les confusions de peine…

Mais moi, je pensais articles D. 415 et 416 du code de procédure pénale : le courrier pouvait être intercepté s'il pouvait contenir

des menaces précises contre la sécurité des personnes ou celle des établissements pénitentiaires,

ou s'il servait à des

trafics, tractations, ou paris

et je voyais bien que Riccioli voulait son petit porteur de valise personnel pour ses trafics, tractations et paris en tout genre. Riccioli était futé, il a senti tout de suite ma réticence, et il s'est empressé de m'amadouer :

– Ah non, mais je vous mets tout de suite à l'aise. C'est des enveloppes qui sont pas nominales… Elles sont cachetées, mais adressées à personne… Il n'y a rien d'écrit sur l'enveloppe… Comme ça, même s'il y a perquiz ou fouille au corps, on ne peut pas l'ouvrir au motif de pli fermé… Mais enfin, jamais ces genres de trucs n'arrivent.

Mouais… Ces genres de trucs qui n'arrivent jamais te tombent presque toujours sur le coin de la gueule.

– Mais s'il n'y a pas d'adresse, comment que je les distribue ?

– Ah, mais faut pas vous biler. Il n'y a rien à envoyer… C'est des petits mots que je fais passer pour mes protégés. Je vous dis à qui vous les donnez. Ils viennent vous voir à votre atelier philo, ils réceptionnent et voilà... Ni vu ni connu j't'embrouille... Et des fois, les gars vous passeront aussi un petit mot... La réponse si vous voulez... Rien de bien terrible... Ça marche aussi dans l'autre sens... Pas d'adresse sur l'enveloppe... Pas de nom dans la correspondance, ni le mien, ni le vôtre, ni celui de mon protégé... Peau de nib et blanc comme neige... S'ils vous donnent une enveloppe en disant que c'est pour moi, vous la rapportez tranquillement au club de boxe, chez Rocky... Non, vraiment, c'est sans danger, je vous le redis... Un enfant de cinq ans, monsieur Vilain, un enfant de cinq ans pourrait le faire... Je vous assure, vous n'avez rien à craindre...

– Pourquoi moi ?

Les trois Poings Nickelés se sont regardés, à se demander qui allait balancer le morceau. Momo a ouvert le bec.

– Ben... Lazare, c'est qu'on t'aime bien... On a confiance en toi... Tu connais bien la boutique, la boutique, elle te connaît bien... Et pis... on s'était dit que les autres, ils allaient se mettre à flipper, d'être comme ça, à la limite de la loi... Que toi, on a l'impression que ça t'amuse... Que t'es comme au cirque... Que ça te révolte, comme nous autres, mais en même temps que tu... que tu...

– Que t'es désinvolte... a essayé à son tour Rocky Malteste.

Un révolté désinvolte. Ça me plaisait bien. Ça flattait mon ego. Tout secoués du carafon qu'ils étaient, Momo et Rocky, ils savaient trouver les mots justes. Je les aimais bien, c'est vrai, d'une tendresse particulière pour ces trois cent soixante-dix livres à eux deux. Et puis ils n'avaient pas tort. J'avais du mal à prendre tout ça au sérieux. Déjà je mettais les adjas hors de l'Éduc nat, n'arrivant plus à supporter l'entrouducutage très glandilleux des corps d'inspection, inspecteurs pédagogiques, d'académie, principal, chef de division examens, personnels, concours – toutes ces pharaoniques et technocratiques pyramides des hiérarchies de l'Éducation nationale, pesanteurs graves empilées en strates innombrables sur du sable mouvant. Le métier devenait une compétence technique : traçabiliser le trajet du bétail pédagogique, enseigner comme on vaccine contre la rage, citoyenniser le cheptel utile et efficace en chair-à-patron. Tout ça sentait l'asepsie, les antivirus d'ordinateur, les réunions avec PowerPoint, les tableaux blancs Velleda, la technicité, les cravates et les auto-évaluations performatives…

Mais dans mon couple aussi, je sentais que je prenais de l'Orient, décampant subrepticement à la noye, prétextant des rendez-vous ou de tardives études qui me mettaient loin du matrimonial devoir. Vanessa était bravette, mais fatigante, collée aux choses comme une mouche à sa vitre, rêvant d'une propriété cossue dans les hauteurs de Nîmes, d'une bagnole à vitres teintées, d'une piscine sécurisée, bientôt de gniards et de son putain de salon d'esthéticienne, *avec onglerie et massage californien*. N'était-ce son fantastique pétard qui valait un appel au peuple, il y a longtemps que j'aurais mis les bouts. Mais depuis peu, le joufflu de Vanessa n'exerçait plus sur moi ses fatales attractions : la plantureuse vie qu'elle me promettait, avec ses fignoleries de braguettes et d'agapes, allait m'indisposant. Ses jambes de soie, ses ongles peints, ses sacs Gucci, sa mignonne petite moue ravaudée en photo de *Grazia*, tout ça me dégoûtait : j'étouffais, je manquais de microbes et de déglingue, je voulais du vivant, moi, du pas programmé et du pas lisse. Le confort propret et moderne, nacré comme un bidet, me marnait doucereusement. Les chattes sentaient trop le Douce Intime et le savon au pH neutre. Cette vie-là, si pleine et si plate, me tartissait de longue. La répétition onanique et quotidienne du bonheur me dégoûtait.

C'est sans doute pour ça que j'étais descendu en détention, pour retourner à la grande et humaine grouillerie. Je cherchais l'épais, le dense et le saumâtre, et je ne le voulais plus seulement en peinture, le baroque, mais sur les gueules et dans les âmes. Ne m'amusait plus que le spectacle de la grigne de l'humaine nature ; je courais après les emberlificots incroyables qu'ourdissait le commun pour un gain minuscule, je bignais le sérieux avec lequel le populo se prenait au jeu du ridicule et du nuisible. Partout le bal des ardents le disputait à la course à l'échalote et – bénéfice de l'âge ou lucidité octroyée par la philosophie – la contemplation de ce spectacle me réjouissait.

Je me jetai donc à corps perdu sur la proposition véreuse de Riccioli et consorts, non parce que je la croyais juteuse – je ne croyais en plus rien – mais parce que je la savais bancroche, de guingois, mal foutue et donc drolatique. Je fis semblant, toutefois :

– Qu'est-ce que j'y gagne, à votre trafic, monsieur Riccioli ?

Riccioli a pouffé.

– Oh oh oh, comme vous y allez, monsieur Vilain… « Trafic »… « Trafic »… On n'est pas des élus locaux tout de même !

Tout le monde a bien rigolé à la subtile vanne. Riccioli m'est apparu plus sympathique à dire du mal des urnopathes. Ça a détendu l'ambiance.

– Je vous promets que vous y trouverez votre compte, il m'a assuré, comme ça, d'une voix vibrante et la main sur le cœur.

– C'est bien vague, j'ai douté en léchant le fond de mon godet.

– Bon écoutez… Accordez-moi jusqu'à fin janvier… Cinq mois… Cinq, six mois et vous verrez les résultats de notre collaboration…

– Noël, j'ai dit sans réfléchir en lui coupant la chique. Je veux mon retour à Noël. Trois mois ça suffira… On est en septembre… Fin décembre on met cartes sur table et ensuite on négocie ma part.

Il a pris une seconde pour vriller son regard dans le mien.

– Vendu.

– Et ça commencerait quand ?

– Vous y retournez quand, à la maison d'arrêt ?

– Lundi prochain.

– Lundi prochain, j'ai un client qui a une enveloppe pour moi. Il viendra à votre leçon de philo et ensuite il vous donnera la bafouille.

– Sans nom, on est bien d'accord, ni dedans ni dehors ?

– Pas de nom, ni dedans ni dehors, et cachetée. C'est entendu.

Il y a eu un silence autour de la table. Momo a regardé Rocky qui a regardé Riccioli qui a regardé Rocky. L'un des trois a commencé à sourire, les deux autres ont suivi.

– Tope-là ?

– Tope-là.

J'ai topé dans sa paluche poilue et embagousée. Net et sans bavure. Comme quoi, n'en déplaise à Merleau-Ponty et au courant français de la phénoménologie, il ne faut pas se fier aux apparences.

III

Du bizness

Le lundi suivant, donc, en brave pioupiou, je toque à la lourde du pénitencier sur le coup des huit heures pétantes. Je montre patte et race blanche, entre, passe devant les guérites, les aquariums à matons, sous les détecteurs, les caméras, devant les portes automatiques, les grilles et les herses, et je rencontre mon vieux Steph à l'entrée des bureaux.

– Ça va ou quoi ?

– Ça baigne. Alors, qu'est-ce que tu leur as concocté, à nos lascars, aujourd'hui ?

– Un peu de Freud, histoire de les mettre en gamberge sur les pulsions.

– Oulah… C'est du lourd, non ?… Ils vont piger ?

– Ouais, car je sais comment l'exposer.

– Et comment donc ?

– Avec du camembert.

Steph m'a regardé d'un air de deux airs en secouant la tête de dépit et de rigolade. Il avait l'habitude de ne plus trop en avoir, des habitudes, avec mes stratégies pédagogiques. Il a haussé les épaules et m'a tiré vers son bastringue. Il voulait que je signe trois ou quatre papelards. Dedans, comme un ours sur un tricycle, Jean-Louis, assis sur un siège à roulettes, tapait des rapports à deux doigts en tirant la langue. Il tardait à

Jean-Louis de prendre sa retraite et de retourner à la bonne vieille plume Sergent Major. L'informatique l'emmerdait. Lui, son truc, c'était l'antique et le vénérable : les plumes d'acier, le vin bio, le chauffage au bois et les dolmens. Il arpentait la Vaunage dès qu'il pouvait, Jean-Louis, à traquer les gros cailloux. Ça le sortait de la prison, de courir dans la garrigue après des monuments paléographiques. Il attendait la quille, bordel, pour envoyer chier mur et béton et rêvait après des buissons de lavande, de thym et de laurier à perte de vue, sur un paysage déchiqueté de caillasses lunaires. Ensuite on a parlé chiffons et matons, serpillière et pénitentiaire, on a bu un café brûlant, et, bavard de moi, je n'ai pas vu l'heure passer.

– Merde ! et quart !

Je me suis carapaté à belle vitesse dans les couloirs.

Je suis du genre à m'habiller confort – Adidas, sweat à capuche du même, blouson Foot Locker par-dessus tout ça –, et j'arrive souvent avec la gueule chiffonnée de celui qu'on tire du lit. L'ensemble me donne un peu une dégaine de marlou. Et puis la faute de goût qui achève le portrait : les tatouages sur les mains. Des fois, quand je bricole de la philo dehors, les gens pensent qu'il faut avoir une chemise blanche échancrée, des cheveux mi-longs, des phrases de deux mètres et des mains fines. Alors ils me voient, et ils se chuchotent d'une chaise à l'autre en attendant que ça commence. Ils ne me trouvent guère « philosophe ». Même, un jour, un cave, comme ça, avant une conférence, est venu vers moi, tortillonnant des hémorroïdes, et m'a dit, vaguement compassé et dédaigneux, en me biglant comme un tubard étudie l'huître qu'il vient de glaviotter dans son mouchoir :

– Ah ! mais je ne savais pas que les philosophes étaient tatoués.

Je les emmerde tous et leur pisse à la raie, ces branlotins du ciboulot. Épictète parlant de la mise pitoyable de Diogène, de ses frasques nippeuses et cradingues, mettait en garde le populaire : « Quand elle était sur Diogène, même la boue était propre ! » Succulent apophtegme. Imaginez le silence bovin de l'auditoire devant l'énormité proférée par le maître. Eh bien, je ne suis pas Diogène vu que j'évite la boue, mais faut pas juger à l'allure, voilà ce que je dis.

Mais bon, je m'égare. J'en étais à mes endosses confortables. Confortables mais me grimant un peu trop en marlou, aux yeux de certains. Et donc, me voilà courant dans les couloirs de la zonzon, tel fagoté que j'ai dit plus haut. Dans ce coin de bâtiment, la thurne est à peu près déserte. Les gars sont remontés en détention ou enfermés dans les ateliers pour la matinée. Y a guère âme qui vive, à part mézigue. Et pourtant, devant moi dans le couloir, un joli brin de fille, fine brunette dans un jean serré…

À l'occasion d'une volée de marches, je hâte le pas et suis à sa hauteur. Je bigle en biais pour mater le minois. L'accorte donzelle a des putains d'yeux noirs qui lui dévorent tout le visage, un petit bout de menton mignon et des lèvres ourlées comme un coquillage.

– Salut, et je balance un sourire canaille.

– Bonjour, me répond-elle d'une voix me remettant à ma place.

On arrive devant une grille. Je me penche devant elle.

– Pardon.

J'appuie sur le bouton d'appel. Je la hume au passage. Elle sent le tabac brun, les épices. Le verrou claque et vibre, impatient lui aussi, dans son boîtier de ferraille. Je tire sur la poignée.

– Vas-y.

– Merci, dit-elle sans me regarder, et elle passe.

Elle a des petits seins tout hauts et tout ronds sous son pull. Je me demande comment ils peuvent rester accrochés sans l'aide d'une main secourable qui les soutiendrait par en dessous.

– Vous êtes en vacances à Nice depuis longtemps ?

Elle fronce des sourcils. Je ne lui laisse pas le temps de me répondre et j'embraye :

– Non je dis ça parce que je viens faire mon footing ici tous les jours. Mais c'est la première fois que je vous vois, ici, sur la Promenade des Anglais… et je lui montre d'un index panoramique murs, barbelés, uniformes, grilles et portes.

Elle ne me regarde pas, et elle continue d'avancer à bon pas.

– Je suis prof de musique. J'enseigne le piano et la flûte traversière.

– Oh… sifflé-je, impressionné en bannissant de mon esprit pervers des images à caractère érotique et transversal, mais c'est super ça ! Moi j'ai toujours aimé la musique.

On s'approche d'une autre grille. Je me penche de nouveau devant elle pour appuyer sur le bouton d'appel. Son épaisse chevelure brune est dénouée et un de ses cheveux se prend dans ma barbe de trois jours. Je regarde ses lèvres petites, si près des miennes. J'attrape son regard. Il est verrouillé. La clenche claque. Le verrou se met à vibrer. D'un revers de main, elle rabat sa chevelure sur sa nuque.

– Tout le monde aime la musique, me reprend-elle sèchement en passant devant moi.

Je cherche à remonter à sa hauteur.

– Non, mais moi, ça m'intéresse vraiment.

Elle a un pas d'avance et n'entend pas se laisser rattraper. Elle me lance, par-dessus l'épaule, sans daigner se retourner :

– Je donne mes cours tous les lundis matin. Vous pouvez vous inscrire. Il suffit de remplir le formulaire et de le rendre à votre surveillant d'étage le dimanche soir.

Elle a appuyé sur le bouton d'appel et a tiré sur la porte. Elle est passée et l'a laissée se refermer dans un grand fracas de ferraille. Sa silhouette disparaît dans le couloir. Je suis tout seul de l'autre côté.

– Eh !… je crie, accroché aux barreaux de la grille, mais je suis pas un détenu !

Je n'entends plus que sa voix, railleuse.

– Mais ouais, c'est ça ! Et moi je suis ici en vacances à Nice.

Quand je suis arrivé dans le couloir, Rodolphe m'attendait, stoïque, devant une bonne huitaine de lascars. Il a tapoté sa montre.

– Alors, monsieur Vilain, c'est comme ça qu'on arrive à l'heure ?

– Mille esscuses, que je lui balance à demi essoufflé, mais je me suis fait coincer contre une grille par une putain de jolie brune.

Il a levé un sourcil, et il a répété « une putain de jolie brune ? »

– Excuses acceptées ! et il a ouvert la porte.

Pendant que les mecs rentrent à la queue leu leu dans la célèbre salle Emmanuel-Kant, où coulent les tuyaux de chiottes de tous les étages d'incarcération, je me penche vers Rodolphe.

– Tu la connais pas, toi, la méchante brunette qui fait la musique ?

Il fronce les sourcils, les deux cette fois-ci, preuve d'une intensive gamberge. Ça lui rebique encore plus le nez que d'habitude, et ça lui donne un air de hamster têtu.

– Une prof de musique ?

– De pipeau. Et de piano.

– Du pipeau ? il répète, l'œil allumé par des évocations à moi aussi familières. Et du fifre à grelot, peut-être aussi ?!

Il part d'un éclat de rire aigu et qui monte en rafale, très maître kung-fu dans une série Z japonaise.

– Non, sérieux, ça ne te dit rien, une gisquette comme ça ? j'insiste en montrant la taille, en dessinant les hanches. Joli petit cul, belle tignasse ?

Rodolphe, serviable, se remet à chauffer de la cafetière. Quelque chose ne colle pas. Je le vois bien à ses sourcils.

– Le prof de musique, c'est mardi. Et c'est pas du pipeau, il leur fait du djembé. En plus c'est un mec. Chauve et avec un gros cul, confirme-t-il en compatissant à mon désespoir.

Tous les mecs sont rentrés. Il jette un coup d'œil à sa fiche, tapote les noms de la pointe de son stylo. Son œil s'éclaire.

– Ou alors…

– Ou alors quoi ? espéré-je.

– Ou alors c'est une intervenante ponctuelle. Elle ne vient peut-être qu'aujourd'hui. Et elle a dû aller au quartier femmes. Désolé, Lazare. Tu l'as loupée.

– Merde… que je peste entre mes dents.

Rodolphe se marre.

– Une de perdue... Dix dans son cul !

D'une main fraternelle posée entre mes omoplates, il me pousse dans la cage aux lions.

Avec cette subite apparition dans les couloirs, j'en ai presque oublié que je n'étais pas venu ici pour draguer mais pour blablater sur Freud. Je me pose à ma table et jette un regard panoramique pour voir ma clille. Des visages plutôt neufs. Les mecs ont du mal à se fixer, en maison d'arrêt : d'un mois à l'autre, ils peuvent être transférés, extraits, condamnés et déplacés, libérés, placés en provisoire... Ça dépend des places, des humeurs des juges, du nombre de dossiers à traiter dans la journée. C'est la grande loterie nationale des billes de condamnés. Je mate donc la huitaine de trognes qui m'étudient en retour. J'en reconnais quelques-unes. Rignier, un fidèle d'entre les fidèles, qui a pris quinze ans et qui n'en revient toujours pas d'être incarcéré dans la prison construite par ses mains en 74. Auguste, dont je te causerai bientôt. Aussi, un mec taillé en lutteur de foire, Ramblet, que je vais apprendre à connaître. Le reste est tout-venant et fraîche trombine. De l'Arabe et du Noir. Je fais l'appel, et d'un coup, ça me revient en boomerang, je me dis qu'il y a là-dedans mon gugusse. Un mec qui est venu sans guère d'appétit métaphysique, mais avec la ferme intention de me passer la première enveloppe pour Riccioli. Avec l'irruption de la musicienne, ça m'était complètement sorti de la tête, cette histoire, mon nouveau métier. Je me dis que c'est bien fini, avec mon esthéticienne de Vanessa, puisque j'en suis à courir comme un lapin après le premier cul qui se présente... Et à bouffer des commissions autrement plus importantes. Je suis quand même là pour un numéro de passe-passe d'enveloppes. D'un coup, mon toquant se met à danser la java et l'adrénaline me sèche la gorge. Je trouve le truc excitant. Où est-il, mon arsouille ? Où est-il ? Si c'est un profil de boxeur, c'est pas Rignier, qui est épais et souple comme un zombie passé au congel, ni Auguste qui déteste la violence plus que tout… Je me mets dans le pif que c'est Ramblet, le lutteur de foire qui s'est calé, peinard et solitaire, dans un coin de salle. Il a croisé les bras sur sa poitrine. C'est clair : il a décidé qu'il s'emmerderait, et qu'il attendrait que la matinée se passe avant de me filer la commission. En plus, il a le gabarit poids lourd pour boxer au-dessus des cent quatre-vingt-six livres réglementaires.

Mais bon. Gardons l'axe. Freud doit s'impatienter dans les limbes. Adoncques, salutations d'usage, excuses pour le retard. Et hop, en route, mauvaise troupe !… Je me lève et dessine mon précieux camembert au tableau. Je lui coupe de sévères parts, à mon brie de Meaux viennois. Trois, que je lui fais… La première tranche de brie, je l'appelle ÇA, la deuxième, SURMOI et la troisième, FONCTION DU RÉEL. Ensuite, je te colle les flèches entre chaque morceau, comme si chaque bout partait en guerre contre les deux autres.

– C'est vraiment le bordel, commente l'un des lascars.

J'entoure le camembert ÇA.

– *Ça*, c'est vraiment le bordel. Ça ne pense qu'au plaisir et au sexe, là-dedans. Heureusement qu'il y a le surmoi pour border tout ça et le réel qui nous rappelle à l'ordre, parce que, sinon, tout finirait tout le temps en partouze monstrueuse.

– Ce serait sympa, rigole un autre type.

– Sauf si c'est toi qu'es dessous, je précise.

On rigole bien. Sauf Molokro, qui se gratte le menton en regardant le plateau de fromage freudien. C'est un Black monumental, une statue d'Ousmane Sow à lui tout seul. Il est d'un noir de suie comme j'ai rarement vu. Sa peau est brillante comme du goudron au mois d'août, ses lèvres n'arrivent pas à devenir brunes tellement elles sont cernées de charbon. Tout est noir dans cette couenne-là qui a dû être taillée dans le ciel d'Afrique une nuit sans lune. Les autres à côté font figure de Pygmées déguisés en pierrots lunaires. Molokro a un survêt rouge griffé Ferrari, très près du corps, qui lui moule des pectoraux blindés comme deux pastèques, et quand il met ses deux mains à plat sur sa table d'écolier, c'est bien simple, on ne la voit plus. Il lève la main pour prendre la parole :

– Tout le monde l'a, le ça ?

– Tout le monde. C'est de là que jaillissent toutes les pulsions qui font qu'on s'accroche à la vie, et qu'on a qu'une envie : jouir de tout, tout de suite, et le plus possible.

Molokro continue :

– Et le surmoi ? Pareil ? Tout le monde l'a ?

– Pas au début, je précise. C'est pour ça que le gamin reçoit une éducation. Pour limiter la violence du ça. Pour lui apprendre à calmer le jeu, à penser un peu aux autres. À retarder sa jouissance.

Molokro était resté dans sa gamberge depuis tout à l'heure. Décidément, la seconde topique freudo-fromagère l'épate :

– Mais admettons, dit-il, admettons qu'un type ait pas eu de père. Ou d'oncle. Ou d'éducateurs. Même, il va pas à l'école. Rien ni personne pour lui donner le surmoi… Qu'est-ce qui se passe ?

Je ne sais pas si les mecs se rendent compte qu'en majorité, ils sont tous dans ce cas-là. Je hausse les épaules :

– Ben… Il a drôlement du mal à résister à ses pulsions. Quand il voit, il veut. Quand il veut, il prend. Quand, en face, ça ne veut pas, il s'énerve et il tape. C'est aussi un client idéal pour la pub. La pub lui excite les pulsions tant que ça peut. Et dès qu'il veut l'objet de son désir, comme il n'a pas de fric pour se le payer, il est frustré. Et comme il n'a pas le surmoi pour tenir le coup de la frustration, il est malheureux comme tout, il a la haine, il craque. Il vole. Ça le libère de la frustration un temps.

Mon armoire normande de Cotonou est toujours plongée dans une austère méditation. Il prend de nouveau la parole :

– Mais admettons un truc vraiment pas cool.

– Genre ?

– Eh bien genre : un mec, quand il était môme, il a pas eu un adulte pour lui dire non, à son désir. On lui a tout passé. Genre enfant roi…

– Je te l'ai dit : ça risque de faire un mec très fragile…

– … Non mais quelque chose de pire encore…

– Par exemple ?

– Ben le mec, quand il était môme, celui qui devait lui apprendre le surmoi, l'adulte, tu vois, je sais pas… le père, ou l'oncle, admettons… Eh bien, l'oncle, le môme, non seulement il lui apprend pas à retarder son désir, là, comme tu dis, mais euh… Il abuse de lui, tu vois… Il le viole… Carrément. Il se sert du gamin pour… satisfaire son propre désir à lui, tu vois le truc ?

– Ouais, je vois bien.
– Bon alors ça fait quoi ?
– Ben ça fait une catastrophe…
– Non mais je veux dire… Quel genre d'adulte il va devenir, le petit qui s'est fait violer par celui qui devait lui apprendre que le désir ça se maîtrise ?
– Ben… C'est dur à dire… Il n'y a pas de lois générales… Mais disons qu'il est bien dans la merde… L'enfance, ça aurait dû être le moment où il intègre progressivement le surmoi, tu comprends, où il va apprendre à domestiquer ses pulsions. Et d'un coup, celui qui devait lui apprendre à maîtriser ses pulsions, il libère ses propres pulsions sur l'enfant, en se servant de lui comme objet de jouissance… Ça risque de donner plus tard un adulte complètement déstructuré… Et quand il va être en face d'enfants à son tour, au lieu de représenter le surmoi, y a des fortes chances… C'est plus fort que lui, tu comprends… Le surmoi est quasiment absent, dans ces moments-là… Il y a des fortes chances qu'il se mette à abuser d'enfants à son tour… C'est le seul modèle qu'il a eu, tu comprends ?
Molokro est estomaqué. Il repousse la table devant lui de ses deux grosses mains noires et épaisses.
– Mais alors ça c'est dingue !!!
– Quoi ?
– Ça veut dire que les pédophiles, ils le font pas exprès, alors ?
– Ben… Si tu veux dire par là que c'est quelque chose d'indépendant de leur volonté, oui, tu as raison… Car la volonté n'a pas sa place là-dedans… C'est justement parce qu'elle n'a jamais eu sa place qu'il y a eu passage à l'acte.
Molokro se passe les mains sur le visage comme s'il voulait se retirer un voile des yeux :

– Et les violeurs, ils sont pas devenus violeurs par goût… Mais peut-être qu'ils ont été violés au moment où le surmoi devait se construire ?

– En tout cas, c'est ce que disent les statistiques canadiennes. À quatre-vingt-cinq pour cent.

– Mais donc, les violeurs, c'est des mecs, c'est pas la peine de leur couper les couilles ?

– Ben ça ne résout pas le problème. Tu lui coupes les couilles, il trouvera un autre moyen de jouir des mômes… Non, à la base, ce sont des espèces d'handicapés psychiques, si tu veux. Il leur manque un surmoi bien solide, qui pose des limites bien claires. Le problème, c'est de réparer le surmoi.

– Et donc, continue Molokro qui est lancé à pleine puissance mentale, on peut même dire qu'ils sont irresponsables.

– Ben oui… C'est une question de degré, bien sûr, et il n'y a pas un cas qui en vaut un autre, mais disons que la responsabilité morale et juridique, elle va de pair avec la constitution d'un surmoi, alors donc…

– Ben alors, faut les soigner plutôt. Leur place n'est pas en prison…

Molokro est tout raide sur sa petite chaise, avec ses grosses mains noires posées sur sa petite table blanche. Assis, il est grand comme moi debout. Il se rend compte soudain que tous les regards convergent vers lui, et que ce sont des regards hostiles.

Les violeurs – les pointeurs comme on les appelle – n'ont pas un destin très enviable en prison : ils sont battus, violés, tués. Ils n'osent jamais sortir de leur cellule et dans certaines prisons on leur réserve un étage ou une aile de bâtiment pour être certain qu'ils ne rencontreront aucun autre détenu. Ils ne descendent jamais en cour de promenade de peur d'être lynchés par les autres prisonniers. Ils ne vont jamais à la douche de peur de s'y faire massacrer et violer par plusieurs justiciers improvisés. Tout costaud qu'il soit, un violeur ne peut rien contre une quinzaine de types résolus. Dans une prison de ma connaissance, ils en avaient attrapé un dans sa cellule, alors qu'il écoutait de la musique sur son poste radio. Ils ont sorti les six piles. Ils les lui ont toutes foutues dans le cul. Perforation abdominale.

Molokro regarde les autres types dans la salle avec lui. Il sent le malaise, palpable.

– Non, les mecs, attendez… Je veux dire… C'est dingue de comprendre ça… Ça veut pas dire que je les excuse, hein, les pointeurs…

Il ne sait plus trop comment dire, Molokro de Cotonou. Alors il pose ses mains noires comme du goudron sur sa poitrine, il roule des yeux noirs sur sa face noire, il étouffe une espèce de rire nerveux, et il dit à la cantonade :

– Eh, les mecs, sans déconner, je suis tombé pour une affaire de coke, moi !… Je suis pas un pointeur ! Je suis clean ! Les mecs, regardez-moi…

Puis, devant le silence lourd des autres détenus, arborant un grand sourire sur sa face d'ébène :

– … je suis blanc comme neige.

Le bruit métallique des clefs dans le verrou nous a tous dévapés de notre savante causerie. La lourde s'est ouverte en grand, Rodolphe a passé sa bille.

– Fini les gars !

Bruit de chaises. Raclements sur le carrelage. Dehors, dans le couloir, les mecs se sont retrouvés, tchatchant à gros débit. Moi, mine de rien, je me suis avancé oblique jusque vers Ramblet pour lui coincer la sortie :

– Alors, Freud, c'est pas trop votre truc, hein ?

J'aurais bien voulu l'entreprendre sur l'enveloppe, mais j'arrivais pas à me dépatouiller de Molokro. Le Black me suivait. Des questions lui démangeaient l'intérieur comme un gros zona poussé sur la cervelle, c'est sûr… Il voulait pas lâcher prise… Il revenait vers moi et me redemandait de creuses précisions sur Freud – date de naissance, de mort, place dans la portée… Moi, Molokro, tout freudophile qu'il était, j'essayais de l'envoyer se faire lanlaire pour un petit tête-à-tête peinard avec Ramblet. Mais macache bono, mon psychothérapeute cotonois revenait à la charge. Ramblet n'était pas à son aise dans le manège, je le voyais bien, et il tirait la gueule… Dehors, Rodolphe battait le rappel des retardataires pour la remontée dans les étages… Ça commençait à urger, cette histoire… On était les trois dans la salle à s'esquiver et à se contourner, paranos et tendus comme trois chiens en rut, bandards et prêts à mordre. Ramblet a grimacé, navré :

– Je suis désolé, je suis en attente de jugement pour mon appel, et ça me prend la tête, alors j'étais guère disponible pour le cours, hein… désolé… mais c'était quand même très intéressant…

Rodolphe repasse sa tête à la porte.

– Allez les gars ! Faut y aller maintenant.

Ramblet profite de la diversion. Tout mastard qu'il est, il s'esquive et me passe devant… Merde ! c'est vraiment un boxeur : il connaît la feinte de corps. Je me dis que c'est baisé pour cette fois… Je suis un peu dépité de passer pour un cave aux yeux de Riccioli. Je l'ai mauvaise et j'en veux à ce gros Molokro d'avoir un tel appétit de savoir. Et d'ailleurs, où il est, mon Béninois ? Il est là, derrière moi. Il a attendu que Ramblet se casse. On est tous les deux. Je m'attends, fataliste, à une dernière question sur la petite enfance de Freud, sur le transfert, le complexe d'Électre, l'énergie orgasmo-cosmique de Reich, la trahison de Jung, peut-être même la propre petite enfance de Molokro, avec une maman que je redoute dantesque, avec des seins en tête d'ogive nucléaire, un cul tendu et arqué jusqu'à mi-dos, et des cuisses de panthère. Mais non, il dégoise pas un pet de mot, Molokro de Cotonou, mais il me tend la main. Il va payer pour la séance de psy ou quoi ? je pense hilare. Et là, surprise ! Dedans sa paume rosée comme un cul de bébé : l'enveloppe.

Le con !... Je suis le dernier des michetons !... J'ai rien vu, moi... Je lui prends le précieux colis et l'enfourne dans mon sac. Aussitôt Molokro volte des talons, sort, attrape un gonze dans le couloir et se met à jacasser ouolof, sans un regard pour moi.

Ça y est. Il n'y a que le premier pas qui compte. Il est rien de grand, mais, avec lui, je commence à glisser de l'autre côté... J'entends déjà la populaire sagesse... Qui vole un œuf, vole un bœuf !... La pente du crime est amorcée !... Le toboggan du déshonneur !... Il a suffi d'une main qui donne et d'une autre qui reçoit... Ça, une vétille ? Ah mais non ! La pompe à Lucifer, oui, les rets du vice ! C'est mes trente deniers à moi que cette enveloppe mignarde... Mon petit plat de lentilles réchauffées... Ah mais c'est qu'il l'a bien cherché !, diront les gens en lisant le journal où je m'afficherai à la rubrique des faits divers... Alors qu'il était si gentil !… Et serviable avec ça… Toujours bonjour bonsoir… Telles fricasseries de politesses devaient cacher l'ignominie d'un cœur noir… mais voilà tout : il a suffi d'une enveloppe et hop ! Grippé par Satan et toute sa clique d'Apaches et de drogués des banlieues… Devant moi, par la petite porte de service réservée au personnel de maison et aux domestiques falots, s'ouvraient enfin la géhenne et le terrifique royaume du Mal.

IV

Crotale et Gerboise

Je calte. J'ai très envie de choper Steph à la sortie des bureaux pour en savoir plus sur la gonzesse… Mais l'enveloppe que j'ai fourrée dans ma sacoche bat contre ma cuisse, et je la sens brûlante comme la braise. Je subodore l'envisageable embrouille, et le merdier sidéral qui s'ensuivrait si une fouille au corps, si un déballage de sac, si une descente du GIGN des prisons, si un contre-appel mandaté par le ministère… Je préfère mettre les bouts le plus rapidement possible. *Adiós*, poupée brune, le mitan m'appelle… *So long…*

J'ai été recta au club de boxe. Je ne cache pas que j'avais un peu bigné à travers l'enveloppe, mais nada, il devait y avoir dedans comme une feuille de carton souple qui rendait tout opaque. En tout cas, Riccioli et Molokro avaient tenu parole : pas l'ombre du bout de la queue d'un nom, ni devant ni derrière.

– Hé hé, chantonna, cocasse, Rocky en secouant la lettre par une de ses pointes, bravo Lazare… C'est Riccioli qui va être content.

– C'était pas difficile, dis-je l'air blasé… Et la suite ?

– Ben la suite, c'est ça.

Il a fouillé dans un tiroir métallique. À travers les vitres crasseuses de son bureau, on entendait les couinements des semelles de crêpe sur le ring, le bruit des gants qui écrasaient les chairs avec un bruit mouillé… *Floc* !… *Flac* !... Dans les films, les poings dans la gueule font *Clac* !… ou *Boum* !... Mais la vérité, c'est que ça fait des bruits d'eau, avec parfois des grandes aspersions de résiné. Taper dans de la viande composée à quatre-vingts pour cent de flotte, quel autre bruit ça peut renvoyer sinon un bruit de poisson pêché qu'on tue à coups de bâton ? Rocky a sorti une enveloppe du même acabit que celle de Molokro. Blanche et toute conne. Sans mot ni adresse.

– Et à qui je la donne, l'enveloppe ?

– Ben à Molokro, pardi !

– Quand ?

– Dès que tu peux.

– Ça sera la semaine prochaine.

– Ça marche.

J'ai pris l'enveloppe du bout des doigts… Dehors dans la salle, les mecs se foutaient des marrons en cadence. *Flac* ! *Floc* !… J'ai eu le sentiment fugace d'être un poisson qu'on sort de la lancequine pour l'estourbir à coups de bâton sur la rive.

J'ai donc attendu la semaine suivante pour remonter en détention. Je devais être le seul pékin de toute la galaxie à piaffer d'impatience à l'idée de retourner en zonzon. La faute à la brune musicienne et au passe-passe d'enveloppes. J'avais l'impression de redevenir un môme, à jouer aux gendarmes et aux voleurs et à tomber amoureux de la première inconnue rencontrée au coin de la rue. La vie reprenait son sel : elle était jeu sans gravité. Même Vanessa me trouva changé. Elle estima que je tirais moins la gueule. Alors, petite fille butée, digne fille de commerçants de bimbeloteries de centre-ville, profitant de l'accalmie, elle recommença à geindre pour l'avoir, son vache de salon d'esthéticienne. Je jouais le con en lui disant d'accord, mais j'exigeais d'y donner des leçons d'esthétique hégélienne. Elle rit sans comprendre et me fit promettre de changer de boulot, et de dire oui à un pote à elle, DJ et qui avait une agence de com bidon vivant des subsides régionaux. Je m'en branlais de longue, de son plan foireux, mais je lui dis oui quand même. Je m'en foutais d'elle et de son petit bonheur d'épicerie car j'étais jouasse. Elle se fit alors chatte comme jamais. Le soir même, au plumard, je la bourriquai à la couturière, une maille à l'endroit, une maille à l'envers, en imaginant le corps de la musicienne à la place du sien. Elle me crut redevenu amoureux. Elle calculait secrètement ses périodes d'ovulation pour que je lui foute un polichinelle dans le tiroir. Je calculais secrètement le cubage du camion dont j'avais besoin pour déménager tout mon barda de chez elle.

La semaine suivante, j'avais mon vieux Rignier, Auguste, Ramblet, et d'autres. Mais de Molokro, point. Ça m'a mis d'humeur chafouine. En plus, ce matin, j'étais venu un quart d'heure en avance, à mater dans ma bagnole l'entrée de la taule pour espicher la jolie musicienne mais peau de nib : elle n'était pas venue. J'avais tardé alors, tirant sur l'horloge, et jouant le quart d'heure de retard, mais le résultat était de même : les Muses n'étaient pas au rendez-vous. J'étais donc assez maussade quand Rodolphe m'ouvrit les portes de la salle de philo et fit entrer mes gugusses.

– Ça va pas ?

– Non, rien…

– Oh toi, il m'a dit en appuyant de son index sur ma poitrine, tu veux te mettre à la musique mais t'as pas trouvé de cours particuliers…

Et il a mimé un truc comme un trombone à coulisse porté à ses lèvres, mais plus coulisse que trombone. Il est parti de son rire de kung-fu. J'ai haussé les épaules. Je déteste la vulgarité quand je n'en suis pas l'auteur.

Il manquait des types inscrits sur la fiche du jour mais qui n'étaient pas descendus des étages. Peut-être Molokro était-il l'un d'eux ? Je demandai à Rodolphe de se renseigner par talkie-walkie et de les faire descendre. Fallait être patient. La leçon peut pas commencer tout de suite, j'ai dit aux gars, il en manque… Pas grave… Les mectons se sont mis aux fenêtres à cloper gentiment, à discuter le bout de gras entre eux, tranquilles.

Ramblet s'est approché de moi. Je l'entreprends.

– Comment ça va pour votre procédure d'appel ? je lui demande, courtois.

– Boaf… J'essaye l'extradition pour l'Espagne. C'est toujours mieux que les prisons françaises. Y a des appartements parloirs. On peut recevoir sa femme le temps d'un week-end dans un petit appartement… C'est autrement plus civilisé qu'ici.

Il s'est forcé à un sourire, et puis il m'a rendu la politesse en se souciant un peu de moi :

– Je vais pas vous ennuyer avec mes histoires… Et les vôtres ? On vous sent nerveux, à cran, ce matin…

– Pardon ? dis-je, vaguement soupçonneux.

Le Ramblet pouvait avoir observé mon petit manège avec Molokro. Il sentit que je me cabrais, et voulut tout de suite me mettre à l'aise.

– Oh non non, je dis ça, moi… c'est pour causer.

Il s'est mis à rire silencieusement et il a continué.

– Vous faites bien ce que vous voulez ici. C'est pas moi qui vais donner des leçons de morale ou de droit… Simplement, je voulais vous dire, histoire de rendre service…

– Oui ?…

– Le temps en prison, c'est cinq à six fois plus long que le temps dehors…

– Je sais ça…

– Non, mais je parle pas du temps comme on le vit, parce qu'il passe lentement… Je parle du temps réel… Pour parvenir à un truc, ici, pour qu'un projet aboutisse, entre l'administration qui complique tout, les gars qui cherchent à vous embrouiller, le manque de moyens, le mépris généralisé, le chacun pour soi…, il faut bien cinq à six fois plus de temps ici que dehors pour arriver à ses fins… Donc des fois, quand on attend quelqu'un, quelque chose, ici, au gniouf, faut être prêt à la patience… Comme le crotale devant le nid de gerboise… Prendre les choses avec philosophie…

Ramblet m'a souri. Rodolphe a ouvert aux retardataires.

– C'est bon… Ils sont tous là. Tu peux commencer.

Quatre types se sont installés sur des chaises. Mais toujours pas de Molokro. La leçon devait pourtant commencer. Elle commença. S'acheva. Je m'en allai. Je revins. D'autres leçons suivirent. J'appris à être le crotale devant le nid de gerboise… Être patient. Attendre son heure. Molokro devait m'attendre à l'autre bout de la maison d'arrêt. Ou au tribunal. Ou à l'infirmerie. Ou à la morgue, la gueule désossée et les yeux fermés, après un règlement de comptes. Ou il avait été transféré un matin à six heures pour Fleury ou Saint-Pierre-et-Miquelon, qu'est-ce que j'en savais ?… Mais être patient. Sagesse d'Indien dont

Ramblet m'avait gratifié… Riccioli aussi allait devoir attendre… Lui ce n'était pas grave, il avait déjà intégré la lenteur dans son plan ; c'est moi, comme un bleu-bite, qui avais voulu accélérer l'affaire. Et la brunette aussi, je devais attendre, malgré le feu qui me montait du calbute quand je pensais à ses petits nibards, à sa bouche ourlée et à ses fines gambilles… Où elle était, celle-là, si belle ?… Une intervenante extérieure, ça ne bosse pas qu'en prison… Je l'imaginais en récital au Danemark, dans le Connecticut ou à Shanghai… Éblouissante, absorbée par la musique… Est-ce qu'elle pensait à moi quand elle pensait à plus rien, penchée sur son piano ?… Peut-être qu'elle était en ville, de l'autre côté des murs, dans un appartement, à se faire sauter par un sale gros type plein de poils qui lui foutait ses grosses mains sur ses seins menus… Ou alors, dans sa bagnole, dans des embouteillages, à écouter France-Musique, rêveuse à sa fenêtre, oscillant doucement au fil d'un *adagio* de virtuose, le regard vide, ses doigts longs posés sur le volant, bougeant à peine des hanches au gré des accords, sans même se rendre compte du très léger crissement de sa culotte de soie, là, sous les fossettes de ses reins… Loin de moi, tous, Riccioli, Molokro, Brunette, loin de moi dans le temps et dans l'espace… L'art de vivre en prison consistait donc à savoir tisser une toile d'araignée invisible. L'araignée sur sa toile attendant jours et semaines, voyant passer mouchette, un coup trop haut, un coup trop bas, jusqu'au jour où… *Plof* !… Et polka des mandibules !… Chaque fil devient terminaison lointaine qui renseigne sur ce qui se passe d'un bout à l'autre de la toile, du pays, dans une autre zonzon, chez une autre équipe de lascars, dans une autre cité… Où que tu sois, attendre, attendre, attendre le bon moment… que te remontent les informations... Les petites vibrations d'un fil ou d'un autre, qui te remontent à la patte... Être patient... Un jour ou l'autre, le fil Molokro allait se mettre à goder... Et celui de la musicienne, itou.

Entre-temps, j'ai eu tout le temps d'apprécier Ramblet. Je l'estimais, ce gonze, au final. Il revenait à mes cours de philo, opiniâtre et sérieux. Ramblet était un gaillard de la vieille école, un braqueur à l'ancienne, baluchonneur au clair de lune, massif, lourd, le crâne rasé, la mâchoire en trapèze, les mains comme des battoirs, les doigts comme des saucisses, des ongles comme de la corne, taillés à angle droit. Ramblet avait la mémoire de la prison. Un beau jour, comme ça, pendant la matinée de philosophie, nous devisions sur l'engagement après la lecture d'un texte de Sartre. Ramblet s'était mis à bougonner :

– Engagez-vous, engagez-vous, qu'il disait, Sartre, mais lui, il s'est engagé du côté du stalinisme, alors, comment on peut encore le lire maintenant qu'on sait qu'il a servi à excuser les crimes à l'Est ?

– Mais on peut lire Sartre en faisant abstraction de ça. Peut-être qu'il s'est planté dans son engagement, mais au moins, il s'est engagé. On ne peut pas lui retirer ça.

– D'un mec normal, je comprends qu'on puisse l'excuser, mais pas d'un intellectuel. Il a une trop grande responsabilité. Surtout quand il invente une philosophie qui est essentiellement politique.

Bon... je voulais pas me fâcher avec Ramblet, il avait trois têtes de plus que moi, et j'avais encore un peu du mal à le calculer politique. Où il voulait en venir, finalement ? Est-ce que mon Ramblet était un affreux mec de droite qui ne retenait de Sartre que cette bourde monstrueuse pour discréditer toutes les théories de l'engagement ? Je remontai à la charge.

– Admettons que Sartre se soit planté dans son engagement personnel…

– … J'espère bien !…

– … On ne peut pas critiquer l'idée que ce soit par l'engagement que je me construis, que j'existe.

Ramblet s'esclaffa :

– Oh c'est trop facile comme excuse ! J'ai raison en général, mais j'ai tort en particulier… Faites comme je dis, faites pas comme je fais !…

D'un coup, il s'est souvenu d'un cours précédent :

– Eh… Mais c'était pas Kant qui avait écrit un truc sur la stupidité de l'expression « Il est possible que ce soit vrai en théorie mais faux en pratique… » ?

Oulah. C'est ce qui s'appelle se faire mettre un K.-O. avant la fin de la première reprise. Heureusement, un mec est intervenu dans la conversation, ne me laissant pas l'occasion de savoir où voulait m'emmener Ramblet, sur quels rivages d'une pensée que je redoutais réactionnaire et fatigante.

– C'est comme nous ici…

– C'est-à-dire ?…

– Personne dit rien, mais les conditions sanitaires sont dégueulbiffes. Des douches, y en a quatre pour tout l'étage. Et y a des salopards qui ont chié dans les bondes d'évacuation des eaux usées.

Glapissement collectif de quelques minots du quartier qui jouent les indignés et les irascibles. On les écouterait, qu'ils convoqueraient Sarkozy pour déboucher les chiottes.

Aïe. Ce sont les impondérables de la philo en prison. Parfois une belle hauteur de vue, une gravité des positions, une radicalité des propos, et des fois, des beaufferies de café du commerce. Avec le temps, on apprend à laisser débagouler les geigneries du quotidien, pour prendre appui petit à petit, en douceur, sur ça aussi, afin de retricoter du sens. Mais je n'ai pas le temps de réagir que Ramblet se saisit de la parole. Les muscles de ses mâchoires jouent sous la peau. Tout ça n'est peut-être pas très bon. Déjà que Sartre l'avait sensiblement énervé…

– D'accord, leur a dit Ramblet, je suis d'accord avec vos revendications. Alors écoutez… Tout à l'heure, ils nous sortent en promenade. Au moment où ils vont nous appeler pour remonter en détention, je refuse, et je reste en bas, dans la cour. Qui est partant ?

Les mecs ont regardé Ramblet comme s'il tombait de la Lune.

– Mais t'es dingue ! tu vas finir au mitard.

– Mieux que ça. Je les connais, ces endauffés. Ils vont me transférer au QI de Mande. Y a pas de chauffage au mitard, là-haut. L'hiver, il fait moins quinze. J'aurai plus de parloir famille et ils vont sucrer mes réductions de peine. Sauf si on est assez nombreux pour tous le faire ensemble… Alors, les petits mecs, il s'agit plus de gueuler maintenant. Il faut agir. Qui bloque la cour de promenade avec moi tout à l'heure ?

Les mecs sont restés la morve au nez, sans dégoiser. Alors Ramblet est parti d'un bon gros rire de Père Noël. Il a passé ses grosses paluches sur son crâne de lutteur de foire, il a secoué la tête et il a dit :

– Allez, les petits, retournez à la douche et continuez à vous laver les cheveux avec de la merde en guise de shampoing.

J'aimais bien Ramblet. Plus tard, quand il a appris qu'il quittait la France pour l'Espagne, pour occuper sa villégiature à Barcelone, il m'avait demandé des bouquins de Bakounine. Maintenant, je comprends mieux pourquoi Sartre l'agaçait. Son engagement à lui, Ramblet, ne consistait pas à monter sur des tonneaux pour expliquer au prolétariat qu'il était exploité. Il consistait à percer les coffres des banques, et à attaquer toutes les figures de l'autorité, même en prison. Il n'aimait pas l'État, ses gendarmes et ses nuées de fonctionnaires.

Le rigolo de l'affaire, quand même, c'est que ses bouquins de Bakounine, à Ramblet, j'ai dû les lui passer par les fonctionnaires du consulat.

Une autre fois, je voulais travailler la question de la mort avec mon groupe, parmi lesquels Ramblet et d'autres, dont deux arsouilles que je surveillais assez du coin de l'œil. Le premier, je le calculais médiocre – gueule chafouine resserrée autour d'un tarin goutteux, le front labouré de rides tortueuses et bulbeuses comme une racine de vieux cep, des impatiences dans les guibolles, une haleine de pharmacie de campagne et trois couches de pulls crapoteux qui descendaient jusqu'aux poignets. Toxico pur jus. Et le second, Steph, le responsable de l'Unité locale d'enseignement, me l'avait signalé comme « un cas difficile ».

– « Un cas difficile », est-ce qu'il y a autre chose que des cas difficiles, dans cette thurne ? que je lui avais répondu en plaisantant.

– Oui mais lui, pendant les cours, il se lève pour pisser dans les cendriers.

Mais revenons à nos matons. Sujet : « Est-ce qu'il faut penser à la mort ? » Un inconnu prend la parole, tout timide. Grand mec fin aux gestes lents et appliqués. Sa voix s'écoule en un filet à peine audible. Il est vêtu d'un pull étroit et noir qui colle à son grand corps sinueux. Ses cheveux sont séparés par une raie très droite. Juste avant de parler, ses longues mains blanches et fines brassent l'air comme s'il cherchait à donner la mesure à un orchestre invisible.

– À vrai dire, je ne comprends pas très bien la question, si je puis me permettre…

– Comment ça ?

– Quand vous dites « faut-il penser à la mort », vous parlez de quelle mort ?

– « De quelle mort » ? je répète, un peu surpris.

Il s'éclaircit la voix. De l'une de ses longues mains, il aplatit ses cheveux, s'assure que la raie est toujours impeccable, retient un petit sourire pour lui-même.

– La mort de qui ? Je veux dire… Penser à *ma* mort n'est pas pareil que penser à *la* mort en général, ou à la mort de quelqu'un d'autre.

– Ah oui, je n'y avais pas pensé. C'est intéressant. Pourquoi ce n'est pas pareil ?

L'inconnu hésite encore. Il porte ses doigts fins à ses lèvres. De son majeur, il appuie doucement et régulièrement sur sa lèvre inférieure.

– Eh bien… je pense que personne n'est capable de penser sa propre mort… C'est trop difficile… Même les croyants… Quand ils disent qu'ils pensent à leur mort, c'est faux, puisqu'ils croient à la vie éternelle… Par conséquent, la question de savoir s'il faut penser à sa propre mort, c'est une question qu'on ne peut pas résoudre parce qu'on ne peut pas envisager notre propre mort… C'est au-dessus de nos forces… On vit tous comme si nous étions éternels, comme si tout cela allait durer à jamais… Et c'est tant mieux d'ailleurs…

– Pourquoi ?

– Parce que si nous nous savions mortels, si nous comprenions que tout ce que nous entreprenons ne sera d'aucune utilité parce que nous finirons cadavres… Si nous nous rendions compte que toutes nos actions, même les plus belles, comme les plus hideuses, n'ont aucun sens parce qu'elles appartiennent à quelqu'un qui disparaîtra à jamais… Alors… Alors, je crois que nous n'oserions plus rien entreprendre, nous nous coucherions sur le côté, nous cesserions de nous alimenter et nous attendrions que la mort vienne, pour faire cesser cette comédie…

Je le pousse à babigner d'abondance.

– Donc, pour vous, il vaut mieux que nous soyons incapables de penser à notre mort ?

– Oui, bien sûr. Cela nous permet de nous intéresser à des choses futiles. À notre vie, à notre carrière, à nos enfants…

La lucidité glaciale de ce type, que je n'avais jamais vu avant, m'épate. Il pourrait foutre la pétoche à Cioran. Je le relance.

– Par contre, la mort des autres, elle, elle est pensable ?

– Oui… Forcément, ça nous concerne moins… C'est plus facile à envisager.

Il hausse les épaules avec un petit sourire.

– … enfin, je suppose…

Ramblet corrige.

– Sauf les autres qu'on aime. Demande à n'importe quel parent s'il est prêt à envisager la mort de son enfant. Aucun n'en est capable. C'est même la pensée la plus abominable. Un père ou une mère préfère envisager sa propre mort plutôt que celle de son enfant.

L'inconnu réfléchit. Il incline sa tête sur le côté en regardant Ramblet parler.

– C'est possible… À vrai dire, je ne sais pas, parce que je ne suis pas père… mais sans doute que si j'étais parent, alors oui… sans doute… Vous avez raison.

Je le relance.

– Mais ça ne répond pas à ma question. Vous avez dit tout à l'heure qu'il est impossible d'envisager sa propre mort, parce que nous vivons tous comme si nous étions immortels. Mais la mort des autres, vous reconnaissez qu'on peut en avoir une idée ?

– Oui.

– Et maintenant, je vous pose de nouveau ma question : la mort des autres, est-ce qu'il *faut* l'envisager ? Est-ce qu'il faut penser la mort des autres ? Est-ce que c'est pour nous quelque chose comme un devoir ? Quelque chose d'essentiel ? De nécessaire ?

Ramblet répond :

– Il faut bien. Tout le monde finit au boulevard des Allongés. La seule chose qui reste, et par quoi on échappe à l'absurdité, c'est quand les autres se souviennent de vous. Faut garder la mémoire de nos morts. C'est le dernier service qu'on leur doit.

Il a dit ça d'une voix grave, un peu embarrassée.

L'inconnu l'a écouté parler. Il secoue doucement la tête.

– À quoi bon ?… Les morts survivent dans le souvenir ? Ce serait ça notre devoir ? Maintenir encore une fois l'illusion d'une éternité ? Retarder l'oubli de trente ou cinquante ans ? À quoi bon…

Il se retourne vers moi en souriant.

– Je ne voudrais pas vous froisser, mais votre question, là, « faut-il penser à la mort ? », c'est une question… stupide. Quel plaisir peut-on avoir à s'encombrer de fantômes ?

Il m'a dit ça avec un sourire qui remonte jusqu'aux oreilles et de grands yeux tristes. L'ambiance est lourde. Je suis mouché. Je dis que c'est la pause. J'en ai peut-être plus besoin qu'eux. Qui est ce type ? Les mecs se lèvent, vont fumer aux fenêtres, tchatchent avec les hommes en cour de promenade. Ils n'ont pas le droit de sortir ; nous sommes enfermés dans la même pièce, les dix que nous sommes, pendant toute la matinée. Même la sortie pour aller aux chiottes est proscrite : mesure coercitive depuis que des petits marlous ont trouvé malin d'exploser la salle informatique l'an dernier.

Je reste sur ma chaise, un peu groggy, et je mate en coin l'inconnu. C'est bizarre, je me faisais une fixette sur mon toxico ou sur le pissomane, et voilà que c'est lui, l'oiseau rare.

Il se déplace avec d'infinies précautions dans la salle, comme s'il était en verre. Son sourire continue de flotter sur ses lèvres. Ramblet s'approche de lui.

– Et toi, t'es ici pour quoi ?

– Oh… (Il hausse les épaules dans son pull noir, et sa main s'envole gracieusement par-dessus son épaule, par-delà les murs et les barreaux…) Double assassinat.

Ramblet ne s'était pas gouré. Ses conseils étaient du bon nanan. Molokro est revenu un mois après. Il s'est excusé platement, a déploré de ne pouvoir assister aux ateliers philo. Il était coincé parce que les heures de sport tombaient en même temps.

– C'est de la boxe que vous pratiquez ?

– Ben ouais.

– Écoutez, ce n'est pas bien grave. Quand il était au Havre, Jean-Paul Sartre s'y exerçait bien, à la boxe. Ça ne l'a pas empêché de devenir un grand philosophe.

– Qui ça ?

– Nan, c'est pas grave. Laissez tomber…

Molokro n'était pas venu qu'avec des excuses. Il avait la petite enveloppe. C'était reparti ! Ce fut la première d'une jolie série, toutes plates et immaculées ; la farandole des petits papelards pouvait reprendre, le carrousel des petites bafouilles allait bon train. Je passais presque toutes les semaines au club voir Rocky ; et à chaque fois il m'en redonnait une.

– Ah ben dis donc, s'enthousiasmait Rocky, les affaires, ça repart !

– On dirait bien…

– Tiens, pis j'ai autre chose, pour toi…

Il m'a tendu une enveloppe. En kraft, cette fois-ci, et un peu plus épaisse. Je ne l'ai pas prise tout de suite.

– Qu'est-ce que c'est ?

– Ben comme d'habitude… Une enveloppe…

– Elle est grosse celle-là, j'ai rétorqué, méfiant.

Il l'a tournée dans tous les sens pour me montrer le devant et le derrière.

– On s'en fout qu'elle soit grosse… On s'est mis d'accord, avec monsieur Riccioli, il y a rien d'écrit… Ni devant ni derrière…

Ça me paraissait correct. Et c'était normal : j'étais un bon travailleur pégriot, honnête et droit, ayant fait ses preuves, bon pedigree et tout et tout, maintenant, on pouvait passer aux choses un peu plus sérieuses. Je n'allais pas reculer au moment où enfin c'était du lourd… Après tout, j'étais venu pour ça… Je lui ai pris l'enveloppe kraft et je l'ai fourrée dans ma sacoche.

– Et c'est pour qui, ça ? Encore pour Molokro ?

– Non, ça c'est pour Farid Kateb.

– Kateb ? Le poids léger ? Il est en taule ?

– Oh, pas grand-chose… complicité sur du trafic de stups. Un de ses frangins, je crois… Il a pris six mois de sursis et deux à l'ombre. Tu vois, c'est pas grand-chose… Tu l'as pas vu, encore ?

– Non.

– Eh bien, tu vas le voir… Bientôt, Kateb, tout poids léger qu'il est, eh bien, il va s'y intéresser, à la philosophie…

Et voilà comment j'étais en train de monter la seule école française de philosophie qui ne recrutait pas des pisse-froid de normaliens ou des agrégés de mes deux, mais de solides castagneurs, des videurs de boîtes à putes et des maquereaux de la Côte d'Azur. La faculté n'avait qu'à bien se tenir… Tremblez, rédacteurs de *Philo Magazine* et petits philosophes branleurs qui se la pètent anars et posent en rebelles en lisant du Onfray… L'hallali de la philosophie confisquée par les bourgeois a sonné !… Bientôt vont débouler sur les champs de course du concept des lascars sans foi ni loi, citant Stirner, Paul Lafargue et Georges Sorel !… Je les voyais déjà, férus de sagesse à la dure, piquée de chez Antisthène, faire des descentes aux émissions d'Enthoven pour venir y foutre des volées à tous les demi-sels à chemise blanche échancrée et en costume Cerruti qui juraient que par l'activité théorétique aristotélicienne… Se déployaient devant moi des Armageddon de feu et de sang, où des racailles en survêts Umbro blanc immaculé descendaient sur la ville, non pour y kramish quelques misérables bagnoles de condés, mais pour y dépouiller la Fnac et Virgin de tout leur rayon sciences humaines… On verrait à la buvette des clandos les mecs se pourrir pour une exégèse pointue et glandilleuse de tel passage de Marc Aurèle ou d'Épictète… Leurs tapins, toutes triées sur le volet à la sortie de la rue d'Ulm, devraient savoir baiser en levrette en récitant Ovide… La salle de boxe de Rocky, je la voyais bien, moi, avec un dépôt de bouquins en entrant, gros comme la porte d'Ishtar… Et les mecs, entre deux rounds, en train de réciter dans leur coin de ring des pages d'Arthur Cravan…

– Monsieur Riccioli voudrait te voir.

– Pourquoi ? j'ai répondu en sortant de ma nébuleuse rêverie, on avait dit qu'on débriefait au bout de trois mois ? Fin décembre… On a le temps, on est fin novembre…

– Ouais mais apparemment, ça va bien, et il est content… Tu vois, les enveloppes sont plus grosses… Tu diversifies ta clientèle… C'est bien… Alors il voudrait te voir pour te le dire et te remercier d'une manière ou d'une autre…

– …

– Écoute, la prochaine fois qu'il descend au club, je te téléphone, et on ira s'en jeter un au Kalinka.

– Eh bien d'accord.

Comme quoi, la prophétie de Ramblet avait tapé juste. Laisser du temps au temps. Grâce à la patience, j'avais pu monter en grade chez les Poings Nickelés…

Mais n'empêche. Il me manquait quand même l'essentiel : le retour de la musicienne. Or même là-dessus, mon *saupicqueur de coffiot massis*, comme dit Villon, ne s'était pas trompé. Elle n'allait pas tarder à venir, ma musette… Je la revis un beau midi, sans crier gare…

V

Amours, Muses et carambouilles

Avant d'entrer dans le corps de bâtiment, il y a une cour battue de cagnard et de poussière, avec des murs hauts comme un jour sans pain. C'est là que manœuvrent les fourgons cellulaires, présentant leur gros cul rond à l'entrée des unités carcérales. Ensuite sortent, de l'obscurité froide des salles d'attente, les chapelets de prisonniers déférés au tribunal, à la queue leu leu et menottés par paires. La procession des gonzes ahuris déboule dans la cour où ils clignent des quinquets comme des ninards tout juste débousés. Leurs gestes sont maladroits, ils ne savent plus trop où ils en sont, enchaînés dans la lumière, sous un ciel bleu d'encre, dedans-dehors. Font trois pas dans la fausse liberté et la lumière éblouissante de la cour qui poudroie. On les pousse. On leur gueule un peu dessus. Ils s'entassent ensuite dans le fourgon cellulaire, chacun encoigné dans une espèce de placard de métal juste assez grand pour s'y tenir debout. Des cercueils debout. Voilà. C'est fini. En cinq mètres, ils ont résumé une vie d'homme. D'un néant à l'autre. Et entre les deux, un éblouissement qui mord et illumine, et que certains pourront peut-être convertir en ravissement cruel. Les autres seront passés à côté de la très vacharde poésie de ce qui s'appelle : vivre.

La mirifique procession des gaillards est conduite par un Ghanéen maousse en train de pourrir en ouolof un surveillant-chef qui se fend la gueule. Les autres suivent, clopin-clopant, s'essayant à murmurer des malédictions et des humiliations à l'adresse de sa mère, de ses sœurs et de ses morts. Le surveillant-chef, avec un putain d'accent corse, leur parle de la sixième cour de Marseille en rigolant. Il leur annonce, à tous ces petits branleurs de merde, qu'ils vont bien se faire enculer de longue, avec des peines plancher de dix ou quinze piges. Le gros Black passe devant lui, essaie d'attraper son regard. L'autre se marre en secouant la tête, se retourne et donne deux-trois coups de poing sur le camion. *Einsteigen* ! Le Black plie la nuque et entre dans le fourgon. Les autres sont avalés pareillement. Un borgne et sa suite d'aveugles s'en vont au fossé…

Le soleil tape haut et fort pour l'automne. Son œil blanc de rage cuit, recuit, grille et calcine tout alentour. Températures pires qu'estivales et bien plus colériques qu'un été indien : sans doute un dernier abcès de fureur et d'incandescence qui va durer un jour ou deux, découper la moindre ombre au scalpel, ébouillanter les cervelles et faire fondre les yeux. Et puis ce sera tout. La méchanceté solaire s'en ira foutre son camp aux tropiques pour six mois. Et nous autres, les éblouis flambés vifs, elle nous abandonnera à la nuit qui vient.

Dans la lumière tremblée qui éclaire si fort qu'elle fend les paupières et brise les os, il y a une frêle silhouette noire. C'est la brune gonzesse de l'autre jour, qui m'avait claqué la porte au nez. Elle est à l'écart, et regarde, comme moi, l'embétaillement des gusses pour le parquet. Nos deux regards à elle et moi s'entretombent l'un dans l'autre. J'y vois mon désarroi. Elle voit le sien. J'ose un pas vers elle. Elle serre un dossier bleu sur sa poitrine et paraît toute menue, collée contre le mur blanc. Comme je sais pas quoi dire et que, de toute façon, il n'y a rien à dire, je reste, comme ça, à côté d'elle.

Elle a pris une grande inspiration. À peine sa poitrine s'est levée. C'était tout coincé à hauteur de la gorge. Je l'ai rebignée en loucedé. Elle était tête penchée, dossier tout contre ses seins mignons. Ses lèvres ourlées. Ses mains de môme pianiste, toutes fines, avec les ongles rongés. Et alors elle s'est mise à parler. C'est sorti d'elle en crue, comme si d'avoir trop comprimé sa poitrine et ses seins menus avec son dossier et ses paperasses, ça lui avait fait sortir tout seuls les mots. Sans doute même qu'elle ne me parlait pas à moi, et que je devais l'indifférer, ou que mon numéro de crooner carcéral de l'autre jour l'avait carrément débecquetée. Mais n'empêche, j'étais là, elle aussi. Alors les mots sont tombés au milieu de la carrée, jetés devant nous deux, sitôt envolés de l'ourlet de ses lèvres et sitôt plombés par ce sale cagnard d'octobre.

– C'était une grande et belle fille, tu sais. En plein milieu de la cour. Elle dansait toute seule… Plutôt, elle faisait danser ses mains, au-dessus d'elle comme des oiseaux qu'arrivent pas à s'arracher du sol, tu vois… Et elle, elle bougeait à peine. Ses hanches, un peu seulement. Comme un roulis. Elle avait les yeux mi-clos, un doux sourire. Elle penchait la tête sur le côté, comme ça… Tu sais ce qu'elle chantait ?

J'étais infoutu de savoir de quoi elle causait. Mais je voulais pas casser la magie. Elle a rien dit. J'ai tendu l'oreille. J'ai entendu mon cœur.

– Parlez-moi d'amour… Redites-moi des choses tendres…

Elle m'a chanté ça, la brune musicienne, du bout des lèvres, derrière son dossier bleu. À peine ça coulait dehors de ses lèvres que ça mourait dans le soleil, évaporé en buée douce entre nous deux.

Et là, d'un coup, j'ai su qu'elle était belle, comme une évidence, belle avant même qu'elle soit désirable. Je n'ai rien dit. Je regardais les mecs rentrer dans le fourgon de tôle brûlante. Je les voyais engloutis par le monstre de fer bleu marine, poussés par des condés poussiéreux, fatigués, lassés. Et elle, devant cette scène de rafle, la musicienne, elle chantait comme une petite fille.

Parlez-moi d'amour
Redites-moi des choses tendres
Votre beau discours
Mon cœur n'est pas las de l'entendre
Pourvu que toujours
Vous répétiez ces mots suprêmes
Je vous aime…

Ensuite elle s'est tue.

Il y a eu du vent en tornade dans la cour. Un flic a tendu un papier au Corse qui l'a signé et il est rentré dans la cabine du camion. Il a allumé le contact. Le truc s'est ébroué. J'ai cru qu'elle allait s'arrêter là. J'ai ouvert la bouche à mon tour, sans trop savoir quelle connerie j'allais balancer pour meubler le silence. Mais elle a repris :

– Et tu sais, de toutes les fenêtres, les gens lui jetaient des pièces de monnaie, à la fille… Elle, elle continuait de chanter au milieu de la cour.

Le gros-cul avec sa cargaison de viande humaine a commencé de manœuvrer en faisant craquer les vitesses. *Crac* ! *Crac* ! Des matons en lunettes de soleil guidaient le Corse en moulinant l'air sec et blanc et en gueulant des « À gauche ! » des « À droite ! » tant que ça pouvait. Le Corse suait à gros jus dans la cabine, derrière le volant. La musicienne s'est tournée vers moi. J'ai vu ses yeux noirs où je me suis noyé. Elle a parlé avec un débit de petite fille pressée, comme si elle me disait un secret que personne ne devait entendre, et qu'elle devait se dépêcher…

– Je reviens de la cour de promenade. Là-bas, c'est des mecs qu'on ne voit jamais, qu'on ne verra jamais, tu sais. Jamais ils ne viennent à l'école ou dans les clubs, les foyers ou quoi. Ils font de la muscu, c'est tout.

Elle a baissé la tête. Ses lèvres se sont posées délicatement sur la pointe du dossier bleu, son débit s'est ralenti, hésitant.

– C'est là que je l'ai vue… Mais tu vois, c'était pas une femme qui chantait. C'était pas une femme qui chantait… C'était un transsexuel pas fini, de même pas vingt ans. Il chantait bien *Parlez-moi d'amour*, mais les autres lui jetaient pas des pièces. Ils lui jetaient des pierres… Des caillasses ramassées dans la cour de promenade du bâtiment A. Pour la lapider… Et elle, elle continuait de chanter. Et elle dansait. Elle dansait pour esquiver les pierres…

Elle s'est tue. On a regardé les doubles portes du mur d'enceinte s'ouvrir, le camion sortir, tourner à droite et disparaître.

Les matons en lunettes noires retiraient les gants de cuir qu'ils enfilent quand ils manipulent les prisonniers et plaisantaient d'une voix forte. La musicienne regardait la poussière cotonneuse qui tombait paresseusement dans la cour. Puis elle a eu un petit sourire navré et a haussé les épaules.

– Je m'excuse, j'ai dû t'ennuyer avec mon histoire d'amour.

– Non non non, j'ai répondu en secouant les mains.

Et j'ai pensé très fort : tes histoires d'amour ne m'emmerdent pas. Au contraire. Je voudrais aussi t'en raconter, moi, de l'amour. Et plein. T'en raconter tout le temps, jusqu'à plus soif, jusqu'à ce que les mots accumulés dans cette cour de prison poussent les murs et fassent tout péter, une bonne fois pour toutes. J'ai eu très envie de la prendre dans mes bras. Je la sentais très paumée. Et moi de même.

Et puis d'un coup, elle m'a tendu sa main menue, par-dessus son dossier bleu serré contre sa poitrine. Elle s'est fendue d'un sourire immense. À côté le soleil paraissait hépatique.

– Moi c'est Leïla.

Je lui ai serré la paluche qu'elle avait tiède et douce et légère, et j'ai bafouillé mon blaze. Elle s'est tournée à demi et m'a regardé par-dessus l'épaule, à travers sa tignasse de jais.

– Tu m'en veux pas pour l'autre fois, de t'avoir pris pour un détenu ?

– Ah ben non non.

– C'est rapport à tes tatouages, tu sais. Ça fait mauvais genre.

Elle me prend les mains et contemple les bouzilles. Ses petites mains chaudes. J'aimerais bien lui dire que des tatouages j'en ai ailleurs et qu'elle pourrait aussi les y mettre, ses petites mains. Elle relâche mes mains en me disant, la tête penchée :

– Tu manges au mess ?
– Non, je bouffe en ville.
Con de moi, qui ne voulais pas donner l'impression qu'elle m'avait ferré.
– Une prochaine fois, peut-être ?
– Une prochaine fois, que j'ai répété sans comprendre.
Leïla s'est éclipsée, flamme noire et dansante sur tapis de poudre d'os.

Je me suis trouvé seul dans la cour, une boule dans le ventre, du plâtre dans la gueule. Bien fait pour moi et ma sale fierté de macho. J'ai tourné un peu, et finalement je suis allé bouffer en ville, tout seul.

Bizarrement, pendant que je tortorais, je n'ai pas arrêté de penser à son dossier bleu serré contre sa poitrine. Je pestais contre lui.
Et je me suis promis qu'un jour, j'aurais sa place.

Je n'ai pas revu Leïla dans les semaines qui ont suivi. J'ai appris par Rodolphe qu'elle était intervenue à Nîmes dans le cadre d'un dispositif européen d'éducation artistique en milieu carcéral, mais son rattachement administratif restait le centre pénitentiaire des Baumettes. Merde… Leïla était donc marseillaise… Ça ne simplifiait pas mon idylle…

Par contre, c'était la valse des enveloppes. Molokro toujours, et puis Kateb, le petit boxeur qui avait assisté à une paire de leçons, stupéfait, atomisé… Il était venu pour que je fasse le facteur pour lui, et *Vlan* !… il s'était pris un uppercut mental. Je voulais parler de Kant. Mais Kant, dans le texte, c'est coton… Alors j'étais passé par *Scarface*, le film culte de toutes les prisons de toute la planète. Et j'avais montré par A plus B que Tony Montana était moral le jour où enfin, il s'offrait en sacrifice pour éviter la mort de deux fillettes, et qu'à ce moment-là, et pas avant, il découvrait ce que c'était que la liberté, la vraie liberté, celle qu'accomplissent les hommes quand ils décident de tourner le dos à leurs intérêts et quand ils se sacrifient pour autre chose qu'eux-mêmes. Kateb en était tout retourné. Il avait failli oublier de réceptionner le courrier…

En deux mois, plein de trucs avaient eu le temps de changer. Depuis que je bossais dans l'expérimentation de la philo en prison, on n'avait pas eu de retour de la part des grandes huiles de Paname qui avaient mis au point le truc. Et d'un coup, *bing* !, à la même période, ça tombe sur le bureau de Steph, comme quoi, grand raoût et débriefing en présence d'un costard-cravate du ministère. Rendez-vous à Toulouse. On y monte, Steph et moi, dans ma petite toto.

Arrivés là-bas, on nous reçoit au rectorat, avec quelques cravatés, parmi lesquels des vieux instits militants reconvertis dans l'éducation carcérale, et même Stiegler, qui nous détaille ses années d'apprentissage de la philo quand il mijotait en cabane…

Nous, on raconte le terrain, et le sentiment partagé qu'on a de voir les types se plaire à philosopher, et on narre par le détail nos efforts de « conceptualisation carcérale ». On tombe tous d'accord pour dire que la philosophie permet d'interroger sa condition, donc de prendre des distances avec elle, et par conséquent de fabriquer un interstice, un espace, un jeu suffisant pour bidouiller quelque chose qui ressemble à de la liberté.

Socrate, dans le *Phédon*, commence à en avoir marre de tous ses petits copains qui lui tannent le cuir sur la vie après la mort, le sens de la vie, les mystères de l'au-delà. Alors il a cette définition, histoire de claquer le beignet à tous ces merdaillons tripoteurs de concepts : « Philosopher, c'est sortir de son trou. » Nous autres, philosophes du mitard, on était bien d'accord avec ça, et on avait vu que ça marchait.

Quand on l'explique par le menu au cravaté du ministère, il ne sent plus de joie. Il ouvre un large bec et fait tomber sa proie. Il nous annonce une grande et bonne nouvelle. La phase d'expérimentation est achevée ; elle est couronnée de succès. On passe maintenant à la phase d'extension du processus. Nous, contents, nous nous embrassions à bouche-que-veux-tu, les confettis tombaient des faux plafonds et un orchestre catalan faisait retentir ses cuivres dans le couloir du rectorat, entre la machine à café et la cellule de soutien psychologique pour la gestion de la violence du groupe-classe.

Mais au même moment, changement de gouvernement et durcissement du régime. Suppression des crédits culturels alloués aux détenus. Les derniers embauchés, c'est-à-dire nous autres les professeurs de philosophie, nous fûmes licenciés. Exit l'expérimentation et le partenariat Éducation nationale/Justice. Il fallut dire adieu à la prison, à la petite bibliothèque de bouquins de philosophie que j'étais parvenu à y monter. Au moment du dernier inventaire, je découvris que certains des livres avaient été… volés. Il m'a fallu un certain temps pour décider si c'était une bonne ou une mauvaise nouvelle.

Boum badaboum. Je retombais dans l'incognito des baladins et des intermittents de la prison. Or la chose m'ennuyait considérablement. D'une part, je perdais de l'oseille, d'autre part, je pouvais guère assurer de présences régulières et ça mettait en danger mon petit trafic de papelards avec Riccioli. Et puis surtout, *last but not least*, ça ne facilitait pas la tâche pour retrouver ma musicienne, Leïla. Je devais donc impérativement trouver d'autres manières de continuer pour boulonner en zonzon…

Or je connaissais une gonzesse, Sylvie Rafale, une grande sèche toute en dents, qui savait de quoi j'étais capable avec les mecs. Des détenus lui avaient raconté que je leur faisais des cours de philo politique, et quand elle avait su ça, Sylvie, qui trimait dans une assoce d'insertion, elle m'avait dit, comme ça :

– Ben faudrait qu'on bosse ensemble, qu'est-ce que vous en dites ?

– Ben oui, c'est une bonne idée.

Et comme le temps de la reconversion était venu, j'avais décroché mon bigophone pour lui dire que c'était bon.

La grande Sylvie était en cheville avec le juge d'application des peines, en maison d'arrêt et en centre de détention, chaque mois avec des nouveaux stagiaires. Sylvie déboule, au milieu de tous ces gaillards, avec ses classeurs, ses fiches, ses sacs qui dégueulent de paperasses, de documents, de rapports, et te mouline tout ça, à grand renfort de cafés bouillants, de questionnaires, de rencontres, d'entretiens. Elle n'arrête pas une seconde. Dès l'instant où elle sort de sa bagnole en se demandant déjà où elle vient de mettre ses clefs, où elle passe sous le portique, et que ses clefs déclenchent la sonnerie du bastringue, jusqu'au moment où elle a fini le stage, et qu'elle remonte à la charge dans les bureaux du juge pour repérer d'autres gugusses – en pestant contre ses clefs qu'elle a perdues –, elle n'arrête pas. Elle te les met en gamberge sur la loi, que les gugusses ne connaissent que sous l'angle de la coercition et de la répression. Or le pari que tente Sylvie, c'est d'inverser le rapport, de leur faire comprendre que la loi a aussi des vertus libératoires. Elle leur explique leurs droits, leur rappelle qu'ils en ont, leur détaille les rouages et les sphères de compétences des différents tribunaux. Les mecs tombent de haut. À force de tests, de films, de rencontres, de paroles de rappeurs (Abd Al Malik quand même – c'est pas Joey Starr), peu à peu, elle déplace les lignes de front. Elle complète tout cela de rencontres avec des associations de victimes, pour qu'ils comprennent aussi la portée de leur geste, qu'ils en mesurent les conséquences.

– Sylvie, c'est Lazare Vilain…

– Qui ?

– Laz…

– Ah oui ! La philo… Comment ça va ?…

– Bi…

– Bon ben vous tombez bien parce qu'on commence un nouveau cycle de stages citoyenneté avec des détenus de Tarascon… C'est des fins de peines lourdes, des dix, quinze ans, j'ai des viols en réunion… Attendez voir que je feuillette le dossier, là… Oups ah crotte ! j'ai laissé tomber le combiné… Vous m'entendez, là ?… Et des braqueurs, que j'ai… Un tueur de bar-tabac et un avec barbarie… Voilà voilà… ils sont un groupe de huit… Je leur ai mis un sociologue de l'insécurité… Mon prof de crimino à Aix, mais bon ça a pas trop marché parce qu'il a peur des délinquants et justement, je m'étais dit qu'avec vous, c'était jouable, c'est pour ça que ça tombe bien que vous me téléphoniez… On peut se tutoyer ?

– Ben…

– Bon je suis drôlement contente de cette collaboration… Écoutez… Voilà comment on va s'arranger, on se donne rendez-vous la semaine prochaine mardi… Oups ah crotte ! j'ai laissé tomber mon café… Vous m'entendez là ?… Ou mercredi si vous préférez, c'est comme vous voulez, à Salon-de-Provence… On va commencer par Salon-de-Provence, mettons à sept heures cinquante-cinq, c'est pas la peine d'arriver plus tôt, sur le parking et ensuite on boit un café et on monte en détention et je vous explique le groupe… On peut se tutoyer ?

– …

– Ah oui, pardon ! La matinée, vous avez, pour donner votre leçon, mais je vous fais… Oups ! pardon !… je *te* fais confiance… Ah tu m'excuses ! on m'appelle sur une autre ligne parce que je téléphone du bureau, hein ?…

Voilà. C'était gagné. J'étais recruté pour clore les stages de citoyenneté. Moi, je devais arriver à la fin, profitant que la vase avait été bien touillée et qu'elle ne s'était pas encore déposée au fond pour réfléchir avec eux sur la loi, raconter Socrate en détention, m'essayer à leur expliquer un peu de Hobbes – l'homme est un loup pour l'homme – un peu de Rousseau – l'homme s'est donné des lois pour ne plus se donner de maître. L'expérience était presque toujours concluante. Presque. Un gars, un jour, est venu voir la grande Sylvie à l'issue du stage. Il était très content parce que, entre la première fois où il avait suivi le stage, lors de sa première incarcération, et la seconde fois, mon sujet avait changé et il se félicitait que je ne sois pas tombé dans la routine. Lui, par contre, commençait à prendre ses habitudes en prison…

L'avantage de bosser avec Sylvie Rafale, c'est que je ne travaillais pas seulement avec Nîmes mais que mon rayon d'action s'élargissait. Tarascon… Salon-de-Provence… On avait passé le Rhône et on quittait le Languedoc-Roussillon pour monter à l'assaut des terres hostiles de PACA… Et au bout, dans la ligne de mire, Marseille… Et au bout du bout, les Baumettes… Et dans le cœur de cible, Leïla.

À peine j'avais raccroché de mon entretien d'embauche avec Sylvie que mon téléphone s'était mis à sonner.

– Lazare ?

– Ouais.

– C'est Rocky.

– Ah salut. Tu vas bien ?

– Nickel… Qu'est-ce tu fous, là ? T'as cinq minutes ?

– Pourquoi ?

– Ben viens… Passe au club… Y a monsieur Riccioli qui veut te voir.

Quand je suis arrivé au club, Momo entraînait Farid Kateb. Visiblement, le petit était ressorti de taule… Ou il avait une permission… Momo le faisait travailler à la patte d'ours, trois enchaînements rapides : deux jabs du gauche et un uppercut pour finir du droit. *Tac tac boum* !… *Tac tac boum* !… Le petit Farid se démerdait bien. Il bouffait de la vache enragée à vivre avec ses cinq frères et sœurs et ses parents dans un appartement pourri du Mas-de-Mingue, et il comptait sur la boxe pour s'en sortir. Je le connaissais pour l'avoir vu se démener au club Mohamed-Ali, dans la zone sud, vers son quartier, avant que Riccioli ne vienne le repêcher et le pousse dans des petits championnats départementaux puis régionaux… Kateb avait la niaque qu'octroie la misère à ceux qui veulent en sortir. Il se disait aussi que c'était un petit-fils d'un général du FLN, que toute sa famille était passée dans les geôles gaulliennes, et qu'on avait torturé son aïeul pour qu'il dise où était planqué son fils dans les Aurès. Le vieux n'avait pas calanché, mais l'armée française lui avait quand même arraché les yeux, puisqu'il ne voulait rien voir. Il était devenu une espèce de héros local, l'aïeul à Farid, et je suppose qu'il y avait aussi toute cette histoire dans les coups qu'envoyait Farid, dans la manière qu'il avait de revenir chercher son adversaire, même s'il avait la tête en vrac et que le match était plié. À chaque uppercut, le petit Farid envoyait toute la sauce à partir des hanches et des mollets, rapide comme une guêpe. Le poing suivait presque malgré lui. La grosse patte à Momo encaissait le choc. Et *tac tac boum* !… il remettait ça. Une machine à ressort.

Riccioli était sur le bord du ring, à discuter le bout de gras en matant Kateb avec deux oiseaux que je connaissais vaguement. Les frères Van de Put. Les deux bonshommes étaient de la même génération que Riccioli, et se fagotaient aussi hideusement que lui. Même durillon de comptoir, même costard de VRP sur le retour, mêmes lunettes grasses et même clope au bec. Des clones à Riccioli, qui venaient acheter de la viande d'homme pour égayer un gala et organiser la chute ou l'ascension d'une étoile du noble art.

Rocky me fit signe depuis son bureau, à travers ses vitres douteuses. J'entrai dans la carrée.

– Monsieur Riccioli va pas tarder. Il cause affaires…

J'éclatai de rire.

– Quoi ? j'ai dit une connerie ?

– Non, mais c'est toi qui me fais marrer. Toujours à lui donner du « monsieur » « monsieur »… Et pourquoi pas bouana aussi, tant que t'y es ! T'as tourné fiotte et c'est ton homme ou quoi ?, sans déconner, Rocky, je te savais pas si lavette…

Rocky s'est rembruni.

– Tu le connais pas assez, Lazare, t'as pas le droit de dire ça… Quand t'en sauras plus…

Mais il ne finit pas sa phrase. D'un coup de menton, il me montra la porte. Riccioli venait de l'ouvrir, et il entrait, accompagné de Momo et des deux mariolles Van de Put.

– Ah, purée, que vous me faites chier… Vous voulez prendre Kateb pour votre championnat national, mais à condition qu'il passe de léger à superplume.

Les deux Belges opinèrent, stoïques.

Riccioli s'effondra dans le fauteuil devant le bureau. Il se massa l'arête du nez et soupira… Il claqua des doigts en direction de Momo :

– À combien il est déjà, Farid ?

– Soixante-deux six cent cinquante.

– Putain, maugréa Riccioli, je vais pas lui faire perdre cinq livres en dix jours pour les beaux yeux de la reine Fabiola…

Rocky avait sorti de sous son bureau une bouteille de JB. Il en versa des rasades de cow-boy dans des verres de cantine qu'il distribua à la cantonade. Riccioli but cul sec et explosa :

– Qu'est-ce que vous voulez, merde à la fin !, que je lui retire un tibia ?!

Il me vit enfin, et se radoucit.

– Ah Lazare, je t'avais pas vu.

On frappa à la porte. Farid Kateb passa sa tête. Il avait enfilé un peignoir en éponge.

– Excusez-moi monsieur Riccioli, je vais prendre ma douche alors…

D'un coup il s'arrêta en me voyant.

– Eh, mais je vous connais, vous, vous m'avez fait de la philo… Vous vous souvenez ?…

Et voilà que mon Kateb se met à résumer une des leçons de philo auxquelles il avait assisté, à spéculer et à mouliner sur son petit vélo mental à grand braquet, l'œil brillant et absent à la fois. Il y a eu comme un moment de grâce. Le temps s'était arrêté. C'était le même mec qui venait d'enchaîner une série de cent jab gauche/jab gauche/uppercut droit, qui sortait de deux mois de taule, et qui exposait maintenant l'idée kantienne de la loi morale comme condition de la liberté par renoncement à l'empirie. Soudain le film a repris.

– OK OK, a dit le plus gros des deux frères Van de Put… On va pas se tirer la bourre pour cinq livres… On prend Farid en léger, c'est promis… Allez, on vous laisse en famille, et on reparle de tout ça, ce soir, à l'hôtel.

Ils ont serré les louches comme à une fin d'enterrement, sans croiser les regards, et ils ont disparu aussi vite qu'ils étaient entrés.

– Ils ont eu peur, a dit Momo à Farid. Ils ont eu peur quand ils t'ont entendu parler. Un boxeur ça parle pas comme ça… Ils ont eu peur.

Riccioli souriait jusqu'à la fontanelle. Il claqua des mains et du bec, puis se frotta joyeusement les paumes :

– Bon allez, tout le monde, au Kalinka ! On va fêter ça !

Suze, ballon de rosé, pastis, Perrier rondelle pour le petit champion, pour moi, un petit ballon de Komdab, la Polak savait tout ça. On porta une santé à la reine des Belges, à Baudouin et au kantisme. On causa, on rigola, on reprit deux-trois tournées. Kateb s'en alla, sage comme une image, et nous continuâmes à nous imbiber. Riccioli me demanda de le raccompagner à l'hôtel. Il créchait à l'Imperator, derrière les Jardins de la Fontaine. Là, on continua à se poivrer gentiment au Martini, dans le jardin intérieur, sous la fraîche tonnelle. Il faisait bon, l'alcool nous foutait la suée. Riccioli tomba la veste et se mit en bras de chemise. Il avait un méchant bouzille sur l'avant-bras, un tatouage de para ou un truc comme ça. Le mauvais goût dans la peau, Riccioli… Il me posa une main paternelle sur la cuisse :

– Qu'est-ce que je peux faire pour toi, Lazare ?

– Eh, c'est pas un peu rapide, cette histoire ? On n'avait pas dit qu'on en causait à Noël ?

– T'avances vite. Regarde, t'as fait le livreur pour Molokro sans faute. Pour Kateb, pareil. Rien à redire. Et là, regarde comme tu les as mis minables, les Belges…

– C'est pas moi, c'est Farid.

Il eut un bon sourire.

– Oh, c'est du pareil au même.

Il croqua une olive. Je l'observais.

– Je peux vous poser une question ?

– Je sais ce que tu vas me demander.

– Ah bon, et c'est quoi ?

– D'abord tu vas me demander ce qu'il y avait dans les enveloppes blanches. Et tu sais ce que je vais répondre : qu'elles étaient vides, juste un bout de carton. C'était un test. Simplement, elles étaient très bien cachetées, pour voir si tu allais chercher à les ouvrir. Et tu n'en as ouvert aucune. Donc tu es digne de confiance, et c'est pourquoi on t'a livré ensuite des enveloppes plus grosses, en kraft. Et celles-là aussi, tu voudrais savoir ce qu'il y avait dedans. Et pourtant tu sais bien ce qu'il y avait, dedans, pas vrai ?

– De l'argent des paris clandestins.

– Bien sûr.

Il a claqué bruyamment du bec pour expulser un bout d'olive coincé entre deux dents et il s'est penché sur la table basse où il y avait les apéritifs. Il en a piqué une autre. Je voyais son dos rond, massif.

– Maintenant, à toi de répondre à ma question… Qu'est-ce qui te ferait plaisir ?

Il a penché la tête sur le côté. Je l'ai vu sourire. Je me demandais s'il avait lu Kant et s'il se foutait de ma gueule. Il a parlé entre ses dents tandis qu'il mâchonnait un noyau.

– Du pognon ? Ça t'intéresse pas… De la came ? C'est pas tes manières… À quoi ça marche, un mec, à part le pognon et la came, hein, philosophe ? Je vais te dire, moi. Aux femmes. Et toi comme les autres, pas mieux que les autres. Pas vrai que t'en voudrais, des femmes ? Que t'en voudrais, *une*, de femme ?

Je voyais un peu trop où il allait en venir… Mais j'étais comme tétanisé. Je me souvenais des araignées.

– Comment vous savez ?

– Rodolphe. Rodolphe le surveillant. Il m'a dit pour toi et Leïla.

– Vous me surveillez ?

Il a haussé les épaules :

– Mais tout le monde surveille tout le monde en taule ! Plus c'est opaque, plus c'est clair.

Alors il m'est venu l'idée ignoble… Mais j'étais lancé sur le toboggan du vice… Le premier pas qui compte… Je descendais à belle vitesse au fond du gouffre… Pourquoi freiner ?

– Leïla. Leïla, je la veux. Vous pouvez me l'avoir ?

Il n'a rien dit d'abord. Je ne voyais que son dos rond. Il a repris une olive. Je l'entendais rouler et craquer sous ses dents. Il a secoué la tête en silence.

– Ça doit pouvoir se faire…

VI

Leïla des Baumettes

Sylvie Rafale m'avait donné rendez-vous à sept heures cinquante-cinq pétantes sur le parking du centre de détention de Tarascon, une taule tout ce qu'il y a de moderne, lumineuse et javellisable comme une salle de dissection. La truandaille qui y végète n'y croupit point au milieu des cafards et des poux ; les chiottes ont des portes et les douches ne sont pas collectives – ne manque que la liberté pour y être parfaitement à son aise. Mais elle comme moi, on a de l'avance, alors on s'en va boire un caoua dans les bâtiments administratifs.

Sylvie veut me l'offrir, mais renverse la moitié de sa monnaie qui roule sous la machine, cherche le reste de sa mitraille dans le fond de son sac gros comme les soutes au *Titanic*, retrouve une pièce, la met dans la percolatrice machine, qui pète, rote, et te la renvoie aussitôt. Pendant qu'elle jongle avec une autre pièce, je m'enquiers de la fine équipe à laquelle je vais me frotter.

– Oh ben c'est des mariolles, ceux-là, on a bien du mal… J'ai de la très grosse violence conjugale, du carjacking aussi avec violence et des stups… Mais ils sont jeunes… Il manque un ou deux vieux pour pondérer…

Bling, ploc. Pchiiiiii. Mon café coule en crachant des onomatopées insanes. Le sien suit. Nos deux godets, lubriques, manquent de se monter l'un sur l'autre. On jongle avec, on se brûle les pattes. Finalement, j'hérite d'un chocolat, et elle, d'une espèce de bouillon de tomates avec des minus croûtons. Pas grave. Mais lourd, quand même, à sept heures cinquante-cinq.

– Eh mais dis donc, qu'elle me fait en soufflant sur son velouté minestrone, tu es au courant pour ton stage ?

– De quoi ?

– La juge d'application des peines m'a donné un ordre de mission pour toi. On t'a pas fait passer de convocation ?

– Ben non…

Sylvie farfouille dans son sac. Je lui prends son bouillon qui manque de finir sur le lino. Elle exhume une masse de paperasses qu'elle trie à même le sol.

– Là !

Triomphale, elle remonte, échevelée, brandissant la judiciaire bafouille et me la carre sous le pif.

– Regarde un peu ça. Tu pars la semaine prochaine pour une journée de formation européenne à la culture en milieu carcéral. Félicitations, Lazare, tu prends du grade. Tu vois, on commence à parler de toi en haut lieu. Je vais finir par être jalouse.

Elle m'a dit ça en me pinçant le gras du bras, l'œil égrillard – et elle m'a fait vachement mal.

– Et où c'est, ce stage ? je dis en me massant le bras et en cherchant à belle blinde dans le papier le lieu du crime.

Je vois l'en-tête. C'est bien la Justice. Comment Riccioli s'est-il démerdé pour influer la Justice à partir de la Jeunesse et des Sports ?… Ce mec doit bien cacher son jeu et il ne doit pas se contenter de prendre les paris sur des matchs de boxe.

– Veinard. Aux Baumettes à Marseille.

J'aurais jamais dû prendre la bagnole pour monter jusqu'à Marseille. En arrivant de l'ouest, faut se fader toute la traversée de ville, laisser le Vieux Port à main droite, filer droit dans la rue de Breteuil jusque tout en haut de la colline, et là, dévaler sur la gauche pour rattraper le Prado, se le manger sur… quoi ?… peut-être bien cinq bornes, avant de filer vers Sainte-Anne. Et là, je te dis pas le merdier de petites ruelles, venelles, boyaux, colons, intestins grêles qu'il faut prendre, et t'es pas encore rendu. J'étais parti la fleur au pot d'échappement, jovial et amoureux, et imaginant déjà la rencontre romantique avec ma Leïla d'amour devant la mastarde lourde en ferraille des Baumettes… Je me répétais les mots de haute langue qui allaient lui attendrir le cœur et lui fondre les organes tout autour… Tandis que je traversais La Crau déserte, lyrique, en plein lever de soleil, je me voyais déjà, allant au-devant d'elle, lui prenant les mains mignonnes, et les lui baisant… Des fleurs bleues plein la braguette, j'avais… Mais, deux heures plus tard, je bouillais dans les bouchons, exténué, klaxonnant, gueulant pis que pendre aux autochtones, queue-de-poissonnant les traîne-culs, toute romance était bue… Je matais l'horloge de bord, et calculais… Une demi-heure de retard… J'étais cuit… Leïla, remontée en détention sans moi… Moi, dehors, dans la froidure et le vent, le nez goutteux… Elle, m'en voulant à mort de ce lapin… Fermez le ban !

Terre en vue ! Je pilai comme un furieux, me garai à la sauvage sous un platane devant les murs des Baumettes et descendis à toute berzingue jusqu'à l'entrée principale. Une demi-heure, putain ! Une demi-heure ! J'étais marron…

Mais non !… Là-bas, seulette et inquiète comme moi… Oui !… Elle !… Ô espoir !

Elle prend même pas la peine de me saluer. Elle tient la porte ouverte avec son pied. On s'engouffre, sans un regard l'un pour l'autre.

– Vite, vite, qu'elle dit, on est en retard…

On traverse la cour à grand trotton pour aller à la porte principale qui dessert les quatre bâtiments en H des Baumettes. On entre avec une paire de schmitts qui attendaient l'ouverture un peu avant nous. Grande salle, flanquée de casiers à gauche et à droite. Au milieu, coupant la salle en deux, un portique d'aéroport et une espèce de guichet à Hygiaphone où trône une femelle peinte en femme. Leïla s'est déjà défait de ses métaux et passe par le portique, gazelle légère, plume noire… Moi, j'en fais de même… Mais mon barda m'encombre : morlingue, clefs, portable, autres clefs, mitraille… J'en ai de partout. Il m'en pousse du fond des poches… Je pose le butin dans le petit panier sur le tapis roulant et je passe sous le portique.

Ouin ouin ouin ! gueule l'engin en colère.

– RESSORTEZ ! Videz vos poches et ressortez !

La bonne femme m'aboie dessus. Mais j'ai beau palper tout ce que j'ai de poches, macache bono. Je repasse une deuxième fois sous le portique. L'alarme se remet à sonner.

– Retirez votre ceinture ! Il a pas retiré sa ceinture. C'est pour ça que ça sonne ! Retirez votre ceinture !

Elle soupire bien fort, que tout le monde l'entende et sache que je suis bien le dernier des cons. Je relève mon pull, défais ma ceinture devant elle, balance l'objet du délit dans le panier. J'ai cinq ans et j'ai renversé le sac de billes. Y en a partout dans la chambre. Je les ai planquées sous le plumard pour pas les ranger. Quand le père va voir tout le merdier, il m'ordonnera de défaire ma ceinture et de baisser mon froc.

J'ai l'impression que mon falzar va tomber tout seul. Je passe, les yeux baissés. Je bipe plus. Je reprends ma ceinture. Je rejoins Leïla.

– Avec cette conne, elle me dit, maintenant on est *vraiment* à la bourre.

On passe une herse de barreaux métalliques. Y a un boîtier et deux diodes, rouge et verte. « Attendez. » « Passez. » C'est la diode rouge qu'est allumée. « Attendez. » Un bouton noir « Appelez ». C'est pour l'appel du gardien. Faut presser le bouton noir. Dans sa cabine de surveillance étanche, derrière les vitres sales, le gardien nous a vus à travers les barreaux. Il commande l'ouverture électrique de la porte. La clenche saute dans un vibrato mécanique. La diode verte s'allume. « Passez. » La porte est lourde comme un homme mort. On s'arc-boute sur les barreaux pour qu'elle bouge. On passe. *Blang* ! Elle se referme derrière nous dans un grand fracas. Une coursive. Des escaliers, quatre à quatre. Nouvelle porte à barreaux métalliques. Diode rouge. « Attendez. » « Appelez. » Pression sur le bouton noir. Appel du surveillant. Vibration sourde de la clenche électrique. Diode verte. « Passez. » Vite, tirer sur la porte. On a trois secondes, sinon le courant s'interrompt et le verrou se referme automatiquement. On s'arc-boute sur les barreaux. Lourd comme un homme mort. La porte cède. *Blang* ! Se referme derrière nous. Grille. Attendez. Diode rouge. Appel du gardien. Appelez. Signe de la tête. Diode verte. Vibration de la serrure. Passez. Poussée sur la porte. Homme mort. Coursive. Grille. Attendez.

Diode rouge. Appelez. Appel. Visage du gardien à travers les fenêtres sales de sa cabine de télécommande. Coup d'œil aux écrans de caméras. Il gueule à travers la vitre. On n'entend pas. L'Hygiaphone est de l'autre côté de la grille. Il gueule encore, en montrant de sa main le revers de sa veste, là où il y a les galons. « LE BADGE ? » mime sa bouche.

– Qu'est-ce que t'as fait de ton badge ? me demande Leïla.

– Quel badge ?

– Je te l'ai pas donné à l'entrée ?

– Ben non…

– Merde…

Elle fouille dans ses poches. Le trouve dans sa veste, poche intérieure, celle du cœur… Un signe. Elle me l'accroche comme une médaille. J'observe son visage. Elle, concentrée, sent que je la regarde. Elle bat des cils. Des beaux yeux noirs. Je souris. Elle sourit, et tapote le badge. Sa main, une plume sur mon cœur…

Le surveillant hoche la tête. « C'EST BON ! » Diode verte. Passez. Serrure qui vibre. Porte poussée. Homme mort. Coursive. Grille. Attendez. Diode rouge. Appelez. Bouton d'appel. Diode verte. Passez. Serrure qui vibre. Porte poussée. Homme mort. Coursive. Grille diode rouge attendez bouton d'appel appelez diode verte passez serrure qui vibre porte poussée homme mort coursive. Grilledioderougeattendezboutondappelappelezdiodevertepassezserrurequivibreportepousséehommemortcoursive.

Neuf grilles électriques en tout et pour tout. Neuf portes et grilles et neuf contrôles, et tout ça au milieu des gueulantes et des cris, des coups de pompe dans les portes pour appeler le surveillant, des engueulades et des conversations à mi-voix ou beuglées par-dessus tête, entre deux coursives, à travers les barreaux.

– Qu'est-ce que tu fiches, bon sang ? Grouille !

Je me ressaisis et cours à hauteur de Leïla. On arrive enfin. Une surveillante nous ouvre la porte, avec des clefs, cette fois-ci. Elle n'est pas dans un poste de commande comme les autres, à appuyer sur des interrupteurs et à vérifier les écrans des caméras dans un aquarium crasseux entre quatre herses de fer. Elle est là, debout dans le couloir, au milieu des mecs, ouvrant la porte, la refermant, parlant, faisant l'appel, songeant à ses marmots et à son bonhomme de mari muté à trois cents kilomètres de là, à son dos en compote. C'est Nadine. Les murs de son bureau sont décorés de cartes postales niaisoutes, avec des poésies truffées de fautes d'orthographe, en vers de mirliton. Je croyais, bon con, que c'était les cadeaux de ses mominets à l'occasion de la fête des mères. Mais non. Elles ont toutes été écrites par des grands mecs, majeurs, tatoués et vaccinés, et embourbés dans l'illettrisme. Nadine referme une grille derrière nous, puis une porte de bois doublée de barreaux d'acier. Nous voilà dans un large couloir dont je vois enfin le bout. Plus de coursive, plus de barreaux. Le but est enfin atteint. Leïla continue de foncer devant moi. Je vois rouler ses hanches. On arrive bientôt, enfin… Je me sens soulagé, et je prends la peine de jeter un coup d'œil aux lieux.

Le couloir est large, spacieux, mais sans fenêtres. Il est flanqué, à gauche comme à droite, d'épaisses portes de chêne, massives avec des verrous quasiment médiévaux. Après les enfilades de murs de béton peints en jaune pisse, de carrelage marronnasse et de barres de fer, ces espèces de pont-levis en bois me paraissent presque plus humains. On y voit au moins la patte de l'artisan, les lignes du bois et l'histoire de l'arbre. En quelques enjambées, je remonte à la hauteur de Leïla.

– C'est chouette, ces portes en bois, je lui dis. Ça change…

Leïla ne prend pas la peine de se retourner ; elle me répond, gazelle volante :

– C'était les cellules des condamnés à mort.

Je reçois le coup en pleine gueule. Elle continue d'une même voix empressée :

– On les extrayait de leur cellule et ils attendaient ici pour qu'on les exécute.

Leïla ouvre une lourde porte en bois, la dernière au fond à gauche. Nadine la refermera derrière nous. On est dans un cagibi minuscule. Le sol est jonché de cadavres de cafards explosés. Ils sont tout raplapla et une mousse caramel sortie de leur cul macule le carrelage blanc hôpital. Encore une porte, que Nadine fermera derrière nous. Encore un cagibi, haut de plafond, éclairé par un pauvre néon asthmatique. Elle se retourne vers moi. C'est la pénombre ici, et sa respiration tiède se mêle à la mienne.

– Ici, on est exactement à l'endroit où Christian Ranucci s'est fait décapiter.

Elle ouvre la dernière porte. Un flot de lumières se déverse sur nous. Je cligne des yeux. De l'autre côté, je distingue une demi-douzaine de gars assis autour d'une table, et qui m'observent en silence. Nuage de tabac et odeur de café. Leïla me désigne une chaise, face aux mecs. Je m'y assois. Six paires d'yeux me détaillent en silence.

– C'est là, continue Leïla en me montrant la chaise où je viens de m'asseoir, c'est là qu'était la guillotine.

Elle s'efface, s'assoit en retrait. Un petit type s'avance vers moi. Il s'appelle Amid. C'est le vétéran du groupe. Braqueur de bijouteries. Multirécidiviste. A rencontré sa femme ici, lors d'un séjour précédent. Elle est assistante sociale. Ils ont eu un enfant, dehors, à l'époque où il était encore libre et qu'il lui avait promis de tout lâcher. Mais lui, ça ne l'a pas lâché. Dès qu'il a eu un peu de fraîche d'avance, il a tout claqué dans des tapis clandos, en Suisse, et s'est payé des ardoises monumentales après des nuits blanches de poker. Il fallait bien rembourser. Finalement, il n'est pas mécontent d'être tombé pour son affaire ici, dans la région où vivent encore sa femme et son fils. Il aurait pu être à Lyon. Mais il est là, à l'endroit précis où travaille sa femme. À peine cinquante mètres les séparent. Cinquante mètres et quelques portes, herses, murs, barrières, grilles et barbelés. Ils se voient assez souvent, pour le boulot et pour le parloir. Ça permet à Amid de suivre la scolarité de son fils.

Il me reçoit avec les égards d'un prince. Il me salue, me présente le groupe, et se félicite, au nom de tous, d'avoir ma visite. Les autres l'écoutent et respectent. Il connaît les usages, et eux, à le voir, ils apprennent. Amid s'incline vers moi avec courtoisie :

– Cigarette ? me propose-t-il.

Il est huit heures du matin. Je décline gracieusement l'offre.

– Café ?

J'accepte. Il est noir et épais comme du sang figé et il me troue le bide. Il en propose à tous. Leïla en prend une tasse. Je l'observe se servir. Elle me jette un petit regard complice et un sourire rapide. Puis elle revient à sa place, un peu en retrait, derrière moi. Amid pose sur moi un regard bienveillant. Son sourire fait saillir une méchante balafre en travers de sa tronche. Les autres gars attendent. Il est le maître de cérémonie, tout le monde le sait – et lui me le démontre avec ce rite complexe de courtoisie et d'obligation. J'ai compris. C'est lui qui décidera du moment où tout commencera. Il boit son café à très petites gorgées. Je bois avec lui, à son rythme, à très petites gorgées. Il est très chaud. Nous grimaçons ensemble. Nous sourions ensemble.

– Alors, maintenant que vous êtes venu nous visiter jusqu'en prison et que vous avez bu le café avec nous, monsieur Vilain, il va falloir nous expliquer…

Amid boit encore une très petite gorgée de ce café très brûlant et très noir, puis il achève enfin sa phrase.

– Qu'est-ce que c'est, la philosophie ?…

Je réponds, lentement, pas très sûr de moi.

– La philosophie est née en prison. Et le premier des philosophes, Socrate, a été mis en examen. Il a comparu devant le tribunal populaire. Il a refusé les secours d'un avocat, et il a préparé sa défense tout seul.

– Il a été condamné à quoi ?

– À mort. On l'a mis aux arrêts aussitôt…

– … C'est la comparution immédiate…

– … placé en détention et incarcéré aussitôt après le verdict.

– Et c'était quoi, les chefs d'inculpation ?

– Comme d'habitude. On disait qu'il donnait le mauvais exemple à la jeunesse. Et qu'il avait importé des religions de l'étranger.

– Mais la vérité, c'était quoi son problème à Socrate ?

– C'était qu'il était un problème pour les autres.

– Qu'est-ce qu'il leur faisait ?

– Il les incitait à s'occuper d'eux-mêmes.

– On fait tous ça. On n'a pas besoin de Socrate. On s'occupe tous de nos affaires.

– Non. Tu t'occupes de ton bizness. Mais tant que tu t'occupes de tes affaires, tu ne t'occupes pas de toi.

– Eh, j'veux bien, mais c'est quoi, moi ?

– Y a que toi qui peux répondre. Sauf si tu restes à t'occuper de tes affaires.

– Il a été exécuté le jour même ?

– Non. Il a dû attendre trente jours dans le couloir de la mort.

– Et c'est qui, au final ? C'est un prophète ?

– Non. Même quand une prêtresse en transe a dit qu'il sera le plus sage des hommes, il n'y croit pas, et il passe son temps à critiquer ce qu'elle a raconté.

– Alors qui il est ?

– Il n'est pas meilleur que nous. Il ne pense pas plus loin que nous. Mais il a profité de la prison pour donner à sa pensée de la profondeur, de la gravité.

– Et de quoi il nous parle ?

– De l'absence de tout regret. D'une conscience en paix avec elle-même. Mais ça, il le dit devant un tribunal de cinq cents personnes qui n'ont qu'une envie : que Socrate s'agenouille devant eux, se mette à bafouiller, se couvre de honte et qu'il soit ravagé par les remords.

– Il parle pas de la liberté, un peu ? Nous, depuis qu'on est en taule, on parle que de ça.

– C'est vrai. Il parle de libération. Mais avec une chaîne attachée à la cheville et fixée au mur. De la mort et du suicide aussi, il parle. Mais pendant ce temps-là, dehors, dans le couloir, on entend les pas du bourreau qui s'approche.

– Il était tout seul ?

– Non. Ses amis lui rendaient visite dans son cachot. Lui, il leur remontait le moral, leur donnait des instructions pour qu'ils s'occupent de sa future veuve et de leurs trois enfants, discutait avec eux de la mort, de l'enfermement, de la justice, des lois, de ce qui vaut vraiment la peine d'être vécu.

– Comment on sait tout ça ?

– Certains de ses amis ont voulu garder des traces, des souvenirs de Socrate. Alors, le soir, en revenant du cachot, ils retranscrivaient les conversations et les dialogues qu'ils venaient d'avoir ensemble. C'est les premiers bouquins de philosophie de l'Histoire.

– Donc finalement, la philosophie, c'est quoi ?

– De sacrées conversations de parloir, rien d'autre.

On a continué, comme ça, toute la matinée. À onze heures trente, Nadine a ouvert la porte. Les mecs sont partis en nuée de moineaux. On les a suivis. Dans la coursive qui ramenait à l'entrée, ils me bombardaient de questions. Je répondais comme je pouvais. J'étais un peu crevé, je voulais me poser. Je cherchais Leïla du regard.

– Bon, les gars, on va y aller, nous…

On se serra les paluches, on se dit bon appétit. Ils se cassèrent. Enfin, j'étais seul avec Leïla, entre deux grilles, dans un grand couloir bétonné qui sentait la Javel, les poubelles et la pisse.

Enfin… depuis le temps ! J'affûtais mon style glamour.

C'est à ce moment-là qu'il y eut Lumière rouge. Les gens, la Lumière rouge, ils savent pas ce que c'est. Que la Lumière blanche, ils connaissent – rapport aux expériences de mort imminente –, que d'un coup tu t'envoles dans les nimbes et, au bout d'un gros boyau, t'atterris dans la Lumière blanche avec le Grand-Dab, bonasse et à la coule qui te dit, genre : « Non non, Alphonse, y a erreur de timing. Va-t'en retourner là-bas t'occuper de ton bizness. » Un aller-retour à Cergy qui laisse pantois. Mais comme je dis toujours à mes philosophes du mitard tellement friands de paranormales couillonnades : être témoin de l'au-delà nécessite d'être témoin, et être témoin nécessite qu'on soit vivant (c'est d'ailleurs la raison pour laquelle on les bute, les témoins, en général). Et donc, le témoin de la Lumière blanche – puisqu'il parle de ce qu'il a vu – était bien vivant, et re-donc, ça n'a rien à voir avec l'au-delà, ce dont il cause. Ou alors c'est bien l'au-delà, mais donc, il est mort, et s'il est mort, le con, comment donc qu'il peut en être témoin ? Ha ! Cette jonglerie métaphysique – épicurisme pur jus, rediffusion des paragraphes cent vingt-cinq *sq.* de la *Lettre à Ménécée* – plonge mes lascars dans des abîmes de perplexité. Mais l'idée que les seuls témoins qui ne parlent pas sont les témoins morts, cette idée-là remporte tous les suffrages.

Autre chose est la Lumière rouge, familière à nous autres péripatéticiens des coursives carcérales. Qu'est-ce qu'icelle ?

Il advient parfois qu'un bandit classé particulièrement dangereux se déplace d'un bâtiment à l'autre, ou qu'il soit extrait du QI… Alors… Lumière rouge ! Ou alors, le type est un caïd en déplacement, mis à l'isolement parce que le juge fouette qu'il rencontre un lieutenant ou une connaissance et, qu'en deux mots glissés entre deux grilles, il te foute en l'air cinq ans d'enquête… hop ! Lumière rouge ! Ou alors c'est un forcené qui tuerait n'importe qui les mains dans le dos, en arrachant la jugulaire d'un revers de croc…

Lumière rouge ! Ou encore un cave qui vient de se faire charcler, dégorgeant son résiné à gros bouillon, et qu'on évacue fissa en voulant de la place pour le brancard… Lumière rouge ! Ou alors, tiens, comme y a pas longtemps, l'équipe de RoboCops de l'ERIS, Équipe régionale d'intervention et de sécurité, cagoulée, armurée, déboulant au pas de charge, démolissant tout sur son passage, explosant les mobiliers des cellules, jusqu'aux sanitaires, chiottes et lavabos, des fois que les enchristés planquent des bazookas dans les pissotières… Lumière rouge !

Quand c'est Lumière rouge, il y a une grosse jolie loupiote vermeille qui s'allume aux croisements de toutes les coursives. Et aussitôt, toutes les portes, grilles et sas sont verrouillés pour laisser passer le problème. Pendant Lumière rouge, tu vois tous les mecs le pif en l'air, à mater la lanterne comme si elle signalait l'entrée d'un pétulant claque de Macao, avec d'exotiques gagneuses, et qu'ils faisaient la queue en attendant leur tour. Parfois, Lumière rouge dure le temps d'un feu rouge. Parfois plus. Un quart d'heure, une demi-heure. À trois quarts d'heure, j'ai eu droit, un bon matin. Et tu te trouves coincé, tu sais jamais combien de temps, entre deux grilles, deux portes, deux sas, la gueule tordue vers la loupiote en train de calculer mentalement si ta vessie peut encore tenir parce que de l'autre côté de la grille, c'est les chiottes où tu allais… Ou alors tu te trouves coinçada entre deux sas, dans un couloir obscur de deux mètres sur cinq, avec deux types, un qui allait voir le psy et qui t'explique que c'est à cause des insectes qui rampent sous la peau de ses bras pour lui manger le cerveau, et l'autre, c'est un géant tatoué comme une mappemonde qui commence à gueuler en russe en secouant les ferrailles.

Et donc, *bing* !, Lumière rouge. Leïla, avec ses yeux choucards, ses cheveux, ses lèvres, et tout et tout, seule avec moi et mes débordements de testostérone. Jamais Lumière rouge ne m'a paru aussi bonne nouvelle. J'espère qu'ils vont en mettre, du temps, les gars de l'ERIS, pour trouver les bazookas planqués dans les tuyaux des pissotières…

– Et sinon, à part ça, que je lui demande en montrant grilles et murs, qu'est-ce que tu fais dans la vie ?

Elle soupire, avec une pointe d'agacement.

– Bon d'accord, je reconnais. Pourquoi faudrait-il toujours faire quelque chose, hein ? Des fois c'est bien de ne rien faire. Alors à quoi tu passes ton temps quand tu ne fais rien ? je corrige, un brin charmeur, un poing sur la hanche, une main négligemment accrochée aux barreaux.

Elle rigole. Ça dessine deux mignonnes fossettes.

– J'aime voyager. Lire… Écouter de la musique. Jouer du piano. De la flûte. Du oud. Prier.

Merde, prier… Je me console. C'est pas si grave, un pote à moi, Bruno, philosophe de belle profondeur et théologien de grande surface, réservait ses vacances chaque année en août pour aller au monastère de Taizé, en Bourgogne, qu'était blindé de camps de jeunesse catholique venue de toute l'Europe. Il engluait les drôlesses avec sa sophistique bondieusarde et était à peu près certain de finir chaque soir au camping, à jouer de l'anguille de calbute à la porte arrière. Il a jamais tant bourriqué de sa vie, à faire chanter des *Te deum* à des vierges de façade à l'arrière-cour en chantier. Des Polonaises surtout, à la framboise ravageuse. La pensée de mon Bruno me ragaillardit, et, comme disent les mollahs, faut pas mollir. Alors je remonte à l'assaut :

– C'est super. Je te demande ce que tu fais et tu me réponds ce que tu aimes. Musique… Lecture… Et là, tout de suite, tu lis quoi ?

– Là ? Ce que je suis en train de lire ?

– Ouais ouais.

Elle dit rien. Son sourire commence à naître sur son fin visage. Ses yeux se glissent en moi, gourmands et coquins.

– Je lis… ton regard.

Je fonds. Je ne sais plus quoi dire. Je n'ose lui demander ce qu'elle lit en moi. Confus, je détourne les yeux au-delà de son épaisse tignasse parfumée. Elle me dit :

– Ce midi, je mange chez Zette.

Elle rigole doucement, et continue.

– Je t'invite. Tu pourras manger le nez dans ton assiette. Comme ça tu continueras de me cacher ton regard.

Lumière verte.

On a bouffé chez Zette. C'est un caboulot niché au pied de la Baume tenu par des Marseillais pur sucre. Impossible de savoir combien ils sont à tenir l'estanco, mais au moins il y a toute la famille biologique, plus celle par alliance, plus affinités et voisinage. En salle, il y a Zette, sèche et tannée, toujours souriante, qui galope à fond de train, joue des coudes entre les tables en cornant les commandes. Elle est avec sa bru, je crois, qu'avance les poings serrés au milieu des convives comme si elle cherchait un mauvais client à tartir d'injures. Y a son beauf, aussi, suant et pestant devant le four brûlant, qui pizzaiole derrière le zinc. Et Christian, son neveu, longue bille de clown qui verse les pastagas. S'ajoutent à ça le cuistot, ahanant derrière son bon bide, tatoué des sigles de l'OM, et la petite Gaby, qui sait à peine marcher, qui trotte au milieu de la clille en gueulant des bordées d'insultes à sa mère et à son père, et loin derrière l'arrière-tatie, échevelée et millénaire, l'œil chassieux et le dos tordu, bredouillant en provençal des imprécations contre ses genoux et qui court après Gaby en secouant une Barbie pour l'attirer et la pincer. Et un petit clébard à trois pattes avec un kyste au cul qui quémande les sucres et se fout en travers de tes pattes quand tu veux aller pisser. Tout ça s'anime, s'empègue et galope sous l'œil de la chaîne des sports qui te gueule à tue-tête les résultats du foot.

C'est la polka des mandibules, là-bas. Mystérieuse pizza « arménienne » pour ceux qui ne veulent pas le menu. Sinon, pastaga, salade de museau avec des patates à l'huile, couscous merguez, gâteau de riz, panna cotta, quart de rouge, café. Ensuite, chien d'infidèle, si tu es un diététicien, ou un supporter du PSG, va-t'en mourir d'indigestion aux Calanques ! À part Zette et Christian, qui ont le cœur sur l'assiette, tu as l'impression que tout le monde tire la gueule à tout le monde, dans l'équipe, et qu'ils viennent de se foutre des ramponneaux deux secondes avant que t'arrives. Mais non, c'est leur manière à eux de communiquer, comme on dit chez les ethnologues. Quand ils ouvrent le bec, c'est pour aboyer et pourrir quelqu'un d'injures – arbitre, sportif, Parisien, agent du fisc, chauffard. Les bras se tendent en direction du nord pour valdinguer des calottes astrales à tout ce qui vit au-dessus d'Avignon. Les mains se profilent pour mornifler tout ce qui passe trop près. On mime un coup de boule ou deux, et on envoie chier tout le monde en balançant une main par-dessus l'épaule. Et puis d'un coup, sans te regarder, tout près, l'air emmerdé, on te demande ce que tu veux. Un mot, à mi-voix, qu'il te faut tendre l'oreille pour l'entraver. Tu réponds : « Mets-moi un jaune. » On te répond « Tube » ? Tu ne savais pas qu'ils le faisaient en tube comme le dentifrice, toi, le pastis. Tu bafouilles un vague « oui » pour ne pas finir dans la gamelle du chien à trois pattes. On te le sert, ton pastaga, généreusement, sans rien dire, concentré. « Glace ? » « Oui » que tu réponds. Tu ne savais pas que tu prenais le dessert avec l'apéro, ici. *Bling blong*. Deux glaçons. C'est un flan qu'on t'a servi. Un flan glacé. Un sorbet réglisse. Et voilà. C'est tout ce qu'on t'a dit. Mais toi, tu reviens, opiniâtre. Peu à peu tu vas hasarder des commentaires sur le foot, sur la presse locale, les derniers bracos en centre-ville. On te répond en pourrissant d'injures l'objet de ta conversation. Tu t'essaies toi aussi à être méchant et définitif. On te montre ton pastaga ; on te demande à voix basse si tu remets ça. Encore un flan glacé. La confiance est gagnée. La cirrhose aussi.

Avec Leïla, très franchement, je ne sais pas ce qu'on a mangé. Je sais qu'on a papoté, rigolé. Ça coulait bien. Même pas l'impression de draguer. On a parlé de nos états de service, des thurnes dans lesquelles on avait taffé, des équipes. On a parlé délabrement, matonnerie, directives européennes pour la culture, réductions de budget, psychologie, sociologie, gauchisme… Et une fois la place nette, on a parlé de nos loulous, voyeurs qu'on est malgré tout, à nous narrer par le détail notre galerie de monstres portatifs, nos suicidés, nos tortionnaires, nos overdosés, nos innocents partis en sucette. On a parlé chiffons, quoi.

Ce que je sais, c'est qu'à la fin du repas, j'étais un peu pompette. Je racontais des conneries. Elle se marrait. J'ai payé rubis sur l'ongle et milord l'arsouille. On est redescendus vers la prison. C'est le chemin de Morgiou, une rue en pente qui se mange tous les vents mauvais. De là-haut, on voit tout Marseille, et même la ferraille dorée de Notre-Dame-de-la-Garde. Le putain de bandol me chauffait la coloquinte, le mistral de trois jours nous effilochait l'âme et le ciel était une insulte aux pastels. J'étais jouasse et, fatigue, pinard et le vague à l'âme aidant, un peu à côté de mes pompes. À un moment, j'imitais je ne sais plus quel surveillant d'étage, elle a mis une main menue sur sa bouche pour retenir son beau rire. Et son autre petite main qui caressait les pianos, elle me l'a glissée à la saignée du coude comme un petit oiseau se pose sur une branche. Elle s'est appuyée sur moi, comme ça, légère et chaude. J'ai senti ses cheveux, son tabac, son parfum d'épices. J'ai eu envie d'embrasser les cordes nouées de ses cheveux. Mais ça ne se faisait pas. Elle s'est amusée à marcher à mon pas, en continuant de rire doucement. J'ai allongé la foulée. Elle m'a imité. J'ai ralenti. Elle itou. On s'est bien marrés. Je la sentais toute chaude et lovée contre mon flanc. On est redescendus comme ça, jusqu'en prison en se gondolant comme un drôle de non-couple.

– J'ai été ridicule, l'autre jour, à te chanter *Parlez-moi d'amour*, hein ?

Elle m'a demandé ça en inclinant sa tête contre mon épaule.

– Ah non… C'est moi qui ai été ridicule.

– Pourquoi ?

– J'ai pas osé t'en parler, moi, d'amour.

Elle a ri.

– T'es avec quelqu'un ?

– Plus ou moins. Je crois qu'on va se séparer, elle et moi. Et toi ?

– Non, moi je n'ai plus personne.

Elle s'est assombrie. Ça n'avait pas dû être facile. On s'est tus. Le bruit de nos pas, seulement, et le vent dans les platanes.

– Et maintenant ?

– Maintenant quoi ?

– Tu pourrais m'en parler, de l'amour ?

J'ai pensé à Schopenhauer. L'instinct sexuel qui se grime en romance à l'eau de rose. Les serments sous la lune et les promesses d'une voix tremblante… Tout ça : cache-misère, trompe-couillon pour camoufler la hideur d'un coït bref, moite et violent… Reproduction de l'espèce !… Survie biologique oblige ! Rien d'autre !… Le reste ? Vernis ! Cinéma ! Perlimpinpin ! L'amûr ! Ah l'amûr ! Plein la bouche de l'amûr, qui sert à pas voir comment s'engluent les vits dans les oignes… Tout ça, vaste esclafferie… L'amour s'en va par les gogues avec les glaires épongées au papier toilette que la rombière, s'en tamponnant le coquillard, sentimentalise la larme à l'œil… Mais tout ça, ce nihilisme schopenhauerien duquel je me sentais si proche, je devais le taire. Ça vexe la petite princesse qui sommeille en chaque femme. Je n'allais pas laisser échapper mon petit poisson frétillant en lui expliquant ce qu'était une poêle à frire.

– Je sais pas trop quoi en dire, moi… j'ai bredouillé en jouant, vicelard, la godiche maladroite.

– Pourtant t'es philosophe… les philosophes, ils en ont, des théories sur l'amour.

– Trop ! Ils en ont trop.

– Et toi ? t'en as bien une.

– Ça dépend de la femme qui m'inspire. Plus je la désire, moins je suis capable de théoriser.

– Et en ce moment ?

– C'est un miracle si j'arrive à mettre un mot derrière l'autre en te regardant.

Elle a souri de bonheur. On s'est arrêtés dans le grand mauvais vent d'hiver. J'ai posé mes lèvres sur le bout des siennes. Elle n'a pas refusé. J'ai bécoté un petit peu. Elle a souri et m'a regardé de ses yeux entrouverts. J'ai appuyé un peu. Je l'ai senti mollir entre mes bras. Elle a fermé ses yeux. Alors j'ai glissé ma langue entre ses lèvres, doucement, sans forcer. Elle a soupiré d'aise. Ma main a glissé dans ses cheveux, j'ai caressé son lobe, posé mes doigts à la naissance de la gorge. Ma langue a rencontré la sienne. De l'autre main, j'ai enveloppé sa chair tendre, au-dessus des hanches. Elle était offerte. C'était bon. C'était d'une grande tendresse. Elle s'est mieux tournée vers moi. Je bandais dur contre son pubis et elle l'a senti. Elle a gémi. Schopenhauer avait bien raison.

Elle devait remonter en détention. On s'est séparés dans la cour, avec des petits signes de main grotesques.

– À bien vite.

– À très vite.

Elle s'en est allée en direction des bâtiments administratifs.

– Euh… Leïla ?

– Ouais ?

– On pourrait se revoir… dehors ?

– *Dehors* ? Mais on était dehors ? On en sort !

– Non mais *vraiment dehors*… Je veux dire sans causer de la prison ? Dehors, dans nos têtes aussi…

Elle a pris ça peut-être comme un reproche, ou alors elle a pas compris, parce que les mecs aux fenêtres entamaient un parloir sauvage et la sifflaient – je sais pas ; elle a acquiescé, mi-inquiète mi-contente. Elle est revenue sur ses pas, m'a griffonné un numéro.

– Tu téléphones quand tu veux, et on se revoit.

Elle est repartie derrière la haie de lauriers-roses, flamme noire sur poudre d'os. Les mecs du quatrième, bâtiment A, l'ont vue passer au tournant. Ils l'ont sifflée en la traitant de *kharba* et en lui demandant de venir les sucer.

– Leïla ! j'ai appelé en courant vers elle, tu finis à quelle heure ?

Elle m'a regardé. Ses yeux se baignaient dans les miens.

– Maintenant. J'ai fini. Je prends mon après-midi.

Elle n'a pas voulu qu'on aille chez elle. On a pris ma caisse et on est montés pas loin, se prendre un hôtel vers Bonneveine. On roulait sans se parler ; elle se contentait de murmurer des indications pour trouver l'hôtel, un coup à gauche, un coup à droite, rien de plus. Elle se caressait rêveusement une mèche de cheveux qu'elle enroulait autour de ses doigts et cela me donnait une trique monumentale. On arriva devant un Formule1 sans qualité. Je payai d'avance, par carte bleue. Elle s'intéressait aux plantes vertes en plastique à l'entrée. Derrière, la télé était bloquée sur les clips sordides de Blacks en décapotable. La bonne femme de la réception nous donna le code. On monta au troisième. Je n'osais pas l'embrasser. La moquette était crapotingue et l'éclairage était glauque. La piaule avait été moulée dans du plastique et elle donnait sur les parkings, plein sud. Il faisait un cagnard extraordinaire.

Je fermai les persiennes. Elle s'était allongée sur le ventre. On n'avait toujours pas parlé. La chambre était dans la pénombre. J'entendis sa respiration, ample. Je me coulai sur elle. Bientôt en elle. Elle était à moi.

Quand je la pénétrai, je vis d'un coup surgir du néant la grosse trogne à Riccioli, sa moustache en balai à chiottes, son bide qui débordait de son Tergal… Il était là à se marrer sur une petite chaise en ferraille pendant que je jouais de l'anguille de calbute… Dans la pénombre de la chambre, Leïla ne me vit pas sourire pendant que je remerciais mentalement le gros bookmaker. Le premier coup allait être une spéciale dédicace pour lui.

VII

Roustasse et tir à vue

Je ne veux pas dire que je jouais au caïd, non, mais je crois que j'étais devenu plus dur, sans m'en rendre compte, à petites doses, par homéopathie. Ma couenne devenait cuir, et le cuir, corne. Au physique, je changeais. Si un mec comme Riccioli gonflait et pouvait finir par éclater, moi, va-t'en savoir pourquoi, je séchais, finissais couteau, lame, os… Je devenais un homme, quoi. À force de distribuer le courrier entre Salon, Tarascon, Nîmes, Marseille, je prenais de la réputation et du savoir-faire. Je savais mieux causer aux gars, voir mieux les choses, entraver les subtiles relations qui se nouaient entre les gonzes et qui se décelaient à un regard en loucedé, à un frémissement, à une intonation.

Moi, la situation me plaisait bien. Le gros Riccioli me maquillait des ordres de mission qu'il obtenait par la grâce du Saint-Esprit et qui retombaient sur le bureau de Sylvie laquelle ne tarissait pas d'éloges sur mes compétences qu'on s'arrachait d'une thurne à l'autre. J'étais « tous frais payés », passant d'une ville à l'autre, d'un centre pénitentiaire à l'autre. Vie de patachon parce que accueilli par un copain de Rocky, par une connaissance à Riccioli… Table ouverte, dîner fin et bar à putes… Avec mes contacts, j'arpentais les clubs de boxe, les claques douteux, les boîtes sordides... À la fin, je reconnaissais et on me reconnaissait.

Vanessa avait beau pleurer, taper du pied, redevenir la chatte. Rien n'y faisait... J'étais toujours en partance. Je revenais à des point d'heures. Un jour, elle m'accueille avec son copain le DJ, celui qui tient la boîte de com, et elle me joue la grande scène que c'est plus possible, que t'as vu ta tête, que tu te drogues, que tu invites de la racaille à la maison, que t'as des mauvaises fréquentations mais que Djèzonne – elle a bien dit Djèzonne – qu'est venu tout exprès de Montpellier, Djèzonne peut t'aider, qu'il peut te sortir de là, qu'il a étudié la psychologie et la programmation neurolinguistique, et qu'il est prêt à te faire aider avec la police si tu es dans une mauvaise passe... Djèzonne a une longue mèche de tarlouze, un tarbouif en bec de toucan, pas de menton et trop de dents. Il porte un slim fuchsia qui lui découvre la raie du cul, un tee-shirt vert trop court avec un koala marqué dessus *Protect Goddess Nature*, et il a des petits bracelets brésiliens en ficelle ocre et orange et en perles de bois. Vanessa continuait de pleurer à chaudes larmes et son Rimmel dégoulinait en longues traînées sur sa bouille de magazine de coiffeuse. L'autre espèce de tante de Djèzonne s'est levé de mon sofa en cuir de buffle où il avait osé poser son cul, et il m'a dit comme ça :

– Lazare, tu es à bout. Ton attitude provocatrice est un appel au secours et la preuve d'un grand désespoir. Tu dois avoir une grande souffrance intérieure. Si tu veux, tu peux m'en parler. Ça te soulagerait.

Et il a posé sa main avec une bagouze en fer-blanc au pouce sur mon épaule. *Sa* main, sur *mon* épaule. D'un coup, j'ai eu les abeilles. Vanessa qui braillait sa mère qu'on assassinait son couple, Djèzonne qui voulait m'enculouiller avec sa psychanalyse *new age*… Je te lui ai chopé la main qu'il avait sur mon épaule, j'ai serré fort le pouce et j'ai tourné. En même temps, j'ai déhanché violent en gardant sa main dans la mienne pour le déséquilibrer, le tirer presque sur moi, et de l'autre main, je lui ai mis une série de trois bourre-pifs directs, nerveux. *Pif* ! *pif* ! *pif* !… Ça lui a explosé son sale tarbouif trop gros que j'ai transformé en fromage. Je tenais toujours sa main, j'ai lâché le pouce et pris l'index et je l'ai retourné jusqu'à le casser. *Croc* !… Il a hurlé sa mort en se mettant quasi à genoux. Je lui en ai mis encore un ou deux ramponneaux sur les lèvres qui ont éclaté d'un coup, *Paf* ! *Pof* !… et il est tombé, pantin mou, dans mon sofa *à moi*. Vanessa hurlait, en pleine crise de nerfs. Je me suis retourné vers elle, index pointé à deux millimètres de son mignon nez de bouton de rose et j'ai grondé :

– Toi, ta gueule.

Et après, *Flic floc* !, deux mornifles en aller-retour… là, gratuit… Pour le respect… Elle a stoppé illico. Je suis retourné à Djèzonne. Il la jouait viande qui pleure et tachait mon sofa en cuir de buffle, l'enculé. Je l'ai chopé par la mèche et j'ai tiré d'un coup sec, il est venu en avant en poussant un petit cri de poulet. Je l'ai cueilli d'un coup de genou. *Croc* !… a gémi son pif.

– Maintenant, toi, dehors…

Je l'ai relevé par les cheveux, je l'ai tourné vers la porte coulissante de la baie vitrée, et je lui ai foutu des coups de pompe dans le cul jusqu'à sa bagnole décapotable. Il avait ses petites mimines rassemblées en bassin autour de son pif en chou-fleur.

– Toi, si je te revois ou si tu parles de moi, je fous le feu à ta boîte de com.

Je suis revenu à Vanessa. J'ai fouillé dans ma poche, et lui ai balancé un paquet de clopes, des Marlboro, sur la table basse du salon... Elle a regardé sans comprendre. Elle savait que je ne fumais pas.

– Ouvre.

Elle a ouvert. À la place de chacune des clopes, y avait un bifton de cinq cents euros. Elle tenait entre les mains un paquet de dix mille euros.

– Maintenant tu vas me faire nettoyer mon sofa, tu mets ça de côté pour ton salon d'esthétique. Et tu me sers un scotch. Vite.

Voilà qui j'étais devenu. Pas insensible, mais contemplatif. Extérieur aux événements auxquels j'assistais. Pas taiseux, volubile au contraire, et riant de bon cœur au dérisoire des situations. Je n'arrivais plus à adhérer à rien. Je devenais enfin, vraiment, philosophe, contemplant tout d'une humeur égale. Qu'est-ce que je m'étais emmerdé à passer par la fac pour chercher ça !... Un bon détour en pays de truandaille, et hop !... le détachement, l'ataraxie, l'apathéia, tout ça : dans la musette !

Riccioli était le grand orchestrateur de tout le bazar, maquignonnant les jeunesses, les passant du ring aux boîtes de nuit, prenant ses comptées. Mais il avait ses lieutenants proches. Ses hommes de confiance. Peu à peu, je devenais l'un d'entre eux, allant librement du dedans vers le dehors, du dehors vers le dedans. Il a bien fallu aussi que j'assiste à quelque torgnolade maousse, des roustasses puissantes qui remettaient les hommes à l'endroit ou rappelaient aux gagneuses qu'elles n'étaient que des poétesses du cul et pas des jamais-contentes. J'ai vu aussi des genoux éclatés à la batte pour un contrat pas honoré, pour un mec pas couché ou trop vite couché au round où on ne l'attendait pas. Mais bon... Je voyais ça avec des yeux de glace, indifférent à la souffrance... Elle était là, partout, de toute façon, dans le ring et hors de lui, la souffrance... Qu'était-elle, face à celle d'aller bosser tous les jours, de retourner au chagrin chaque matin, de se faire pourrir par un patron, d'à peine embrasser ses gniards une fois par jour, avant de retourner à la mine de sel et de finir à la fosse ?... Tout partout, violence, entre-morsures perpétuelles et cosmiques, bagarres de chiens et d'ivrognes... Guerre atomique, branlées domestiques... Tout partout, foire à ramponneaux et distribution gratuite de horions, petits et grands, physiques bien sûr, mais aussi psychologiques... Subtiles tortures quotidiennes d'autant plus vachardes qu'elles sont invisibles et qu'on y consent... Moi, j'avais le nez dans la violence, j'avais voulu du crapotingue, gratter sous l'immaculé, écorner l'albâtre, contempler en face enfin bouillon de culture et grouillerie bloblocharde, vraie vie, quoi, qui s'accouple avec la mort, baise comme elle assassine, astibloches dans la charogne... Vie ! Vie ! partout, mais au tribut de la violence et du sang... J'étais servi... On me reprochera pas d'être lucide... Comme on doit s'emmerder en pays de paradis !

Et Leïla. Leïla savait cela. Elle en savait même plus que moi. Elle avait assisté à ma descente au toboggan du déshonneur. Mais elle, elle était en bas, à m'attendre dans le bac à sable, attentive à ma réception... Tout cela, je l'ai appris de la bouche même de Riccioli, un beau jour, sur un stand de tir...

Il m'avait donné rendez-vous par téléphone sur un stand de tir rue de Générac, en soirée, vers dix-neuf heures. Il a fait crisser les pneus sur le gravier et on s'est garés près du moche hangar en parpaings et tôle. Puis il a sorti du coffre un gros sac de sport noir. Sur le parking, il n'y avait pas une autre bagnole. Il a dû voir mes coups d'œil inquiets.

– Oh ! Calmos ! Je vais pas t'assassiner ici.

– Il n'y a quand même pas grand monde.

– À cette heure-là, y a plus personne que nous et le gardien. Viens, je vais te présenter.

Salutations d'usage et salamalecs à un ventripotent roux à moustache de Gaulois. Riccioli lui fourra une liasse de biftons dans la fouille. L'autre dit non pour le principe, Riccioli oui pour le principe, le Gaulois s'inclina et enfourna bien vite les liquidités dans une poche de son falzar. Les deux devaient se connaître de longue : ils se sont donnés du « tu » directement, se congratulant sur leur bide et sur les conquêtes féminines que de telles rondeurs protectrices attiraient. Le roux Gaulois nous conduisit à un stand de tir en sous-sol.

– Là vous serez plus tranquilles, a-t-il dit en remontant l'escalier. Je te laisse fermer la lumière après, hein ?

– D'accord, lui a dit Riccioli en farfouillant dans son sac.

Il en a tiré deux paires de lunettes de protection et a sorti de son sac de sport une paire de gants de cuir jaune qu'il s'est enfilée.

– La grande classe… me suis-je extasié.

Il a souri de bonheur. Il ne lui en fallait guère, à Riccioli, pour péter d'orgueil et il devenait volubile dès qu'on parlait de lui :

– Je les tiens mieux en main, les calibres, avec ça… rapport à la transpiration, tu vois… Je fais de l'extra-sudation.

Ça me faisait doucement rigoler de le voir mettre des mots de science sur sa saleté. Riccioli a fouillé dans son sac :

– Alors alors… qu'est-ce que nous avons ?

Il en a ressorti deux sachets plastique, comme des sacs à congélation zippés sur le dessus. Dedans, dans chacun, il y avait un flingue et des chargeurs… Il a monté les deux sacs à hauteur de son gros visage, et a fait une laide grimace en les secouant.

– Lequel tu veux, pour commencer ? Un Sig Sauer ? Un Glock ?

J'ai reculé, instinctivement.

– Tu m'as fait venir pour faire joujou avec ces trucs ?

– Pas que ça… Pour causer tranquilles aussi… Ici, on est sûrs que les murs ont pas d'oreilles… Ou s'ils en ont, y a longtemps que les tympans ont été éclatés par les pétarades…

J'ai montré les deux flingots.

– J'ai pas besoin de ça…

Il a continué à secouer les deux sacs.

– Ça peut toujours servir… Un jour ou l'autre…

– Non, j'ai insisté.

Il a cessé sa grimace. Sa tronche s'est fermée, et il a posé les deux sacs sur la banque de tir.

– Écoute, Lazare, je t'ai jamais forcé à quoi que ce soit… D'accord… Mais là, je crois que je vais te forcer à apprendre…

– Je…

Il a levé une main pour m'interrompre.

– T'es toujours avec Leïla ?

– Ouais, bien sûr.
– Pourquoi elle est toujours avec toi ?
– Hein ?
– Pourquoi elle est toujours avec toi ? Elle se doute bien pour tout ton bizness, tes aller-retour dans les boîtes à putes, ta connaissance du mitan. Pourquoi elle laisse faire ?
– J'en sais rien, moi, elle m'a dans la peau… C'est tout… Mais quel rapport avec une leçon de tir ? Putain…
Il commençait à m'énerver avec ses grands airs. Je sentais venir les abeilles, et j'avais peur de ce que je pouvais devenir dans ces moments-là. Riccioli, le gros animal, l'a vite senti :
– Mais bougre de con, tu comprends donc rien à rien ! Leïla est veuve ! Veuve d'un gros braqueur marseillais descendu par les condés !… À la sortie d'un casse !…
J'étais là, comme un con, sonné… Qu'est-ce que je faisais, moi, avec l'ex d'un bandit de haut vol ?
– Et qu'est-ce que tu crois, toi, qu'elle t'a choisi pour ta belle gueule ?
– …
– Elle veut une protection, tu comprends ? Elle a besoin d'une protection. Et elle veut pas des loustics comme y a partout, qui défouraillent d'abord et pensent ensuite… Elle veut un finaud… Elle parie sur un cheval de course ! Toi !
Je ne savais pas quoi penser. La révélation m'allait droit à l'estomac… Comment je m'en étais pas rendu compte ? En même temps, mes relations avec Leïla étaient rapides, violentes et furieusement sexuelles. On ne prenait pas trop le temps de se raconter l'un à l'autre. Je passais à Marseille pour un atelier philo au

multimédia des Baumettes, elle m'accompagnait ; on baisait à l'hôtel ; je repartais. Elle-même ne donnait pas l'impression de vouloir ouvrir à moi autre chose que ses cuisses. Je mettais ça sur le compte de la discrétion, de la timidité… Ça me la rendait attirante, terriblement. Les nanas comme Vanessa sont des filles de leur temps, surfaces convexes et lisses et passées au polish, sans intérieur. Leur vie sexuelle est ludique et hygiénique… Innocente combinatoire de mouvements de gymnastique… Lubrification réciproque et alternée des muqueuses… Leur pépiement, dès qu'elles s'aventurent à raconter ce qui se passe dans leurs tréfonds, est insignifiante jacasserie copiée des pages psychologie des magazines de mode… Elle, Leïla, je la savais lourde, dense d'un passé, compacte. Je mettais ça sur sa sensibilité artiste. On baisait violent, sans faire les savants ni les acrobates : ça nous attrapait sans prendre garde, ça nous emportait, rageurs et désespérés, et ça nous laissait pantelants et interdits, secoués et muets… Je lui ai fait mal pendant l'amour, parce qu'elle me l'a demandé. De lui écraser les seins pendant, très fort, avec mes paumes. De l'étrangler aussi, pendant. Elle ne savait pas pourquoi, moi non plus… Ce n'était pas des jeux érotiques. C'était des gestes désespérés, comme si, elle comme moi, on s'énervait de ne pas arriver à perdre l'autre en soi, comme si on s'épuisait à vouloir n'être plus qu'un… On ressortait de là cabossés, meurtris l'âme comme le corps, honteux, perdus, éperdus… Jamais on n'en reparlait. Mais sitôt qu'on y revenait, à la chose, ça retournait à la violence… De préliminaires point, ou alors quelque chose comme de la lutte. On se débattait, et on finissait sur le carrelage, contre un coin de mur, effrayés comme des bêtes talonnées par la mort, à ne rien comprendre… Qu'est-ce qu'on aurait pu en dire ? Qu'est-ce que ce bidet à pattes de Vanessa aurait pu en comprendre ? Elle, il lui fallait baiser en petite fille libérée, et le sexe devait revêtir le caractère tranquille et rigolo d'une sortie shopping – elle devait pouvoir en parler en gloussant entre copines autour d'un mojito… Avec Leïla, quand je caressais ses lèvres, je marchais le long d'un gouffre… Je comprenais mieux, maintenant. Elle avait ce lourd passif, la densité de celles qui savent que l'amour est tragique, absolument tragique et désespéré… La grande dévalade au pays du sans-retour continuait…

Riccioli m'a sorti de ma rêverie… En grognant, il a empoigné les deux sacs comme une poissonnière attrape ses poiscailles par la queue avant de les foutre au nez d'un client qui contesterait leur fraîcheur.

– Alors, par quoi on commence, Sig Sauer ou Glock ?

– Sig, j'ai dit.

– Excellent choix.

Il a sorti un des deux flingues. Il était étrangement couleur vert-de-gris. Il me l'a carré entre les pattes et s'est placé derrière moi.

– Le SP 2022 que tu tiens dans la main, c'est la nouvelle dotation des flics… Les condés, ils avaient des MAS G1, des vieux Beretta 92F, ou même des Manurhin avec cinquante ans de service, qu'avaient servi à la chasse aux juifs pendant l'Occupation… Et combien j'en ai vu, des Manurhin, avec un bout de Scotch ou un élastique pour retenir le chargeur… C'était plus une arme de service, c'était une descente d'organes.

Il a ri de sa bonne vanne en faisant coulisser la culasse du Sig Sauer à l'arrière du flingue qui a claqué à vide. Il m'a passé l'arme :

– Tiens, à toi de jouer.

Je me suis exécuté. Le contact de ma chair avec le métal du pétard n'était pas désagréable. Elle répondait bien.

– Le championnat de France de tir police en 2006, tu sais comment il a été gagné ?

– Vas-y.

– Avec un SP 2022. Ce que tu tiens dans ta main. C'est pas un hasard, tu sais. Technologie bocheland. Robustesse et fiabilité…

Il m'a montré le mufle du pistolet de la pointe de son index, et il s'est mis à parler à voix basse, comme s'il craignait de le réveiller.

– T'as vu la petite puce électronique noyée dans la résine, là, à l'avant de la carcasse ?

– Ouais.

– Eh bien, dans sa mémoire, y a le numéro de série de l'arme, sa date de fabrication, le nom du fonctionnaire qui l'utilise, son matricule, son numéro de GPB, son service d'affectation et tous ces genres de trucs.

– Putain, c'est Big Brother…

– Et ouais… Combien de lascars savent ça… C'est fini les colts 45 des cow-boys, tout en ferraille et en ivoire. Maintenant, tous les flingues sont équipés comme pour RoboCop. Quand la puce passe entre les mains des armuriers, ils la foutent dans leur bécane, et ils la remettent à jour avec la date et les réparations éventuelles.

– Et là, si on interroge la puce du calibre ?

– Çui-là ? Eh bien, ils sauront que l'arme a été volée à un flic allemand. Tu joues du piano ?

Il m'a demandé ça sans quitter son arme des yeux. Il a pas attendu ma réponse et il s'est mis à rigoler doucement.

– Non, t'es pas Leïla… Dommage d'ailleurs, parce que ça pourrait être une très bonne arme pour Leïla.

– Quel rapport avec le piano ?

– Il vaut mieux avoir des petites mains avec le Sig. Faut pouvoir appuyer à fond à l'ouverture de feu. Des doigts courts, c'est plus commode pour ça.

– Faut appuyer tant que ça ?

– Deux kilos quatre à la première cartouche. À cause de ça, le premier coup, c'est comme au bordel, il est long à lâcher. C'est un peu comme forcer une chatte encore bridée, si tu vois ce que je veux dire… Je suis sûr qu'ils ont voulu retarder le premier coup, histoire d'être certains que les condés aient vraiment envie d'ouvrir le feu pour éviter les bavures… Mais bon, ensuite, comme c'est une double action, le deuxième part tout seul… Si tu joues du piano et que t'as des longs doigts, vaut mieux actionner avec le gras de la première phalange.

En disant tout cela, il manipulait l'arme, me la prenait des mains, me la faisait soupeser, toucher, palper. Il voulait que je la domestique.

– Faut bien que tu sentes son poids, son centre d'équilibre dans ta main… Presque tu dois la toucher comme un aveugle. On essaye avec les cartouches ?

Il a pris un chargeur dans le sac.

– Regarde comme je fais, et après essaye d'en faire autant.

Il a glissé un chargeur avec une seule cartouche, a manœuvré deux fois la culasse en arrière. La cartouche est sortie. Il a inséré l'indicateur de chambre vide, il a fait jouer le levier de désarmement pour rabattre le chien.

– À toi.

Il m'a passé l'arme avec un sourire. Je me suis exécuté. Vite, net, précis. Je trouvais ça très agréable. Il s'en est rendu compte.

– Allez, on passe aux choses sérieuses.

Il m'a repris l'arme, lui a mis un chargeur plein.

– Regarde, tu l'enfiles gentiment, sans lui claquer le cul… sauf si t'as un non-départ de coup, là, bien sûr, tu lui tapes vraiment au cul pour t'assurer qu'il est en place. Normalement, ça éjecte la cartouche foireuse… Mais tu feras gaffe à ton pouce pendant que tu tapes, parce que tu risques d'appuyer sur l'éjection du chargeur… là… T'aurais l'air con, à recevoir ton chargeur entre tes pieds au moment précis où tu veux tirer.

Il a sorti le chargeur, me l'a mis entre les mains, et m'a demandé de charger l'arme. Je me suis exécuté. Il m'a montré une cible, à cinq mètres. Un buste dessiné en rouge.

– Vas-y, fais-toi plaisir.

– C'est pas un peu près ? D'accord, je suis novice, mais quand même… Cinq mètres…

– Si jamais un jour tu te sers d'une arme, ce sera dans une chambre, dans un bar, dans une bagnole. Ta cible, elle sera à portée d'odeur… Jamais les règlements de comptes se font dans les espaces publics. C'est trop grand, c'est trop fliqué. On tue toujours en famille, d'une chaise à l'autre…

Il a rectifié ma position de main, de bras, de hanche, et *Ping* ! *Ping* ! *Ping* !… Ça y était. Mon méchant bonhomme était charpie.

– Ouéé… Jolie boucherie…

On a rigolé ensemble. Au moment de reposer le flingue, j'ai vu que sa poignée était gainée d'une espèce de chaussette de caoutchouc. Et dessus, des inscriptions :

– *HOG Handall Grips* ?

– Ouais… Je suppose que l'ancien proprio l'avait acheté par Internet.

– Pourquoi acheter ce truc ?

– La poignée d'origine, elle est trop petite. Surtout avec des gants de service. Même, des fois, elle se déboîte de son logement, et ça empêche le marteau de se rabattre. À cause de ça, l'arrêtoir de culasse, ça arrive qu'il finisse pratiquement sur le levier de désarmement du marteau… Et à la fin, il bute sur l'arrêtoir de chargeur… C'est pour ça qu'il vaut mieux acheter une chaussette de crosse… Ou comme lui, en changer carrément…

– Putain… je savais pas qu'il fallait être une encyclopédie vivante pour tirer au calibre…

Riccioli se mit à rire et sortit le deuxième flingue.

– Ça c'est plus la même. Un Glock 26. Le Glock il est plus léger… Il est plus compact. Et les pièces détachées sont les moins chères du marché.

– C'est pas ça, le flingue indétectable ?

– Ah ben tu vois que t'en sais un rayon, toi aussi… Non, c'est ce qu'on raconte mais c'est des conneries. Il est tout en polymère, mais les pièces maîtresses restent en ferraille : canon, percuteur… Tout ça c'est pas du plastique… Mais n'empêche, tu peux passer la carcasse dans un aéroport sans te faire biper… Après, reste à passer les pièces manquantes, sinon, il est aussi dangereux qu'une pince à linge.

Je lui ai pris le flingue des mains. Il était vraiment plus léger.

– Tu manœuvres une fois la culasse, clic-clac, et basta.

J'en fis autant que lui, plusieurs fois. Ce calibre me plaisait bien. Sobre, compact.

– C'est l'arme du GIGN et du RAID. Beaucoup plus simple que le Sig Sauer… Et pas chère avec ça. Le Glock, il était à six cent cinquante euros quand le Sig était à mille. Vas-y joue avec… Tu vas voir… Fonctionnement très intuitif…

Il ne s'était pas trompé, le gros. La leçon qu'il m'avait donnée pour le SP 2022 me rendait très facile le maniement du Glock. Je mis un chargeur, le vidai sur la cible. Je soupesai l'arme vide.

– Allez, va, je sais ce qui te ferait plaisir.

Il m'a donné un autre chargeur, et il a reculé la cible à dix mètres.

– Et maintenant, montre-moi de quoi t'es capable sur un parking de nuit.

J'ai vidé le chargeur. À mi-chemin, il m'a interrompu pour corriger ma position de hanche. À la boxe, au flingue, au lit, on tire beaucoup avec les hanches, c'est partout pareil… J'ai continué la fusillade. La bonne odeur de cordite se répandait dans la pièce… À regret, j'ai dû m'arrêter.

– Alors, verdict ? il m'a demandé.

– Sympa… Mais je préfère le Glock.

– Moi aussi. Le 26, c'est le plus compact sur le marché. Seize centimètres en tout et pour tout. Et le canon, pas plus long qu'un doigt. Démonté, il fait quatre-vingt-huit millimètres. Tu peux passer la frontière en te le carrant dans le cul, on n'y verra que du feu. Tu le remontes ensuite, et hop !, ni vu ni connu j't'embrouille !… Mais le SP 2022, c'est bien que tu l'aies eu en main. Faut connaître l'arme de ses ennemis.

– Un calibre, j'en aurai un ?

– T'en veux un ?

J'ai haussé les épaules.

– Je sais pas…

– T'as raison, ça peut toujours servir. Je vais t'en fournir un. Faudra être patient.

Je commençais à connaître. Je vis qu'il laissait les flingots en plan et qu'il retirait ses lunettes de protection.

– Et toi, tu tires pas ?

– Oh non, faut qu'on y aille… On va attendre que tout ça refroidisse et on lève le camp… Le Gaulois va s'impatienter là-haut dans sa guérite.

Riccioli a ramassé un balai qui traînait par là et a balayé les douilles fumantes en me faisant la causette :

– Tu te souviens dans le jardin de l'Imperator quand tu m'as demandé que je te donne Leïla… Sur un plateau d'argent, que je te l'ai servie, ta pianiste… Mais pas plus que toi elle croit à l'amour, Leïla… Toi tu veux un cul moelleux et confortable avec du mystère autour. Elle, il lui faut un mec, un vrai, un qui la protège.

– Et qu'est-ce que tu crois que je suis ! Une fiotte ? Une tante ? j'ai dit en prenant la mouche.

– Des conneries ! Tu seras pas un mec tant que t'as pas appris à tirer !

Il a gueulé ça en tournant pivoine. Il respirait comme une chaudière.

– Et c'est pour ça qu'on est là !!!

D'un coup il s'est calmé. Il s'en voulait de s'être emporté. Il a continué d'une voix basse en balayant le ciment nu.

– C'est pas l'amour que vous avez fait, toi et Leïla… C'est pas l'amour, c'est un contrat que vous avez signé… Un sale contrat avec avantage aux deux parties contractantes… Baise pour l'un et, en échange pour l'autre, protection… Rien que deux petites solitudes égoïstes qui baisent mais ne se rencontrent pas… Vous vous servez l'un de l'autre… Vous baisez seuls…

J'ai pris ça dans la gueule en silence. Il n'avait pas tort. Elle avait dû apprendre que je nidifiais soigneusement, avec un parcours sans faute, et que la gamberge ne m'effrayait pas. Au final, c'était elle qui m'avait mis le grappin dessus, et moi, couillon de la lune, j'avais rien vu venir. Je la baisais, Leïla, en long en large et en travers, mais c'était elle, la première qui m'avait baisé…

Et pourtant je n'avais pas de colère… Le gros avait raison, on était deux solitaires. Morts à l'amour. On s'accouplait en tant que désespérés, qu'associés… Même Schopenhauer n'était pas allé si loin. On ne baisait pas pour assurer l'espèce. On baisait pour nous assurer nous-mêmes. Ses jambes qu'elle verrouillait sur mes reins, c'était le pire cadenas pour pas que je m'échappe, et moi, mes coups de butoir qui la faisaient crier, c'était autant de tours d'écrou pour pas qu'elle se dévisse de moi. On s'agrippait l'un à l'autre comme deux naufragés à un seul gilet de sauvetage. Nos parties de jambes en l'air étaient manière de reconduire le contrat, de signer en bas de page un nouveau bail, de s'accrocher l'un à l'autre pour ne pas couler ensemble. Je lui garantissais un avenir éloigné des sinistres marlous de cité qui la rêvaient potiche emperlouzée et objet de décoration de siège avant de BMW. En échange, elle me donnait sa fine sensiblerie, sa mystérieuse profondeur tragique. Et sa démenade de cul.

Il a palpé le museau des flingues. Ils étaient froids. Il les a remis soigneusement dans leur sac congélation, et les a fourrés dans son sac de sport. Il a éteint les néons.

– Allez, on se casse. Maintenant, tu sais tuer.

VIII

Rupture (quasi)

Je l'avais un peu saumâtre que Leïla m'ait caché son passé d'ancienne femme à caïd. Le sentiment d'avoir été roulé dans la farine, d'avoir été élu en me laissant l'impression que c'est moi qui choisissais. Je voulais lui dire ma façon de voir les choses, mais en face, sans passer par le téléphone. J'ai attendu une nouvelle journée de stage programmée à Marseille. Elle n'a pas tardé.

J'arrive. Leïla ne m'attend pas à l'entrée principale. Normal. Depuis que j'ai obtenu mon accréditation, je peux rentrer tout seul. Elle, elle est déjà montée en détention. Je l'y rejoins. C'est la même équipe que la fois dernière, avec Amid en chef de meute qui m'avait convié à la cérémonie du café, et autour de lui, sa bande, Jimmy, le petit puceau, Farid, un jeune gars des quartiers nord, le beau Fred, qui louvoie plus ou moins entre la Lorraine et le Lyonnais, quelques autres dont j'ai plus mémoire des noms… Leïla est déjà là, à régler les lumières avec les types. Elle a une formation de musicienne, précisément acousticienne, et elle travaille avec l'équipe pour tout ce qui est enregistrement sonore. Elle donne aussi le coup de main pour ce qui est image. Parfois, les entretiens sont filmés, et ils peuvent être montés. Quand j'entre, elle claque un joli sourire timide, me fait un petit signe de main, genre copain-copain, et retourne à ses réglages de micro et de gélatine. Moi, j'en serre cinq aux arsouilles. On s'installe, on boit un café brûlant. Comme la fois dernière, Leïla se met un peu en retrait, hors champ. Ça m'énerve. Je me lève et prends une autre place. Faut régler à nouveau toutes les lumières, l'équipe maugrée. Leïla comprend le manège. Elle soupire, les yeux au ciel, de cocasse manière, et elle s'installe face à moi, derrière Amid.

– Alors, Lazare, de quoi vous allez nous parler aujourd'hui ? me demande Amid

– De deux choses. D'abord, histoire de vous dérouiller un peu les méninges, je vais vous parler des illusions, des tromperies… Peut-être que tout ce que nous voyons est une imposture, un immense mensonge organisé par un malin génie… Ça, c'est la première partie de ce que je vais vous raconter… Et ensuite, après ce petit échauffement mental, on reviendra sur ce que vous connaissez déjà…

– On connaît quelque chose, nous, en philo ?

– Ben oui, je reviendrai sur Socrate, vous savez, Socrate, dont je vous ai parlé la fois dernière. Je vais vous parler de ses dernières heures, et de la très forte et très belle amitié qui le lie à son vieux copain Criton.

– C'est bizarre, ça, de parler de ces deux trucs sur une seule séance. Quel rapport ?

– Le rapport, à vous de le trouver… Mais rien ne vous empêchera, une fois qu'on aura fini, rien ne vous empêchera de vous poser la question de savoir si l'amitié n'est pas une belle imposture, s'il n'y a pas, au cœur de toute histoire pleine de franchise, du mensonge et de la tromperie…

En disant ça, j'ai vissé mon regard une seconde en plein dans celui de Leïla. Son regard s'est assombri immédiatement. Et pourtant, elle a soutenu le mien. Elle a tout de suite compris. La comédie prenait fin aujourd'hui.

J'ai pris une inspiration, et puis j'ai chargé.

– C'est quoi être réaliste ?

Les mecs tâtonnent, hasardent. C'est assez vachard, au petit matin, une telle question.

– Ben… C'est être concret… Être dans la réalité, dans le réel, quoi… pas partir en sucette, dans ses délires.

– Mais un mec qui part dans ses délires, lui, il est persuadé qu'il est dans la réalité ?

– Ouais mais quand même… Il est dans ses trucs à lui. Il est pas dans la réalité.

– Comment tu peux faire la différence ?

– Celui qu'est dans ses délires, il est dans son monde, y a que lui qui y croit… Que celui qu'est réaliste, il est pas dans son monde. Il est dans le monde à nous tous. C'est ça la différence.

– C'est pas mal, ça… Ça me va… Donc il y a deux différences. D'abord, c'est une histoire de croyance. Être dans un délire, c'est croire à un monde qui n'existe pas. Tandis qu'être réaliste, c'est ne pas croire. C'est en finir avec la croyance. C'est voir le monde en face. C'est voir le monde tel qu'il est, et non tel qu'on croit qu'il est.

– Ouais, c'est ça.

– Et le deuxième truc que tu me disais, c'était que le réaliste, il est dans le monde à nous tous. C'est un monde commun. C'est pas le monde fantasmé par un seul. C'est un monde que nous partageons.

– Voilà !

Les mecs ne sont pas peu fiers d'avoir résolu l'énigme de la réalité en dix minutes chrono. Je les laisse mijoter dans leur bon bain tiède d'autocongratulation, puis j'envoie la douche froide.

– Mais qu'est-ce qui nous prouve que le monde que nous appelons le monde commun n'est pas le fruit d'une croyance ? Qu'est-ce qui nous prouve que la réalité que nous partageons, elle n'est pas un fantasme, une illusion ?

– Comment ça ?… T'as pas un exemple ?

Je regarde autour de moi. Leïla a un sweat rouge qui pète. Je le montre.

– Vous la voyez, elle ?

– On voit qu'elle, plaisante un des lascars.

– Moi aussi, j'enchaîne d'une voix sourde.

Tout le monde se marre doucement. Leïla rejoint le concert de rigolades.

– Son sweat, quelle couleur ?

– Rouge.

– Connerie. Leïla est pas rouge passion. Elle est grise, grise brouillard.

J'ai dit ça d'une voix à peine cassante. Les mecs sifflent et font mine de s'indigner un peu, rigolent aussi… Leïla s'est pris la baffe en pleine poire. Elle roule des calots d'étonnement. Vexée, blessée, meurtrie. Je me régale de savoir qu'elle ne peut pas rétorquer. Après tout, ce n'est rien qu'un jeu d'idées, une jonglerie métaphysique. Pas une attaque personnelle. Je continue :

– Ça vous paraît un peu con ?

– Ah ben ouais.

– À moi aussi, ça paraît un peu con, balance Leïla.

On rigole tous un petit peu. Je fais mine de. Et je reprends :

– Et les daltoniens alors ?

– Quoi, les daltoniens ?

– De leur côté, si personne ne les a mis au courant, ils voient le monde en noir et blanc, sans couleurs, et ils s'imaginent que le monde est réellement en gris, en noir et en blanc !

– Ouais mais nous c'est pas pareil…

– Qu'est-ce que t'en sais ? T'es peut-être le daltonien de quelqu'un. Tu vois sept couleurs et t'es persuadé que le monde a sept couleurs. Il en a peut-être douze, comme dit Platon. Comment peux-tu savoir comment est le monde en lui-même ?

– C'est pas faux… reconnaît l'un des gars.

– Peut-être qu'on est là, à parler dans cette pièce, les dix que nous sommes, autour de cette table. Mais peut-être qu'en réalité on est onze… Peut-être qu'il y a avec nous… je sais pas moi… un spectre, un fantôme… Un mort très proche de l'un de nous qui le veille et le surveille…

Ça a putain plombé l'ambiance. Je sens que Leïla a compris. Ses pupilles se sont élargies, ses lèvres se sont serrées. Je viens de lui faire très mal. Si on n'était pas enfermés, je sais parfaitement qu'elle se serait levée pour prendre la porte. Dommage… elle est verrouillée à quatre tours. Elle est ma souris de laboratoire.

Un des mecs prend la parole :

– Arrête, tu commences à nous faire flipper avec tes trucs de fantôme.

Un autre en rajoute :

– Tu vas nous foutre le mauvais œil avec tes trucs.

C'est le bon moment pour introduire du concept :

– Tu n'es jamais face au monde, tu es toujours face à des perceptions que tu as du monde, et tes perceptions, il est possible qu'elles déforment les choses.

Les mecs autour de la table s'abîment dans une méditation sans fin.

– Mais alors, hasarde l'un d'entre eux, on peut rien savoir de sûr ?

Il est aussitôt coupé par un autre :

– Quand même, ce que je touche – et il frappe la table –, tu vas pas me dire que je sais pas ce que c'est ?

– Et la table, je réponds du tac au tac, elle est comment ?

– Lisse.

– Eh bien c'est que t'as les doigts pas assez fins.

– Tu vas pas me dire qu'elle est gondolée, la table ?

Éclats de rire.

– En tout cas, ce que je sais, c'est que si t'avais le sens du toucher assez fin, tu percevrais les aspérités à sa surface, et elle te paraîtrait rugueuse. Parce qu'elle est pas parfaitement plane, t'es d'accord avec moi ?

– Ben ouais.

– Donc, si tu la sens plate, c'est que tu te plantes. Ne pas faire confiance à ton toucher non plus.

Celui qui tout à l'heure était déjà ébranlé par le doute à propos de la vue commence à se ratatiner sur son siège. Je sens qu'il est mûr. Je lui donne la parole avant même qu'il la demande.

– Oui ?

– Euh… mais alors ça veut dire que tout ce qu'on voit, tout ce qu'on touche…

Sa voix se fait un peu plus basse, comme s'il allait dire une énormité :

– … Peut-être que tout ce qu'on vit, c'est faux.

Les mecs sont bons pour l'estocade finale. Ils me présentent leur nuque, de dessous ma cape, je sors une épée effilée. Elle s'appelle René Descartes, seconde méditation métaphysique.

– Les mecs, je leur demande, ça vous arrive de rêver ?

– Oui, disent-ils.

– Et dans les rêves, vous voyez des choses, vous touchez des choses ?

– Oui.

Mon ratatiné ébranlé se passe la main sur le front. Ses yeux font des loopings dans ses orbites. Il me coupe et réfléchit à voix haute :

– Qu'est-ce qui nous prouve que là, tout de suite, on n'est pas en train de rêver ? Peut-être qu'on croit qu'on est en train de vivre, et que là, en fait on est déjà morts, ou je sais pas moi, en train de dormir, et de rêver à ça, la prison, les murs…

– Ouais ben c'est un cauchemar, ton truc, plaisante un autre.

– Vivement qu'on se réveille, dit un autre, que ces murs ils s'évaporent.

– Mais c'est du délire, ça ! s'emporte un troisième.

Il serre son poing et le secoue furieusement :

– Je vais te foutre mon poing sur la gueule, tu vas voir si tu rêves.

– T'as jamais rêvé que tu te battais ?

Il répond :

– Si, justement, cette nuit, avec le gardien-chef, cet enculé.

Je l'intercepte avant qu'il raconte son rêve et qu'on en ait pour une demi-heure de saloperies balancées sur le gardien-chef :

– Eh bien, si c'est possible de rêver de bagarres et de coups de poing, ça veut dire que tu auras beau me boxer, ça m'empêchera pas de supposer que cette bagarre aussi je suis en train de la rêver…

– Ça veut dire qu'on peut douter de tout… murmure Ratatiné.

– … On *doit* douter de tout, si on veut être réaliste.

J'ai dit ça sans quitter Leïla des yeux. Elle fronce les siens. Je la sens bouillir. L'explication, tout à l'heure, va être saignante.

L'ébranlement cartésien commence à toucher tous les membres du groupe. Les va-de-la-gueule qui tapaient du poing sur la table ou qui beuglaient à qui mieux mieux pour vanter les mérites du réalisme, les voilà paumés autant que les autres. La phase un a réussi. Il faudrait que j'engage ensuite la phase deux, avec l'affirmation du cogito. Douter de tout, sauf d'une chose, qu'il faut que j'existe, moi, pour douter de tout, certes, sauf de moi-même. La mécanique est bien huilée. Mais, normalement, à ce moment, il faut laisser peu de mou sur la corde. Et de toute façon, je m'arrêterai là pour aujourd'hui. L'objectif, c'est de les décoller des fausses évidences, et les laisser patouiller dans le scepticisme radical. Généralement, c'est l'occasion pour eux de raconter des prises de came, ou des expériences psychotiques, ou mystiques.

On n'imagine pas le nombre d'expériences métaphysiques d'altération de la conscience qui ont lieu en taule. L'enfermement, le climat anxiogène, le nombre incroyable de malades mentaux, l'usage des drogues, tout cela fait que la frontière entre rêve, fantasme et réalité s'étiole et parfois vole en éclats. C'est dommage qu'on ne donne pas aux prisons de France des noms de personnages illustres, comme on en donne aux lycées ou aux collèges. En tout cas, les prisons Descartes auraient un beau succès, parce que c'est un auteur qui fait mouche chez les taulards.

Fred prend la parole. Fred est un jeune type élégant et charmeur qui se laisse pousser une fine moustache de brigadier du Tigre. Quand je suis entré tout à l'heure et qu'on s'est présentés l'un à l'autre, il a reculé d'un pas en conservant ma main dans la sienne, a fermé un œil et penché la tête sur le côté. Il était persuadé qu'on avait eu une affaire ensemble dans le Nord, du côté d'Ostende. Je devais ressembler à un de ses clients, ou alors il essayait de me charrier pour voir ma réaction. Il n'a rien dit jusqu'à présent, Fred le farceur de ces dames. Il s'allume sa clope à un briquet tempête, bascule sa jolie petite gueule d'amour en arrière, et clôt à moitié ses yeux sous le piquant de la fumée. Il se met à raconter.

– Ma femme à moi, un jour, comme ça, elle me dit « viens, je vais te présenter à mes parents, mais tu fais gaffe à mon daron, rapport au bizness, la vie de ma mère, si mon père il apprend que tu fais des affaires, ma parole, tu te fais charcler et moi avec », normal, vu que son père, c'était un gadjo qu'avait fait la Santé et Fresnes, je te parle de ça c'était y a longtemps, pour un Brink's qu'avait mal tourné soi-disant qu'il aurait fumé un vigile, c'était des histoires passées, mais ça lui avait tellement causé d'emmerdes, à son dab à ma fiancée, que sur le Coran, aussi sec sorti de Fresnes, il avait dit « tchao les mecs, jouez sans moi, je raccroche », et c'était la vérité parce que même s'associer simplement, rien qu'en mettant des billes pour toucher au bout, il voulait plus, le mec, et donc, sa fille, ma meuf, elle lui avait dit, comme ça « vas-y papa, je vais te présenter mon fiancé », alors lui il lui avait dit à elle « ma fille, c'est bien, tu es une bonne fille, va me présenter ton chéri, mais je te préviens que s'il est dans les affaires, ton fiancé, sur mon honneur, je le tue et je l'enterre au fond du jardin sous le tas de bois, je veux plus de ça dans la famille, c'est trop la loose », alors ma meuf elle lui dit « OK », et donc moi elle me dit « va pas dire à mon daron que tu fais du bizness ou des conneries comme ça, sinon il te fume et il t'enterre dans le jardin », alors moi j'ai dit « OK », et je voulais pas finir à bouffer les géraniums à ma belle-doche par les racines, et donc j'ai été me saper trop la grande classe avec le costume, les pompes pointues, la cravate que j'avais aussi, la liquette nickel, toute repassée, bien, même les boutons de manchette, la moustache à la française, du parfum, tout tout quoi.

– Ouah, la classe, s'exclame Jimmy les gobilles grandes ouvertes.

– Attends la suite.

Fred tire sur sa clope, se drape dans la fumée et continue.

– Alors bon, on arrive dans le petit pavillon de bourgeois de ses parents, à ma meuf, tu vois, avec le petit jardin tout autour, avec sa haie bien taillée qui fait le tour, la CX garée dans l'allée du garage, l'herbe tondue nickel, les graviers dans l'allée tous de la même taille, ma parole, c'est comme s'il les avait choisis chez un joaillier juif à Anvers, tu sais, avec la loupe pour être sûr que tous ils ont le même calibre, je te jure, il manquait plus que les nains de jardin et la biche que t'y fous des géraniums dans les paniers qu'elle a sur le dos, Bambi, la sonnette qui imite Big Ben, et tout et tout, et alors c'est sa daronne qu'ouvre la lourde, et vas-y que je lui offre des fleurs, un bouquet de roses, et le daron qu'est derrière je lui donne la bouteille de champ à cent euros, et donc vas-y qu'on rentre, qu'on se retrouve à table à faire la conversation, avec du vin, un petit repas avec des assiettes que y a des pédés de bergers qui jouent de la flûte à des bergères qui mouillent sur les balançoires, qu'on mange du cochon sauvage ou je sais pas quelle merde bien classe, avec des petits trucs rouges violets là, comme des fruits dans la sauce et on tchatche, tu vois, on plaisante, bien à l'aise, on parle du ballon, un peu de l'OL, un peu de bagnoles aussi, de l'avenir, alors je lui monte un bobard soi-disant qu'avec la thune que j'ai mis à gauche en bossant avec un concessionnaire BM, on va s'acheter, sa fille et moi, une baraque avec piscine, gazon, machin machin, et que je vais y faire des bébés, des tas de bébés.

– Sans déconner, bredouille Jimmy.

– Si si, mais attends, tu vas voir.

Fred tire sur sa clope et reprend.

– Et donc après, si tu veux, c'est le café, et on commence à se taper dans le dos avec le daron, tu vois, à la bonne franquette, et vas-y qu'il sort la bouteille de cognac et des cigares, et on se fout dans des fauteuils en cuir, tu te mets dedans, cousin !, plus jamais tu ressors, un tuba il te faut, quand tu te mets dans les fauteuils, pour respirer, mon frère, comme je te le dis !, et donc pendant ce temps-là, les femmes elles étaient parties je sais pas quoi foutre dans la cuisine, la vaisselle ou des conneries de bonne femme, tu vois, mais donc, nous, si tu veux, y avait plus que nous deux, et tu vois, des bouteilles de pinard, on s'en était descendu déjà trois et maintenant on carburait au cognac et sa bouteille de Martin on était en train de se la descendre tranquille, enfin surtout moi, parce que lui, tu vois, lui, à peine il buvait, à peine il causait, mais il était là, toujours avec son putain de sourire à toutes les conneries que je disais, et à me resservir des canons, tellement qu'à la fin, tu vois, je commençais à être bourré, à gueuler plus fort, à me la péter genre gendre idéal, et à débagouler mille conneries, tu sais, nous les mecs du quartier, ah pauvre, comme qui dirait, on a des manières bien à nous que c'est pas des manières de bourgeois, moi je me rendais pas compte mais j'étais mal, là.

– Et alors ? demande Jimmy.

– Attends, répond Fred, tirant sur sa clope tout en plissant des paupières.

– Et donc, le gadjo, comme ça, il me regarde par en dessous, il me dit, comme ça : « Tiens, viens, vu que les femmes elles sont pas là, je vais te montrer un truc dans la cave que t'as jamais vu mais que ça reste entre nous », et il a mis son doigt sur ses lèvres et il a fait signe de se lever, et donc on s'est levés et il a posé sa patte sur mon épaule et elle pesait bien cent tonnes la paluche au gadjo et il m'a emmené comme ça en me serrant l'épaule fort jusque dans l'escalier de la cave qu'était tout noir mais il me guidait dans l'escalier avec sa main sur mon épaule, tu comprends, et quand on est arrivés en bas, il a allumé la lumière et il m'a montré contre le mur où y avait une espèce de petite armoire en bois et il l'a ouverte.

– Et alors, qu'est-ce qu'il y avait dedans ? demande Jimmy, tendu par-dessus la table.

– Un flingue, cousin, un flingue comac. Il me l'a montré et il me l'a foutu sous le pif. « Il est beau, hein ?, qu'il m'a dit, il est beau ? »

– Et après ?

Fred jette un coup d'œil autour de la table. Il est au bout de sa clope et au bout de son histoire. D'une pichenette, il balance le mégard dans le cendrier de marbre.

– Vous voulez savoir ce qui s'est passé après ?

– Ouais, vas-y, accouche.

– Eh bien après il m'a foutu une bastos entre les deux yeux et il m'a enterré sous le tas de bois.

Stupéfaction générale.

Silence abrutissant.

Et puis, Fred qui commence à rigoler, et qui peut plus s'arrêter de se gondoler, bientôt rejoint par Jimmy, Amid, Farid, et tous les autres, et bientôt par nous aussi, Leïla et moi...

C'est vraiment l'heure de prendre une pause. On ressert une tournée de café et de thé. On sort des bonbons, on ouvre un petit paquet de gâteaux. On grille une clope, on s'isole pour relancer un bizness, faire passer une info, aller à la pêche aux renseignements. Je vois bien que Leïla cherche à me parler, mais moi je fais l'andouille, celui qui s'en rend pas compte. Au contraire, même, plus elle s'approche de moi et essaye d'attraper mon regard, plus je discute avec Fred, pour essayer de retrouver avec lui si on s'est pas rencontrés ailleurs... Passent ainsi dix minutes un quart d'heure... À l'issue, faut battre le rappel.

– Messieurs, que je dis, maintenant que vous êtes chauds bouillants et que vous avez fait votre stretching mental, nouvelle séance... Sur l'amitié.

On reprend nos places. Je m'éclaircis la voix. Je raconte les derniers instants de Socrate. Effets de manche minimalistes. Ma voix est basse, je bouge peu. Les mecs sont pendus à mes lèvres. On a annoncé à Socrate qu'il devait avaler le poison. Les amis de Socrate sont en pleurs. Ce sont ses dernières minutes.

Je prends mon temps pour mettre dans l'ambiance. Mais Fred, avec son conte fantastique, avait déjà préparé le terrain. Je bois du petit-lait. À la dérobée, je constate que Leïla n'est pas indifférente à l'histoire…

– Socrate te chope son vieux poteau Criton par l'épaule. Ils s'éloignent tous les deux. Ils se mettent en retrait des autres, de la famille, des relations. Socrate, il regarde son vieux copain dans les yeux et il lui explique calmement ce qu'il aura à faire une fois qu'il sera mort.

– Pour quoi ?

– Pour la toilette mortuaire. Y a des rites à respecter. Socrate veut que ça soit impeccable. Il charge Criton de s'en occuper. Criton est en train de regarder Socrate dans les yeux. Ils se parlent d'âme à âme pour ainsi dire. Mais Criton peut pas s'empêcher de regarder aussi les yeux, la chair, la peau, tout ça qui sera froid dans une heure ou deux.

– Putain, c'est du lourd…

– Arrive Xanthippe.

– Qui c'est, ça ?

– C'est la femme à Socrate. Elle a obtenu l'autorisation de visiter la cellule de son mari avec ses trois enfants.

– Quel âge ils ont, les minots ?

– Le petit dernier ne sait pas encore marcher. Et Socrate est toujours enchaîné au mur. Alors Xanthippe s'assoit et elle le porte sur ses genoux, pour que Socrate puisse le voir babiller et caresser ses joues rondes. C'est trop dur, pour Xanthippe, de voir son mari dans les chaînes, de l'embrasser alors que dans une heure, il sera dur et froid comme les pierres qui ont servi à bâtir les murs de cette geôle. C'est trop dur de voir Socrate au milieu de la foule de ses amis alors qu'elle pourrait l'avoir à elle, rien que pour elle, à sentir son cœur battre à l'unisson du sien. Mais Socrate ne veut pas des larmes de sa femme et de ses fils. Alors il demande à son ami de toujours, à son ami d'enfance, Criton, de raccompagner sa femme et ses mômes dehors.

– Il accepte ?

– Faut bien.

– Et elle, elle accepte ?

– À ton avis ?

– Non. C'est trop dur.

– Exact. Elle fait une crise de nerfs.

Voilà comment je raconte le truc. Les commentateurs de la scène disent que Socrate préfère le dialogue rationnel entre amis aux débordements de la passion auxquels sa femme se laisserait aller. Je ne crois pas que cette interprétation soit juste, parce que j'ai vu les hommes quand ils reçoivent leur femme au parloir. Il ne faut pas croire ce que l'on dit sur les parloirs baisodromes où les détenus prennent leur femme à poil sous leur jupe pendant qu'elles sont assises sur leurs genoux. Tous les détenus vous le diront : au parloir, il faut de la tenue et même de la distance avec les siens. Il ne faut pas se ruer sur l'autre et se laisser aller à des effusions sentimentales et à des débordements affectifs. Parce que alors la séparation sera plus terrible et plus douloureuse encore. De la tendresse, bien sûr, mais surtout de la sobriété, et du détachement. Je crois que Socrate a dû agir de même. En tout cas, c'est ce que j'explique ce matin, à mes gars, autour du café, avec le fantôme de Ranucci qui rôde autour de la table. Socrate n'est pas un salaud qui renvoie sa bonne femme trop pénible, parce qu'il veut la paix, pour tchatcher avec ses potes. Socrate ne veut pas donner à sa femme une chance de trop s'attacher à lui alors que la mort va bientôt le prendre. Il la prépare déjà à son absence, non parce qu'elle lui indiffère, mais au contraire, pour lui faciliter le deuil.

Farid a écouté tout ça. Il n'en a pas perdu une miette.

– Je voudrais dire un truc…

– Vas-y, je t'en prie.

Farid joue avec le filtre de sa cigarette éteinte, le plie et le replie entre ses doigts qui tremblent. Son visage est fin et émacié.

– Ma femme m'a quitté la semaine dernière.

Avant que la nouvelle ne soit commentée, il lève doucement la main.

– Je la comprends. C'est trop dur de m'attendre. Et j'ai pas encore été jugé. Ça sera peut-être six mois de taule comme dix ans. La dernière lettre que je lui ai écrite, j'ai…

Il hésite et décortique de la pointe de l'ongle le papier jaune qui enveloppe l'étoupe du filtre.

– … J'ai fait semblant… Je lui ai fait croire que je ne l'aimais plus.

– T'as fait quoi ?!

C'est Fred qui l'interrompt. Il ne s'en remet pas, le beau Fred, avec son visage de renard, et qui n'en revient toujours pas de l'attitude de Farid.

– Tu lui as fait croire que tu l'aimais plus ?! Mais tu l'aimes ! T'arrêtes pas de nous soûler avec elle, comme quoi c'est la meilleure, et tout et tout !

Farid hésite. Il jette un coup d'œil panoramique aux mecs autour de la table. Personne ne moufte. C'est rare d'arriver à une écoute pareille. Mais chacun se sent concerné par l'histoire de Farid. Chacun sait ici que la prison, ce n'est pas que la perte de la liberté, c'est, dans la foulée, la perte de sa femme, parfois l'enfant retiré et confié aux services de la DASS, et, par un jeu de dominos, la haine de la belle-famille, parfois en chaîne, celle de la famille. Ne reste souvent que la mère, qui lave le linge et le ramène au parloir, pardonne tout à son fils. Farid reprend :

– C'est bien parce que je l'aimais… que je l'aime, que je lui ai écrit la dernière lettre. Dedans, j'ai tout fait pour passer pour un salaud… Je lui ai dit des saloperies… Des dégueulasseries… Je l'ai poussée à la rupture…

Il s'est enfoncé le menton dans la poitrine, a souri légèrement et s'est massé la nuque.

– Je crois bien que j'ai réussi. Maintenant, elle ne m'aime plus. Elle me largue. C'est mieux pour elle.

Fred est muet. Fred le bellâtre aime les femmes, mais à ce point-là, il n'en est pas capable.

– Maintenant, elle ne souffre plus à cause de mes conneries.

Les hommes se regardent, embarrassés. Jimmy, le plus jeune, paraît dépassé par le truc. Jimmy est encore un minot, les yeux bleu pâle, avec des grands cils noirs qui lui donnent un regard d'éternel étonné. Il fronce les sourcils, jette des coups d'œil anxieux aux plus âgés, à Amid, et essaye de copier la dégaine. Mais il ne comprend pas. Je ne pense pas que Jimmy ait connu de femmes. Coucher avec des femmes, certes, mais en connaître, ça, c'est encore hors de sa portée. Fred s'essaye à des paroles de réconfort, à des plaisanteries légères, une de perdue, dix de retrouvées…

Farid lève de nouveau la main, comme pour demander un temps mort à l'arbitre. Il n'y en a pas, ni dans la vie ni en prison.

– Je voulais pas vous emmerder avec mes histoires de couple. C'était par rapport à Socrate et Criton. Je crois qu'il a eu raison de demander à sa femme de sortir, Socrate. Je crois même qu'il a été exprès cassant, en disant qu'elle faisait chier, à chialer tout le temps, avec ses mômes accrochés à ses robes.

Farid continue en contemplant le lourd cendrier dans lequel il a jeté les restes du filtre.

– Il reste l'amitié. Un ami c'est pas pareil. Si tu vas en enfer, un ami il te suit en enfer. Et c'est pas parce qu'il est accro à toi comme une gonzesse, c'est parce que c'est comme ça qu'on est réglo. Une nana, si t'es amoureux d'elle, quand t'es dans la merde, ça lui fout le cafard, et de la voir avec le cafard, ça t'enfonce encore plus. Personne y peut rien. C'est plus fort qu'elle, c'est plus fort que toi. Qu'un pote – un vrai pote –, c'est pas pareil. T'es dans la merde, si c'est vraiment ton pote, lui, il décide d'y aller, tu comprends ? Ça le regarde que lui. C'est question d'honneur, si tu veux. Qu'une nana, qu'est-ce que tu veux ?, elle t'a dans la peau. Un pote : il décide d'aller au charbon pour toi. C'est lui qui l'a décidé. S'il lui arrive des embrouilles, toi tu le supportes mieux, parce que c'est lui qui l'a décidé.

Il prend une grande inspiration et repousse le cendrier.

– Ma parole, tu vois, aujourd'hui, j'ai plus de femme. Mais par contre, un poteau j'en ai toujours un. Je vais te dire un truc. Avec lui, c'est plus fort qu'avec ma femme. Il est ici pour mon affaire. Il aurait pu balancer. Mais non, rien. Il m'a pas balancé. Alors il est ici, et il a pris à ma place. Il me balancera jamais.

Farid baisse les yeux à la recherche de brins de tabac sur la table, à la place où était le cendrier. Il les pousse du tranchant de la main et les aligne.

– Ici, en zonzon, y a plus que l'amitié qui tient.

Fin du stage. C'était la dernière matinée qu'on passait ensemble. Le stage s'achève. L'équipe va se séparer. Une nouvelle équipe de huit détenus la remplacera bientôt. On plie le matos, micro, lumière... Moi, je m'étire sur ma chaise, finis ma lampée de café. Pour certains, on se reverra. Pour d'autres, non. Je n'ai eu des nouvelles indirectes que de Jimmy. Des types lui avaient promis de lui faire la peau à cause d'un petit trafic de savonnette de shit. Au moins, il leur a échappé. Il s'était pendu dans sa cellule.

Ensuite, il paraît que Farid s'est fait buter sur le Vieux Port, parce qu'on l'avait confondu avec son meilleur pote. À moins que ce soit le contraire. De toute façon, comme il disait en parlant de Socrate et de Criton, les amis, c'est à la vie à la mort.

On se retrouve seuls, elle et moi, sur le plateau. Elle est de dos, à enrouler les cordons du micro et à les ranger dans une mallette. Je répète la dernière phrase de Farid :

– « Ici, en zonzon, y a plus que l'amitié qui tient », tu y crois, toi, à cette connerie ? C'est pas encore une illusion à laquelle on s'accroche pour éviter de voir la vérité en face ?

Elle me parle d'une voix sèche, sans me regarder elle non plus.

– C'est pas la peine qu'on commence à en discuter ici. On sort d'abord, on s'expliquera ensuite.

On a parlé, en effet, à bâtons rompus, deux cents trois cents mètres plus bas, dans un rade lugubre au pied des barres. On a pris deux cafés-verres d'eau. J'ai ouvert le feu le premier :

– Riccioli m'a raconté pour ton ancien mec.

Elle a ouvert des yeux en billes de loto.

– Riccioli ? Et qu'est-ce qu'il t'a raconté, Riccioli ?

– Tout. Que t'es veuve… Le braquage foiré. Que les flics l'ont fumé à la sortie. Que tu t'es trouvée seule. Et que t'as mis le grappin sur moi parce que tu voulais une protection… Tu t'en fous, de moi, finalement, hein ? L'essentiel, c'est que tu ne sois pas seule si on te cherche des emmerdes, hein ? Pourquoi tu ne m'as pas mis au parfum ?

Elle s'est calée au fond de la banquette en Skaï. Son visage s'est creusé, elle a inspiré en regardant par terre. Elle cherchait de la force. Elle a écrasé sa clope dans le cendrier entre nous deux, et enfin elle s'est penchée par-dessus la table, au-dessus de nos cafés. Elle a lissé de ses deux mains son épaisse chevelure de crin et elle les a laissées là, ses deux mains, collées à sa nuque, les coudes sur la table. Elle était foutrement belle, comme ça, près de moi, belle et triste, usée.

– Riccioli comprend jamais rien à rien…

– Il a compris l'essentiel. Tu t'es servie de moi et tu m'as jamais rien dit. Pourquoi ?

– Pour qui tu te prends, Vilain ?

– Comment ça ?

– Pour qui tu te prends ? Un justicier ? Un vengeur masqué ?

– Qu'est-ce que tu veux dire ?

– Qu'est-ce que tu crois que tu pourrais faire si un mec m'emmerdait ? Lui faire la morale ? Lui citer Kant dans le texte ?

Ça m'énervait qu'elle joue encore contre moi la caricature de l'intello binoclard… D'abord, des lunettes je n'en portais pas. J'ai pensé au cours donné par Riccioli sur le stand de tir…

– Y a d'autres moyens…

Elle a rigolé et elle s'est calée au fond de la banquette.

– Tu me fais rire, tiens ! C'est quoi, tes moyens ? T'as une bande ? Des associés ? Des armes ? Et qu'est-ce que tu ferais contre des flics un peu trop curieux ? Tu connais des avocats ? T'as des réseaux de journalistes… Pff !…

Elle a regardé par la fenêtre du bistro. Elle a claqué sa langue entre ses dents d'agacement et elle s'est rapprochée de nouveau de moi :

– Franchement, un mec comme toi, éduqué, futé… Tu crois vraiment à toutes les salades de Riccioli ? Et tu sais qui c'était, mon « mec », comme tu dis ?

– Ben je te l'ai dit, un…

– Un camarade. Un camarade de lutte. C'était un révolté, absolu, intégral. Il n'a jamais voulu qu'on le traite comme un droit commun. Il a jamais voulu qu'on le traite en bandit ou en délinquant. Ses actions étaient politiques, tu comprends, ça… Politiques… Il était un militant, mais lui il passait à l'action… Directement… Contre le capital, l'État et les flics… Je n'ai jamais connu d'homme aussi cohérent que lui… Il braquait les banques, c'est vrai, mais il reversait tout le pognon à la cause…

Je l'écoutais parler, Leïla, et je la voyais s'échauffer, s'emporter, devenir ardente… Une vierge rouge…

– Je me suis trompée en pariant sur toi… Je me disais qu'un type qui a vingt ans de philosophie et qui décide de l'apporter aux taulards, qui passe du courrier clandestin, un type comme ça devait forcément être animé par une conscience politique. Je me suis plantée.

Je ne savais pas trop quoi répondre. Elle ne m'en a pas laissé le temps. Elle a poussé un petit rire amer :

– Qu'est-ce qui t'anime, bordel ? Qu'est-ce qui te fait vivre, Lazare Vilain ? Pourquoi tu viens nous faire chier ? Qu'est-ce que t'es ? Tu crois qu'on s'amuse, ici ? Que la vie est un jeu… Non, la vie n'est pas un jeu… C'est une guerre, la guerre des classes, et mon homme y a laissé sa vie…

J'ai essayé d'atténuer la volée de bois vert… Elle a coupé court :

– Je vais te dire une chose… T'es rentré dans le bizness comme un dandy, parce que tu devais trouver ça délicieux, d'être aux premières loges de la misère… Maintenant, regarde-toi : t'es comme les autres, pas mieux qu'eux, à monter des magouilles qui te rapporteront le jackpot, et à rencontrer des mecs dont l'idéal se résume à quelques putes capverdiennes bossant pour eux et à la villa sécurisée à Ibiza… Un bourgeois, voilà ce que tu es en train de devenir. Un bourgeois illégaliste, mais un bourgeois quand même… Et ta prétendue distance amusée, elle est qu'une hypocrisie, qu'une lâcheté pour éviter d'assumer les responsabilités de tous tes actes dégueulasses, de tous tes choix de petit-bourgeois réactionnaire…

J'ai voulu répondre. En vain. Elle a conclu, définitive et meurtrière :

– Vote au moins à droite au lieu de jouer au dandy rebelle, tu seras plus réglo avec ta conscience.

Là-dessus, elle s'est levée, elle a contourné la table et elle s'est cassée.

– Tchao, je te laisse régler les deux cafés.

C'était une branlée mémorable. J'étais dans les cordes, groggy.

Je l'ai vue passer derrière la fenêtre, mâchoires serrées, cheveux nattés, face au vent… Vierge noire et rouge.

Alors je me suis affolé et je me suis jeté dehors, derrière elle.

– Leïla !

Elle a sursauté à peine mais n'a pas ralenti sa marche.

– Leïla !

Je suis allé vers elle. Je l'ai prise par le bras.

– Lâche-moi.

– Non.

Je l'ai tournée vers moi. Elle s'est débattue.

– Laisse-moi une chance de me racheter.

Elle m'a regardé, les mains dans les poches, raide. Elle s'est plongée dans mes yeux. Fureur, désespoir, pitié, tendresse… Le vent lui a rabattu une mèche sur le visage. Elle l'a ramenée derrière l'oreille.

– Une seule alors… Une seule…

Elle a ouvert la bouche pour dire quelque chose puis s'est ravisée. Elle a regardé par terre, soucieuse, puis elle m'a dit :

– Faudra être patient. Ne plus me voir. Un jour je te demanderai un service… Je reprendrai contact avec toi, et je te demanderai un service… Et là, ce sera ta chance. Ta dernière chance…

Elle a tourné des talons.

J'allais être patient.

IX

Du rififi chez les Romanos

Leïla m'avait mis le nez dans mon caca. J'étais revenu de Marseille, en comprenant que je jouais au caïd, mais que je n'en avais ni l'étoffe ni le pedigree. Trop blanc, trop classe moyenne, trop éduqué pour ça. Je voulais mon ticket pour le grand frisson, le train d'enfer et les montagnes russes… De vives sensations… Le Luna Park de la grande déglingue… Mais les carambouilles montées par Riccioli et auxquelles je prenais part étaient bénignes… Tir à blanc pour bandit placebo… J'étais le facteur Cheval du crime, coursier pour les paris et les cotes, porteur de liasses de biftons ici, de rapports gagnants là, et tout ça avec l'absolution de l'administration qui y trouvait son compte… Chaque jour j'entrais en prison, mais chaque soir, j'en sortais… Petit micheton qui se la pétait barbeau, je n'étais qu'un vulgaire demi-sel à qui on laissait miroiter des plans de gangster et de haute crapulerie. Mais en vrai, petit épicier du crime… Encore Leïla avait vu juste sur mes aspirations petites-bourgeoises… Pour ces voyous, tout était question de vie ou de mort. Moi, qu'une embrouille capote, et *basta* !, je pouvais me rabattre sur la vraie vie des gens sans histoires, quitter zonzon, veaux, vaches, cochons, matons, et me recycler, peinard, dans des boulots ronronnants, nets d'impôts et trente-cinq heures… Qu'eux, les minots des quartiers qui s'en prenaient plein la tronche sur les rings, qu'on enchristait pour une barrette de shit ou une papillote de poudre, eux, l'horizon n'était rien d'autre que bouché toujours par les barres d'HLM, les contrôles au faciès et les aller-retour GAV-tribunal-cabane… Je méritais mieux que ça, à prendre de l'artiche sur le dos des destins de misère… À quoi bon la philosophie, si c'était pour ça ?… Leïla, toute duraille qu'elle fût, était dans le vrai. Je devais passer à autre chose… Elle, grande dame blessée, tendait son beau bras blanc et laissait tomber son mouchoir… Me donnait une dernière chance, pas seulement de recommencer avec elle, mais de me rabibocher aussi avec ma conscience… Saisir l'opportune occase, la fine dentelle de mouchoir qu'elle lâchait de sa belle fine main de pianiste, être prêt à bondir avant qu'elle ne finisse dans la gadoue des perrières et des chemins de ronde et que la piétaille la foule aux pieds, la cretonne… Mais en étais-je seulement capable ?…

J'en étais là, de ces sombres pensées, au Kalinka, matinal et de hâve mine, et je résolus donc de prendre mon portatif combiné pour numéroter Riccioli. Je l'eus.

– Riccioli ? Ouais c'est moi… Lazare Vilain… Je voudrais raccrocher un peu… Faire une pause…

Il y eut un silence. Puis une énorme esclafferie. Riccioli s'en étouffa même.

– Et des vacances, peut-être ?

Il écrasa quelques larmes de rigodon.

– Tu crois peut-être qu'on peut s'arrêter quand on est dans le bizness ? Ni vacances ni retraite, y a pas de dimanche pour nous autres, soutiers de l'arnaque, c'est tous les jours lundi… Non… Sérieux, Vilain, on ne se range pas des affaires comme ça… Y a des ascenseurs à renvoyer, des contrats à honorer. Tu jettes l'éponge, et comment que tu rembourses, comment que tu annules la suite ?… Nan, c'est pas possible… Qu'est-ce que tu veux ? Qu'est-ce qu'il y a ? Y a un problème. Dis-le-moi… On va l'arranger…

– Naaaan, c'est pas ça…

– Tu veux un peu plus de blé ? Hein, c'est ça ?…

– Mais non, je t'ai dit…

– Des responsabilités ? Tu veux une équipe ? Mais fallait le dire plus tôt !… C'est bien, l'ambition ! Il en faut !… Il en faut !… Le club à Rocky ? Ça te plairait ? Tu veux la gérance ? Je touche soixante pour cent de ce qu'il déclare… Tiens, je te le fourgue… Dis pas oui, dis pas non… Dis pas merci… Non non non… Je t'assure… Rocky sera d'accord, tu peux me faire confiance, il me mange dans la main, et il t'admire… et Momo pareil, il t'aime tu peux pas savoir… Moi, je me diversifie : les Belges m'ouvrent des choses croquignolles… Les Belges ? Ça te dirait ?… Écoute, tu prends le club en base arrière pour toucher les comptées, comme ça tu te dégages un peu du temps, tu ralentis le courrier avec les prisons, et tu m'accompagnes chez les Belges… Y a des choses à faire à Loos, et ça circule bien aussi vers la Hollande… L'international, ça te dirait ? Tu jaspines le Rosbif, hein ? Bon… Écoute, je descends dans quinze jours, le ouikend… J'arrange le truc avec Rocky avant, vendredi soir… On va tous bouffer au Kalinka, samedi, et ensuite on signe l'arrangement. Et dimanche, toi et moi, on monte à Bruxelles et je te présente aux associés des frères Van de Put… des gars bien, un peu retors à la négociation, mais des gars à la redresse, ancienne école, code de l'honneur, Lino Ventura, tout ça… Ah ah ah vraiment, ça me plaît, Vilain, que t'aies de l'ambition… J'ai failli attendre…

Je l'ai laissé bâtir ses châteaux en Espagne, en Belgique ou n'importe où… et puis je l'ai coupé.

– Non, t'as pas compris, Riccioli. J'arrête. Je me range des voitures. Fini. Adieu.

Il y a eu un silence. Il m'a demandé, grave :

– Leïla t'a quitté ?

– Oui… Nan… C'est pas ça… C'est plus que ça…

– Putain… Vous avez parlé…

Je sentais qu'il montait en colère.

– Putain vous avez parlé et elle t'a farci la tronche avec ses conneries politiques !… Hein, c'est ça, hein ? Elle peut pas s'en empêcher, la garce !

D'un coup, il s'est tu. Il avait dû comprendre quelque chose de terrible. Je l'ai senti à sa voix quand il a repris :

– C'est pas vrai, Lazare, dis-moi que c'est pas vrai…

– Quoi ?…

– Me dis pas que t'as des problèmes de… des problèmes de conscience ?!

J'ai soupiré :

– Ben si.

Presque je l'entendais, de l'autre côté du téléphone, se mordre la moustache et se strier le front de sa très laidasse barre de concentration. Il m'a dit, comme ça, d'une voix pleine de compassion.

– Je sais, Lazare… Je connais ça, moi aussi… Personne est épargné… On n'est pas des bêtes, hein ?… Ça m'est déjà arrivé, le pire, après une embrouille un jour, en Afrique noire…

À l'évocation de son passé, il a poussé un soupir déchirant à rendre un rhinocéros neurasthénique.

– Mais t'inquiète pas, va !, je connais un toubib, très bien… Ancien médecin sportif… Copain de longue date… Il peut t'avoir des cachets très efficaces… Atarax ça s'appelle… Prescription avec ordonnance, et tout et tout… Très bien contre le doute, le vague à l'âme, tout ça… Hop ! Pfuit ! Envolé le spleen !… Écoute, vendredi en quinze, tu passes à l'Imperator, je te donne les cachets… En attendant, je comprends, je comprends… On n'est pas des bêtes… Prends-toi les deux semaines, non ! Trois !… Mais pas plus, hein ?, après, je ne pourrai pas tenir le marché tout seul… Trois semaines. Tu montes à Barcelone, chez Chico, de ma part.

– Chico ?

– Oui. De ma part. Tu dis que t'as des problèmes de conscience. Alors il t'ouvre un compte. Et toi, soûle-toi la gueule et va aux putes. Et samedi dans trois semaines, t'oublies pas, hein ?

Riccioli était irrécupérable. Mais bon, au moins, pendant une paire de semaines, il me foutrait la paix avec les livraisons et les contacts. Pendant tout ce temps-là, je ne descendais pas chez Chico, son rhum-Coca et son dernier arrivage de putes nicaraguayennes. Je me contentais d'aller en prison pour y donner mes leçons. Je me concentrais là-dessus. Je déclinais poliment toutes les autres offres. Un beau jour, dans ma salle, par le plus grand des hasards, les mecs se sont évanouis les uns après les autres : un chez le dentiste, un autre à l'infirmerie, le troisième chez le psychologue, le dernier au parloir avocat… Et, par le plus grand enchantement, je me suis trouvé en tête à tête avec Auguste.

Auguste c'était un Gitan qui venait à chaque séance. C'était un mec d'une quarantaine d'années qui venait d'être grand-père. Quand il a été condamné, aux assises, et que le verdict est tombé, il ne s'en est même pas rendu compte, tellement les juges et le président de tribunal parlaient un autre français que le sien. C'est son avocat qui s'est penché vers lui, et qui lui a chuchoté, à l'oreille.

– Ça va, c'est pas trop dur ? Mais vous allez voir, on va faire appel.

– On va appeler qui ?

Déjà Auguste cherchait du regard un téléphone portable.

– Non, on va faire appel *de*. Appel de la décision du tribunal.

– Passque le tribunal il a décidé ?

– Vous n'avez pas entendu l'arrêté ?

– Le tribunal, il s'est arrêté ?

Auguste regardait les juges se lever, discuter entre eux. Ils s'en allaient donc tous, une bonne fois pour toutes ?

– Auguste, l'arrêté du tribunal, vous ne l'avez pas entendu… ? répéta l'avocat soucieux.

Auguste venait de prendre vingt ans pour homicide avec préméditation.

Auguste m'avoua que les six premiers mois, il se branlait beaucoup, par ennui, pour se consoler, pour s'évader, dès que son cocellulaire partait en promenade ou avait un parloir. Il me disait qu'ensuite, d'un seul coup, il n'en a plus eu envie. Plus envie de baiser, plus envie de sortir. Plus envie de rien. Les jours passaient après les jours, les uns semblables aux autres.

Il venait à toutes mes séances, Auguste. Et ça a duré plusieurs mois comme ça. Le jour où l'on n'était que tous les deux, il a commencé à débagouler sur son affaire…

Il dormait dans sa caravane, Auguste. Les flics ont enfoncé la porte. Ils en ont fait du petit bois, de la caravane et de ce qu'il y avait dedans. Ils l'ont pointé avec leur flingue et ils lui ont gueulé :

– TU BOUGES PAS ! SI TU BOUGES, T'ES MORT !

Ensuite, ils l'ont arraché du lit au milieu de ses gamins qui hurlaient et qui pleuraient, devant sa fille, sa grande fille qui avait le ventre rond de son petit-fils. Ils l'ont jeté dehors, devant la caravane, là où les bagnoles laissaient des ornières. Ils l'ont jeté en slip dans la mare d'eau sale. Un flic s'est assis sur son dos. Il lui a passé les menottes. Avec son genou, il lui appuyait entre les omoplates. Il avait la gueule dans la boue, Auguste, alors quand il a compris qu'il était en train de se noyer dans dix centimètres de flotte, il a tourné la tête de côté. Et il a vu la marmaille, à poil, devant la caravane, qui hurlait de frayeur, et sa femme, et sa fille, et le bébé dans le ventre de la fille. Il a dit :

– Qu'est-ce que vous voulez ? J'ai rien fait !

Alors le flic qui était assis sur ses reins lui a répondu :

– Ta gueule.

Et il lui a fait une clef au coude et il lui a tordu le bras. Un autre lui a donné des coups de poing au visage, sur les tempes et la nuque. Un autre l'a monté à califourchon sur la cage thoracique. Auguste a failli s'arrêter de respirer. Il a commencé à voir tout dans les couleurs rouges. Sa fille avec son petit-fils dans le ventre a couru vers lui en hurlant. Une fliquette l'a ceinturée à la hanche et l'a emmenée vers la bagnole blanche à gyrophare. Auguste a commencé à haleter comme un petit chien, il s'est senti partir et il a dégueulé sur les bottes de celui qui le frappait au visage. Le flic assis sur sa poitrine s'est retiré en poussant un cri de dégoût. Auguste a pu respirer. Il a vu les flics qui vidaient la caravane de tout ce qu'il y avait dedans, par les fenêtres qu'ils avaient défoncées. Ils jetaient tout dans la boue. Un flic est arrivé vers lui avec un fusil dans les mains. Auguste a cru qu'il allait le tuer comme ça, allongé dans la boue. Mais non. Le flic lui a juste collé le fusil sous le nez :

– Qu'est-ce que c'est, ça ?

Auguste ne pouvait pas répondre. Il avait la bouche dans la boue et du vomi dans le nez.

– Qu'est-ce que c'est, ça ?

Le flic l'a giflé.

– C'est un fusil, ça. C'est avec ça, que tu l'as tué, enculé !

Lui, Auguste, il soufflait dans la boue comme une baleine échouée. Il se foutait du fusil. Il voulait seulement un peu d'air. Après, il était prêt à dire amen à tout ce qu'on voulait. Mais il voulait d'abord seulement un peu d'air. Il se concentrait sur la boue et le vomi, pour éviter de les respirer par le nez et la bouche, et à travers les fenêtres de l'ambulance, il essayait de distinguer la silhouette de sa fille parce qu'il avait peur que tout ça lui déclenche une fausse couche.

La semaine d'après, Auguste n'est pas à mon cours. Ça me chiffonne. En ressortant, je passe au bureau voir Steph.

– Dis, j'ai pas vu Auguste, cette semaine. Comment ça se fait ? Il vient toujours d'habitude.

– Oh, Auguste, Auguste, il est occis.

Putain. Je prends ça comme une grosse mandale, brutale. Je n'ai pas la force de demander qui l'a dézingué. Si ça a rapport avec son affaire. Et puis Steph m'a dit ça d'un air si détaché. Comme si c'était programmé. Mais moi, je suis nouveau dans la boutique, et j'ai encore du mal à encaisser que des mecs portent sur leur gueule, en entrant ici, comme un coup de tampon, qu'ils sont des cadavres en puissance, en attente du coup de couteau qui les saignera dans un couloir ou en cour de promenade.

Je reviens la semaine suivante. Toujours pas là. Normal. Mais une espèce d'espoir fou. Je me résigne à faire le deuil. Ce n'est pas le premier et c'est pas le dernier quand tu bosses en prison.

Dans le couloir, je croise le chariot de la bouffe. Il est poussé par un mec en bleu de travail.

Et d'un coup, c'est le choc. Je le reconnais, le mec en bleu. C'est Auguste. Lui aussi me reconnaît.

– Ah ! Le philosophe ! Comment que ça va ?

– Bien… que j'arrive à bafouiller… Mais vous ? je lui demande en essayant de voir comment il a pu survivre au coup de surin.

– Ça n'a pas l'air d'aller fort. Vous êtes tout pâle. Vous avez vu un fantôme ? il me dit en rigolant.

Je recule d'un pas en arrière. Je crois que je deviens fou. Je suis sur Shutter Island, je crois que j'enseigne de la philosophie dans le mitard, mais je suis un pauvre schizophrène confiné au QI, yoyotant de la touffe dans sa cellule capitonnée, persuadé qu'il donne des leçons de philo alors qu'il délire à voix haute dans le cabinet du psychiatre médecin-chef. Auguste s'avance vers moi.

– Ouais, je voulais vous dire… Je peux plus venir à la philo.

Il me montre le chariot, ses fringues de travailleur.

– Je suis travailleur auxiliaire à la cuisine maintenant. J'aide les vrais cuistots. Je m'occupe de la bouffe et je distribue les plats. Ça me fait un peu de pognon.

Auguste, travailleur auxiliaire à la cuisine.

Auxiliaire.

Auxi.

Occis.

Je lui tape sur l'épaule en rigolant.

– Putain, Auguste, si vous saviez comme ça me fait plaisir de savoir que vous êtes auxi !

Les jours ont passé. Je n'allais plus dans les clubs, ni dans les bars à putes. Je buvais moins, me couchais à des heures de travailleur, retournais dormir avec Vanessa, ne la tapais plus, m'étais excusé auprès de Djèzonne – qui pissa dans son slim quand je lui tendis la main pour fumer le calumet de la paix –, baisais Vanessa avec une application toute protestante, à l'ancienne, papa sur maman, étais présent au gigot du dimanche, parlais politique locale avec mon beau-père et commençais à me remplumer. J'abandonnais mes endosses de marlou. Je ne quittais plus Nîmes, me contentant d'abattre mes heures en zonzon. Dans les coursives et les couloirs, on parlait dans mon dos… J'attrapais des mots… « balance ? »… « donneuse ? » Tant qu'il y avait le point d'interrogation, ça m'allait… Mais je comprenais mieux Riccioli quand il disait que c'était pas possible de s'arracher du mitan. Le quitter, c'était le trahir… Je me collais une sale réputation de traître dans le *mundillo* des matchs clandos, je le savais bien, je n'étais pas revenu au club de Rocky et les Komdab du Kalinka ne me manquaient plus. Je n'en avais rien à foutre de tout ça : je me regardais de nouveau dans la glace, j'avais moins honte de moi, et j'attendais que Leïla me donne ma chance.

Un matin que je remontais une coursive, Auguste vint au-devant de moi.

– Ah, le philosophe, qu'il me dit en mimant un crochet du gauche et un petit pas de shadow, comment que ça va ?

– Ça boume, que je réponds, et vous Auguste, toujours la nouille ? que je demande en mimant approximativement le spaghetti bouilli.

– Toujours.

Je m'apprête à passer mon chemin qu'il me retient.

– Euh… Je voulais vous dire, là…

– Oui ?

– J'ai parlé de vous.

– Ah.

– En bien, hein !… J'ai dit que vous êtes un type bien…

– Ah ben merci, mais y en a des mieux, hein ? L'abbé Pierre… Mère Teresa…

– Si si, je le pense… Un homme de cœur, que vous êtes.

De la part d'un tueur qu'aurait assassiné quelqu'un dans son sommeil, le compliment me touche.

– Alors je l'ai dit à Moïse.

Ouf… J'ignorais qu'en plus de tuer dans son sommeil et de distribuer la bouffe, il parlait à la lignée des prophètes d'Israël, Auguste. Il continue :

– Passe qu'on sait bien, tous, que ça va pas fort, pour vous, tout de suite, avec le truc, là… On parle dans votre dos… Mais nous on a bien compris… C'est dur de quitter sa famille…

Je vois pas où il veut m'emmener. Mais je laisse venir en branlant du chef.

– Ah ben oui.

– Mais faut jamais rester seul.

– Ah ben nan.

– Et donc… C'est pour ça…

– Pour ça que quoi ?

– Que Moïse il va descendre ce matin vous rencontrer.

Allons bon. Auguste yoyotte de la touffe à plein régime. Mais ne jamais contrarier un détenu qui part en sucette quand on est seul avec lui dans un couloir de douze mètres sur trois.

– … Il va vous rencontrer, histoire de voir si ce que je dis, c'est vrai, comme quoi vous êtes un homme bon…

– Oh ben vous savez, on dit tellement de choses sur moi…

– … et après, si ça va, Moïse il vous proposera de monter une affaire… parce qu'il faut jamais rester sans famille… Et comme vos affaires à vous, ça va pas fort, rapport à ce qu'on dit de vous tout de suite… Vaut mieux pas se laisser aller… Faut jamais rester seul, monsieur Vilain, jamais…

Il commence à me faire froid dans le dos, Auguste. Je prétexte l'heure qui tourne. On se salue bien vite. Je monte à ma salle de cours à tuyau de chiottes. Et là, surprise… Sept Romanos devant, et mon Rodolphe, pâle comme un mort. Les autres détenus sont à distance respectueuse de la tribu d'Égyptiens, comme s'ils allaient leur donner la mort rien qu'à respirer le même air.

– Philosophie, qu'il dit, Rodolphe, d'une voix blanche, comme s'il disait « autoémasculation immédiate en public et avec des ciseaux rouillés ».

Il ouvre la porte en s'y prenant à deux fois tellement il ne trouve pas le trou de la serrure. On entre. Il me donne la feuille de jour pour que je fasse l'appel. Je lis le premier nom en haut. Maman, je comprends mieux. Le mec s'appelle Moïse... Ce n'est pas une heure de philo, c'est un rendez-vous d'affaires organisé par Auguste... Je lève les yeux de la feuille...

– Alors... je vais vous demander vos noms et prénoms et votre niveau scolaire, hein, c'est juste pour les statistiques.

J'avise le plus vieux daron. C'est un type raide comme un passe-lacet.

– Vous êtes monsieur ?

– Barbarovitch Moïse.

Nous y voilà... Merci Auguste... Moi qui voulais me ranger des voitures... C'est bien barré.

– D'accord, je note... Et votre niveau scolaire ?

Quand Moïse Barbarovitch est entré, j'ai tout de suite su qu'il tenait la maison d'arrêt. À sa manière de se déplacer. À la manière avec laquelle les autres le regardaient. À l'espace aussi, qu'il y avait toujours entre lui et les autres. À la nuée de types qui l'accompagnaient toujours, l'entourant comme une vraie barrière humaine. Une bande de rabouins noirs de peau et de tifs, l'œil brillant comme de la braise. Les autres ne s'y frottaient pas. Dans les jeux complexes d'influence, de vassalités, de suzerainetés, de hiérarchies qui s'exercent en prison, il est toujours très difficile de s'y retrouver. Mais il y a des signes plus ou moins subtils, des marqueurs plus ou moins indirects, très clairs pour qui sait les interpréter.

Exemple de signes peu subtils et de marqueurs directs : la femme de Moïse, je l'ai vue un jour entrer en prison pour y déposer des sacs de linge pour ses hommes. Elle était là, hiératique, énorme, botérique et stéatopyge, dans sa robe moirée noire, son chemisier jaune moutarde mordoré, et ses savates en pilou-pilou, engueulant les surveillants dont le pénis devait se rétracter jusqu'à la taille d'un limaçon, riant en ouvrant un four à sucer une murène, appuyant sur le bouton d'appel comme s'il s'agissait d'un vulgaire ascenseur.

Exemple de signes subtils : son homme, Moïse, qui entre dans la salle de cours. Il entre comme s'il s'agissait de *sa* salle. Il entre le premier, bien sûr, et il s'assoit en face du bureau. Les autres suivent. Que des Gitans, même Kusturica il n'en voudrait pas pour ses films tellement ils sont noirs et basanés qu'ils n'imprimeraient pas la pellicule. Trois de ses adjoints se campent à sa droite ; trois autres à sa gauche. J'en ai sept devant moi, qui sont passés par le tribunal plus d'une fois, mais aujourd'hui j'ai l'impression que c'est moi qui vais être jugé. J'ai compris alors que j'allais faire cours si et seulement si monsieur Moïse Barbarovitch le voulait bien.

– Mon… niveau scolaire ?

– Oui. C'est pour les statistiques. Rien de plus. Après je commence le cours.

– Euh… Ben… L'école.

– Oui, mais *quelle* école ?

Barbarovitch fronce des sourcils dans son blazer bleu marine. Il décroise ses jambes sous la table ; le

Tergal froissé laisse apparaître des mocassins à pompons.

– L'école CM.

– Le CM ?... je demande. Le CM combien ?

Moïse Barbarovitch secoue sa tête avec gravité. Il doit être en train de se souvenir des enseignants du CM qu'il a rencontrés. Il se penche vers son collègue le plus proche, qui porte également blazer et Tergal, mais avec des pompes noires et pointues, celui-ci, et murmure quelques mots. Ils opinent du bonnet tous les deux.

– CM 3, me dit Moïse avec une tranquille assurance.

Bon... C'est une réponse. Je griffonne un gratouillis dans la case idoine. Je m'adresse à Pompes Pointues :

– Et vous ? Je peux vous demander votre nom ?

– Barbarovitch Francis.

– D'accord, je note... Et votre niveau scolaire ?

– Mon niveau scolaire...

Francis lève les yeux au ciel. Il répète en murmurant : « Niveau scolaire... Niveau scolaire... » Il se porte le pouce et l'index à la naissance du nez, entre les deux yeux, et se masse douloureusement en fronçant des sourcils. « Niveau scolaire... » Moïse se penche vers lui alors et lui parle en rom. Francis lui répond. Une conversation s'engage. J'ai l'impression d'être devant les deux petits vieux du *Muppets*, qui jactaient au balcon, mais qu'en plus, ils parlent le sabir du cuisinier suédois.

Enfin Francis prend la parole, d'une voix ferme et assurée :

– CM 3.

– Ah. Vous aussi ? je demande.

– Oui oui. Comme papa.

Et il montre Moïse qui secoue sa tête avec assurance. Ça ne souffre pas la contradiction. Je me penche avec application sur ma feuille de renseignement, coche une case que je viens d'inventer et achève l'appel.

Je commence ma leçon. Je traite aujourd'hui du travail. C'est intéressant le travail. La majorité des gugusses avec lesquels je réfléchis déploie une énergie considérable, énormément d'inventivité et de ressources pour éviter d'aller bosser. Leur refus du travail est une activité à temps plein ; ils y consacrent tout leur soin et beaucoup d'argent. Ils y parviennent d'ailleurs en passant à travers les mailles, en ponctionnant un peu d'argent frais sous la forme de vol ou de bénéfice illégal. La question toute simple alors à leur poser est la suivante : les efforts engagés pour ne pas travailler, est-ce que ça ne peut pas être considéré comme un travail ?

Histoire de démarrer en douceur, je leur distribue à tous un extrait rigolo des *Fainéants dans la vallée fertile*, d'Albert Cossery. C'est le passage savoureux où Cossery peint un fils de famille tellement fainéant qu'il n'a même pas le courage de se lever pour aller chercher du travail. Sa mère l'engueule et, en désespoir de cause, parce que les hurlements parentaux l'empêchent de ronfler, il sort de la maison et va en direction de la ville pour chercher du boulot. Mais en route, il tombe en arrêt devant le fossé avec l'herbette tendre et fraîche, protégée du soleil. Il s'y assoit, s'y allonge et s'y endort. Fin de l'histoire…

J'ai fini la lecture, un large sourire sur les lèvres. Je lève mes yeux de la feuille et rencontre le regard de Moïse Barbarovitch. Il n'a pas touché à la photocopie. Elle est là, devant lui, à l'endroit précis où je l'ai posée.

Les autres gars, comme un seul homme, ont copié l'attitude de Moïse… Merde, je me mets à gamberger, qu'est-ce qui ne va pas ? Je sais que les Romanichels étaient parfois traités d'Égyptiens, rapport à leur couleur de peau, or l'histoire que je viens de lire se passe dans la vallée du Caire… Je me demande si c'est ça… Ils en ont assez de leur sale réputation de branleurs - et de voleurs de poules… Merde merde merde, la boulette…

Moïse se penche à l'oreille de Francis et commence à dégoiser des trucs derrière ses moustaches de Django. Francis prend la parole :

– Ah… Excuse, mais nous – et il se désigne lui et Moïse –, nous sommes des chefs d'entreprise. Cela ne nous concerne pas du tout. On est des patrons.

Il a dit ça avec une suffisance cocasse. Et je les vois, tous les deux, campés en VRP du MEDEF… Voilà tout soudain que ça m'agace. Je supporte mal qu'on n'aime pas Albert Cossery, c'est stupide mais c'est comme ça. Y en a des qui seraient prêts à foutre un coup de fusil aux ceusses qui touchent à leur bagnole, moi c'est Cossery. Et donc, roquet insidieux, j'attaque :

– Et vous êtes patron dans quoi ?

Francis s'apprête à prendre la parole mais, d'un mouvement de main, impérial, Moïse le contraint au silence. C'est lui qui parle. Les autres se taisent :

– Ah excuses, fait-il d'une voix où les R roulent en cascade, mais nous c'est le bâtiment. On fait vivre des familles entières avec. Et regardez…

Il me tend la main vers la fenêtre. Dehors, c'est un temps brouillassou de septembre. L'humidité perle aux fenêtres et les sacs plastique accrochés aux barbelés sont comme des méduses échouées à marée basse.

– Regardez le temps qu'il fait… Dehors, monsieur, il y a des familles qui ont faim et froid… Des familles où l'argent ne rentre plus depuis qu'on nous a jetés en prison. Parce que c'était nous qui nous démenions pour trouver les marchés, pour leur donner du travail… Des familles qui ont faim et froid, monsieur, des familles qui n'ont pas le sou depuis qu'on a jeté leur patron en prison. Des familles qui, dans trois mois, si on ne nous relâche pas, ne pourront pas fêter Noël, et dont les enfants n'auront pas de cadeaux et que leurs yeux pour pleurer pendant la messe de minuit.

Il pousse alors un geignement en tendant la main vers le Très Haut et se signe. Francis secoue la tête en tirant une gueule de six pieds de long, les yeux pleins de larmes. Les seconds couteaux, autour, déglutissent avec des regards de chiens battus. Au loin, si je tends l'oreille, je suis à peu près sûr d'entendre les fanfares roumaines interprétant une marche funèbre et des mamas en robe noire, cheveux défaits, se labourant le visage avec leurs ongles, priant sainte Rita, tandis que leurs fils, malheureux comme des cailloux, s'abrutissent à coups de vodka polonaise dans des verres à moutarde à l'arrière de la caravane, et fument des cigarettes de contrebande italienne.

– Ah bon, dis-je, mielleux et l'air canaille, mais franchement, messieurs, vous croyez vraiment que d'être patron, c'est un travail ?

J'ai ma petite idée derrière la tête. Je veux les conduire à admettre peu à peu que le travail du patron n'en est pas un, vu qu'il ne produit rien, mais qu'il supervise le travail de ceux qui travaillent à sa place, et qui produisent à sa place des biens grâce auxquels il assiéra sa fortune. Je me pourlèche les badigoinces à l'idée d'observer l'impact du marxisme sur les petits entrepreneurs du peuple rom…

Oh je sais bien ce que tu vas dire, lecteur : que je suis un affreux cynique, revenu de tout, et que je ne respecte pas la culture rom, la communauté des gens du voyage, avec sa chefferie et ses précaires équilibres sociétaux. Je suppose même que tu dois te dire qu'il y a là la preuve d'une solidarité organique et traditionnelle très forte, qui rend la communauté soudée depuis des siècles dans l'adversité. Eh bien, lecteur, tu te fous le doigt dans l'œil. La vérité, je l'avais lue dans le journal qui racontait comment le GIGN avait sauté sur le château fort que les Barbarovitch s'étaient fait construire sur les hauteurs de la ville. L'opération avait été diligentée par la brigade d'intervention du fisc. Quand vous avez des mariolles qui touchent les minima sociaux et se bâtissent des châteaux de Belle au bois dormant qu'ils paient cash, qui roulent en Ferrari décapotable dans les rues de leur patelin bouseux alors que leur déclaration d'impôts suffit même pas à payer un plein, et qui n'ont pas d'autres justificatifs de revenus qu'un stage d'horticulture, option dépotage à la main, obtenu il y a onze mois, en maison d'arrêt justement, le fisc se frotte les mains et va à la pêche au gros.

En l'occurrence, les Barbarovitch avaient importé en bétaillère quatre cents Roumains de Bucarest. Ils leur avaient confisqué les passeports, mis les gosses aux feux rouges avec un chiffon et un seau d'eau pour nettoyer les pare-brise, foutu les bonnes femmes dans les rues piétonnes, à dire la bonne ferte et à mangave à la sortie des églises, et les hommes, ils leur faisaient faire les singes en haut d'échafaudages sur des chantiers clandestins, sans respect des normes de sécurité ni paiement des charges sociales. Tout geignards qu'ils étaient, les Barbarovitch, tout respectueux qu'ils étaient des traditions d'entraide et de soutien archaïques et immémoriales, malgré les accents de violon qui leur sortaient des yeux quand ils parlaient des gosses sans jouets à Noël, ils ne pouvaient pas cacher ce qu'ils étaient vraiment : des esclavagistes des temps modernes, qui touchaient le pactole en exploitant honteusement leurs sœurs et leurs frères venus de l'enfer roumain.

Et donc, *bing* !, je te sors ma carte maîtresse, un passage des *Origines de la propriété, de la famille et de l'État*, de Marx et Engels… Il s'agit de montrer que le capital n'est pas le complément harmonieux du travail, mais son vampire. Je sors de mon chapeau de magicien un extrait de texte, pas long, mais assez fameux, dans lequel les Laurel et Hardy de la question sociale montrent bien qu'on ne peut pas jouer à l'humaniste en palpant du pognon… Je lis, donc, commente, illustre, jette un coup d'œil à mon public…

Mais là encore… Gros bide… Comme pour la photocopie de Cossery, les feuilles distribuées n'ont pas bougé de l'endroit où je les ai posées. Bon, en même temps, c'est sûr que j'y vais fort… Marx peut froisser les susceptibilités de ces entrepreneurs exploiteurs de leur propre peuple… Je me demande si je vais pas finir comme un niglo, moi, avec une brochette dans le cul, et rôti au feu de camp.

Les mecs m'observent, muets. Devant eux, la feuille leur fait l'effet d'un papier tue-mouches gluant et vaguement répugnant. Je m'en veux d'être aussi balourd… en même temps, je pouvais pas savoir moi, ma clille de ce matin. Quand les mecs demandent à assister à la philo, j'ai pour principe de ne refuser personne. Aujourd'hui c'est un clan gitan au grand complet, demain ça peut être des minots du quartier, des endurcis de l'encabanage ou des malheureux picolos qui ont boxé un gendarme de trop. Ou un patchwork de tout ça. Mon malheur, ce matin, c'est d'avoir choisi ce sujet pour ces gonzes… Je déglutis. Dehors le ciel charrie des nuages gris et mous comme des baleines mortes.

La société Barbarovitch SA & fils se contrefout de mon laïus. Ils n'ont pas jeté le moindre coup d'œil à Marx, mais par contre, Moïse et Francis sont fascinés par mes godasses, et ils bigornent entre eux dans leur jars en donnant des coups de menton en direction de mes tatanes. Moïse tend lentement un index en direction de mes pompes :

– Ah excuse, euh mais… vos chaussures, là…

Je regarde mes godasses. J'essaie de voir en quoi elles sont plus intéressantes que le marxisme. C'est des pompes en cuir souple, montantes au-dessus de la cheville, des pièces assez choucardes que j'ai achetées en magasin d'usine à Troyes. Des Jean-Baptiste Rautureau. Aujourd'hui, la marque existe toujours et ils font des godillots incroyables, en pièces quasi uniques.

Moïse continue :

– Vos chaussures, là, monsieur… c'est du croco ?

Là, je dois dire que je ne sais plus sur quel pied danser. Je n'ai pas gros de textes à leur fournir, moi, sur les godasses en cuir véritable.

– Non, je corrige, c'est de l'imite. Mais ça fait illusion, pas vrai ?

Mes imitations croco, voilà que ça les chiffonne, les Barbarovitch. Moïse repart à l'assaut, sans quitter mes godasses des yeux :

– À Paris, pour des pompes en croco, il faut trois semaines d'attente. C'est pour ça que le GIGN nous a pas trouvés à la maison quand ils ont fait la descente. Nous, comme on était partis chercher nos godasses à Paris, on est passés dire bonjour à nos neveux de Montreuil.

Francis complète :

– Et pendant ce temps-là, les gendarmes sont entrés dans notre maison, et ils n'ont trouvé personne…

– Bien sûr, dit Moïse en haussant les épaules, tout le monde était au travail.

– Et alors, pour se venger, continue Francis avec des trémolos dans la voix, ils ont tué nos pauvres chiens qu'ils ont jamais fait de mal à personne, les braves bêtes…

J'imagine le gabarit des clébards et la frayeur des condés quand ils ont vu débouler des « pauvres chiens » qui gardaient le château fort. Des bestiasses plus proches du veau croisé avec un char russe que du yorkshire. Moïse lance la main vers le Très Haut. Son front se plisse de douleur muette. Il se signe en silence. Francis penche la tête sur le côté et la secoue, en retenant des sanglots de pompes de crocodile. Les adjoints regardent ailleurs en essuyant leurs yeux.

Leur numéro me fatigue un peu. J'aimerais bien, moi, traiter de ma question. Alors je décide de contourner l'obstacle. Il y a, au fond de la salle de cours, des vieilles cartes, récupérées d'une école sans doute : fleuves et cours d'eau de France ; plan anatomique de la vache avec ses estomacs et le cycle de la rumination ; la vie à la ferme avec les lapins et le potager, etc. Mais dans le tas, j'en distingue une que je vais pouvoir exploiter. C'est une grande carte du monde, pleine de joyeuses couleurs, à la manière de l'ancien temps, avec une France grosse comme l'Australie, et une Afrique qui essaye de s'accrocher à la mer Méditerranée mais qui dégouline et pendouille. Les mers et les océans y sont d'un beau bleu estafette de gendarmerie, les montagnes sont d'un beau jaune sable de Saint-Tropez, et les forêts d'un beau vert extraterrestre de toujours Saint-Tropez. Je me lève, la décroche et invite mes gonzes autour d'elle.

Mon idée est la suivante : je voudrais qu'on regarde ensemble le chemin qu'ils ont parcouru, leurs pérégrinations, les frontières qu'ils ont traversées, les nations qu'ils ont croisées. J'aimerais qu'ils me racontent tout ça, et qu'ils comparent le mode de vie nomade à la civilisation sédentaire. Et si les Barbarovitch se sont sédentarisés depuis une vingtaine d'années, c'est d'autant plus intéressant. Car le propre des sociétés sédentaires, c'est justement d'intensifier la division du travail, et par conséquent de mettre l'accent sur ce rapport à l'existence centré sur le travail. Je pourrais alors leur poser cette question : qu'est-ce qu'on gagne à se sédentariser ? Être nomade, est-ce échapper au monde du travail salarié ? En quoi est-ce avantageux ? Qu'y gagne-t-on ? Où se situe la liberté ? Dans le refus de la civilisation du travail et de la sédentarisation, ou dans son acceptation ? Enfin, toute cette palette de questionnements va petit à petit les conduire à réfléchir sur cette « valeur » travail. Et pour cela, point n'est besoin de théoriser sur des textes qui les rendent boudeurs : il suffit d'une jolie carte géographique, vestige de l'école communale, et d'un peu de souvenir de la diaspora.

Moïse a attendu que tout le monde se rassemble autour de la carte et qu'il n'y ait plus de place pour lui. Cabotin, il s'éclaircit la gorge : les autres s'écartent, alors, lui laissant une allée digne d'une voûte d'honneur à la sortie d'un mariage de colonel d'active. En tant que pédagogol, je me dis que ça s'annonce pas si mal : Moïse conserve son rôle de pivot central de l'univers, il peut continuer de faire la pluie et le beau temps jusque dans mon cours. Je ne cherche pas à le destituer de sa fonction régalienne, mais je l'utilise pour servir à ma leçon.

– Alors, monsieur Barbarovitch, je lui parle avec l'onctuosité d'un vendeur de godasses en croco à son meilleur client, dites-moi d'où vous venez, et montrez-nous sur la carte.

Moïse se penche sur la carte. J'observe son profil altier – César devait être pareil à étudier les cartes de l'Apennin avant d'aller foutre la pilée aux Goldiches. Il tend un index à l'ongle long et jauni au-dessus de la carte, survole l'Europe rapidement, passe au-dessus de l'Oural, des Carpates, et redescend, tel un aigle albanais au-dessus d'un troupeau de moutons, sur le sous-continent indien.

– Ah ! dit-il avec une satisfaction gourmande, on s'approche…

Les autres gars se taisent. On remonte dans le temps au fur et à mesure que l'index s'approche des rivages de l'Indus, surplombe le Gange, hésite et flotte au-dessus de l'océan Indien, de la mer d'Oman. L'émotion est sensible, elle nous étreint tous. Le vieux Moïse hésite encore, le doigt à l'aplomb de la carte… Il se gratte la moustache dubitativement, puis son doigt reprend son envol, descend enfin sur la carte, à hauteur de Karachi, au Pakistan, puis longe la côte, atteint Bombay, contourne les rivages jusqu'à la pointe du Sri Lanka, remonte enfin, après avoir laissé l'Inde derrière lui, jusqu'au Bengale, Calcutta, le Bangladesh ensuite, Dacca…

Mais il hésite toujours. Le temps a suspendu son vol à l'index de Moïse.

– C'est que… j'ai du mal à m'y retrouver… Mes yeux ne sont plus bons, murmure-t-il en guise d'excuses, tout en biglant la carte.

Le doigt s'est stabilisé pourtant. Il va et vient le long du golfe du Bengale… Konârak et ses temples, Cuttack et sa mosquée, l'embouchure du Hooghly, Chittagong, les vingt-quatre parganas… Je crois entendre le grouillement des hommes-fourmis du bidonville de Pilkhana, les strophes de Tagore déclamées sur les bords du Gange, les cornes, les tambours et les flûtes sacrées de la fête de Durgā Pūjā. Et je vois s'ébranler la colonne des premières roulottes, il y a six siècles, je les vois prendre la piste d'Occident et laisser derrière elles le disque rougeoyant de Sūrya, le Dieu-Soleil…

Mais la main de Moïse se retire. Il se penche à l'oreille de Francis et lui chuchote quelques mots. Le vieux lion est blessé. Francis se penche à son tour sur la carte, observe avec la même intensité la région du golfe du Bengale, en détaille chaque ville. La magie des origines est en train de se volatiliser pour laisser place à de l'embarras.

Je demande :

– Je peux vous aider, peut-être ?

– Ben, dit Francis, on vient du bord de mer, c'est par là, dans le golfe, mais où ?…

Francis suit le tour et le détour des côtes bengalies. Il murmure le nom de la ville d'où ils viennent tous, sans parvenir à la trouver… Je tends l'oreille, effaré. Il est en train de murmurer :

– Marseille… Marseille… Voyons voir, Marseille…

Je suis réellement le dernier des cons. Je leur ai distribué du Cossery, du Marx, mais dans cette salle, parmi les huit que nous sommes, je suis le seul à savoir lire.

L'heure s'achève. Fin du cours. Moïse veut me parler, me dit son fils. C'est pas sorcier, il est à côté de moi. Il parle, donc. Comme un discours de sous-préfet devant un monument aux morts. Il fait mon éloge. Que je suis un type bien, malgré tout... Que je dois pas rester sans famille... Qu'il faut pas rester seul... Que je peux compter sur lui... Qu'il va parler de moi. On s'en serre cinq.

Et la troupée d'Égyptiens met les adjas dans les couloirs et remonte en détention. Dans quel merdier viennent-ils de me fourrer ? Je sors, soucieux, sans prendre la peine de passer par les bureaux de Steph. L'affaire se complique : je veux arrêter tout. J'annonce ça. Résultat : Riccioli me donne du grade. Ma réputation se cornit comme quoi je prends mes distances avec le bizness et que je mangerais à la table des bourres et des matons. Les Gitans m'approchent et tâtonnent le terrain pour s'associer...

Pensif, je me dirige vers ma bagnole garée au milieu des autres sur le parking des visiteurs. Je m'apprête à ouvrir. À côté, une Mercedes couleur caramel. Quatre hommes. J'ai à peine ouvert ma portière qu'ils se précipitent. C'est quatre rabouins comacs, la basane passée au brou de noix, des tignasses brillantinées au Pétrole hahn non raffiné. Le plus gros me dit :

– C'est toi, le philosophe ?

– Qui vous êtes ?

Le gros se gondole :

– Pourquoi que tu nous regardes comme ça ? On va pas t'assassiner ici. On vient de la part de Moïse.

– Moïse Barbarovitch ?

– Oui.

– Mais… je viens de le quitter ?! je bredouille, hébété. Comment vous pouvez savoir que…

Le gros sort de sa poche un portable et le secoue. J'avais oublié qu'il y a plus de téléphones en prison que de morpions au cul d'une pute… Comment les faire passer ? Fort simple ! Il suffit d'une « bombe »…

RECETTE DE LA « BOMBE »

Prenez une balle de tennis, fendez-la en deux aux deux tiers.
Farcissez-la d'un petit portable pliable et de son chargeur.
Complétez de petites barrettes de shit dans du papier alu.
Ensuite passez le long du mur de la prison, celui qui longe la cour de promenade, à l'heure de la promenade.
Appelez à voix forte votre destinataire, attendez qu'il réponde.
Lancez par-dessus. Attendez qu'il réceptionne.

– Qu'est-ce que vous me voulez ?

– Moïse a dit que t'es un homme bien…

C'est pas vrai, ça recommence… Je suppose que c'est parti pour l'histoire de la famille…

– … Mais il dit qu'il faut jamais rester sans famille…

Ben voyons…

– Alors Moïse voudrait te présenter sa famille…

Et merde…

On est montés à cinq dans la Mercedes. Je dis pas que je suis gros. Mais putain qu'on était serrés avec ces mastards qui sentaient l'eau de Cologne de Monoprix et les odeurs d'essence de leur caisse pourrie !… Pendant le tour de bagnole, les mecs m'ont expliqué comment ils voyaient les choses.

Dans leur caboche d'argougneurs, ils avaient cru que je snobais le monde des clandos de la boxe, et que j'étais en train de faire un gosse dans le dos à Riccioli. Or les Gitans tenaient, eux, un autre marché, bien croustillant également, celui du *free fight* clandestin. Le *free fight* est violence rustique, sans goût ni grâce, sans loi ni règle, véridique bagarre de chiffonniers, puisque leurs aïeuls, chiffonniers et marchands de peaux de lapin, y excellaient. Il s'agit de soumettre l'adversaire par tous les moyens. Tous les coups sont permis sauf la pique aux yeux, les morsures, l'arrachage d'oreilles, et les tapées aux couilles. Les Gitans étaient les maîtres inégalés de la discipline, et en France, les frères Gracié, ferrailleurs de Montreuil, étaient les champions incontestés. Mais, las ! le *free fight* était autorisé à peu près partout en Europe sauf en France. Les condés savaient que le parc des *free fighters* était tenu par les Romanos, monde opaque dans lequel ils n'avaient guère leurs entrées, et ils redoutaient que les paris fussent une fantastique lessiveuse à argent sale. Ils ne se trompaient guère. À cause de ça, le *free fight* restait à la marge, les frères Gracié et consorts végétaient ferme, et les Gitans se contentaient de se filer des mornifles entre frères de sang, ce qui n'est pas très bon pour l'esprit familial. Mais Moïse Barbarovitch avait des ambitions olympiques pour ce sport. Il ne voulait plus le cantonner aux campements de roulottes. Il rêvait d'une extension commerciale du produit vers des cibles nouvelles, et convertir à son art autre chose que des rabouins. Qu'on puisse se tirer la bourre entre Gaulois, Gitans, Arabes, Bougnoules... il aspirait à des frittons interethniques, des branlées œcuméniques... Le tatanage par-delà la couleur de peau... Mais comment s'y prendre ? Il cherchait un VRP qui connaisse les réseaux de bagarreurs. Et comme il me croyait en disgrâce de Riccioli, il s'adressait à moi, pour laisser tomber le gros, et venir le rejoindre. Je n'avais pas mon mot à dire. Les offres de Moïse Barbarovitch ne se discutaient pas. Moi, j'étais une merde de caniche collée à sa grolle… Un type bien, mais une merde de caniche quand même.

– On est bien d'accord ? m'a dit le gros rabouin en garant sa voiture à côté de la mienne. Samedi prochain, on vient te chercher au Kalinka, et on t'emmène chez nous, au campement. Et là, on te fera frère. C'est bien compris, hein ?.. Samedi, sans faute… À la fin de la semaine.

Blang !… La portière a claqué… La Mercedes est repartie dans une nuée de poussière, d'odeur de gomme de pneu et de musique des Gipsy Kings… J'étais là, tout seul, devant ma caisse, et d'un coup… Merde !… Je me suis souvenu…

On était lundi… Samedi en fin de semaine, la bande de Romanos me retrouvait au Kalinka pour monter au campement et m'introniser frère de sang chez les Barbarovitch… Mais samedi, c'était AUSSI le rendez-vous avec Riccioli, au même Kalinka, pour me faire introniser héritier du gros et monter chez les Belges…

X

Bérézina au Kalinka

J'avais pensé m'enfuir, passer la frontière, demander l'asile politique au roi du Maroc. J'avais même songé à aller chez les condés. Frapper à la porte du premier commissariat venu, et leur demander, à la maison Poulaga, de me protéger des Barbarovitch, des Belges, de Riccioli, de la grippe aviaire, de tout quoi… Mais qu'auraient-ils fait, les braves bleus, sinon que de me mettre au gnouf pour me protéger d'iceux ?…

Quitter la région ? Mais pour aller où ? Le drôle, quand même, de partir en cavale, non pas talonné par la gendarmique engeance, mais par les voyous eux-mêmes… Me planquer où ? Dans les endroits en pleine lumière pour éviter la mortelle bastos ? Passer tous les jours à la télé ? Visiter tous les jours la tour Eiffel et le Lido avec des pleins wagons de Japonais ?… Non, ça n'était pas sérieux. Je résolus alors de prendre le taureau par les cornes et d'aller à la rencontre de mon destin… Faire le Christ au mont des Oliviers… Je me pris une douche, m'habillai de linge frais pour pas ternir ma réputation chez les légistes de la morgue au cas où, et m'en allai au Kalinka, y boire mon dernier Komdab.

On était samedi. Il était sept heures. Rocky et Momo m'attendaient en terrasse, tout jouasses.

– Oh cousin ! ça va ou quoi ? me fit Momo en me claquant la bise.

– Alors philosophe, la pêche ? renchérit Rocky.

– Komdab ? s'assura la pétulante Polak à poil blond.

Moi, j'avais les jambes en coton. Je pris une chaise avant de tomber tout seul.

– Tiens, v'là monsieur Riccioli, fit Rocky.

Le gros traversait la terrasse, empoigna une innocente chaise qui ne demandait rien à personne et l'étouffa sous son cul.

– Alors, Vilain, toujours à t'astiquer la nouille en traduisant du Kant ?

Il me serra une pogne qui m'émietta les carpes, les métacarpes et les articulations carpométacarpiennes. Les Poings Nickelés étaient au complet. Manquaient plus que les Romanos de Barbarovitch et j'étais bon pour finir au canal, moi, avec une paire de godasses en ciment.

Personne n'eut le temps d'en placer une qu'une Mercedes caramel se gara à cheval sur le trottoir. Il en déboula une bonne demi-douzaine de Gitans. Je reconnus en tête le gros qui m'avait proposé de chapeauter les *free fights*. Il faisait ses cent quarante kilos au moins, sans compter la tignasse et les bijoux – et Évangile il s'appelait, le pauvre. Il dit en me montrant du doigt :

– Lui, il est à nous, ce soir. On vous l'embarque.

Riccioli se redressa à demi et posa une main ferme sur ma cuisse.

– Non. Il est à moi. Pour la soirée.

Merde de caniche j'étais, merde de caniche je redevenais, moi, collée par bouts épars à deux paires de grolles différentes. Riccioli se tourna vers moi.

– Tu les connais, les frères Django ?

Évangile s'avança d'un pas vers Riccioli, poings serrés.

– T'as un problème, gadjo ?

Momo se leva d'un coup, en envoyant valdinguer sa chaise d'un revers de patte.

– Dis donc enculé, tu t'approches pas de monsieur Riccioli, t'as compris ?

– Comment tu m'as traité, toi, sale Arabe ?

La nuée de cousins, neveux et fils de Barbarovitch s'agglutina autour de la table en deux-trois enjambées.

– Vous touchez un cheveu à Momo et je vous démonte ! beugla Rocky en se mettant en garde.

Bing ! Rocky se prit la première dragée en plein dans l'œil. Il encaissa en reculant d'un pas et *Vlan* ! répondit de deux méchants coups au foie du téméraire. *Flic* ! *Flac* !… La distributrice à torgnoles de Rocky se mettait en route !… Et c'était parti ! Les coups tombaient comme grêle en orage d'août. D'un côté comme de l'autre, macarons par-ci, par-là ! Ils étaient six, les rabouins, à tomber sur le râble à Momo et à Rocky, pour les mettre minables. Mais les deux gusses, habitués de longue aux roustes, prenaient autant de pralines qu'ils en rendaient. Coups de pompe dans les valseuses, bouteilles envoyées à la gueule, moulinade de chaises, tout était bon !… Sitôt un mec envoyé à la dure qu'un autre prenait sa place… Tables et chaises volaient comme des moineaux en cour d'école… Riccioli et Évangile, états-majors, gueulaient à respectable distance pour chauffer leur troupe.

– ARRÊTEZ !

J'avais gueulé, et j'en étais le premier surpris.

Chaises, boutanches, poings et coups de boule suspendirent leur vol…

– Vous croyez pas que j'ai mon mot à dire ?

Les hommes se regardèrent, indécis et piteux. Je n'avais pas tort, même si c'est pas commun, une merde qui cause.

– Asseyez-vous tous, j'ai balancé ça d'un petit ton sec de professeur qui ne souffrait pas la contestation.

Les deux bandes ont ramassé les chaises et se sont installées autour de la table, vaguement honteuses. Le syndrome de l'instituteur les travaillait encore, tout balaises tatoués qu'ils étaient. La patronne nous regardait, là, les bras ballants, avec son tricot au bout.

– Et toi la Polak, que je lui ai dit d'un même ton pète-sec, apporte-nous des verres. Et des bouteilles de Komdab. Plein. Faut qu'on cause. Entre hommes.

Pour être plus à l'aise, on s'est installés dans l'arrière-boutique. La peur au ventre me rendait volubile. Alors j'ai joué mon chef indien, à faire fumer le calumet de la paix des Costières à deux bandes rivales de Sioux et d'Apaches.

J'interpellai d'abord les Poings Nickelés.

– Qu'est-ce que vous croyez que j'ai fait pendant ces trois semaines, que je me suis mis à l'ombre ?… mais pas du tout… Ah mais vous y êtes pas du tout… J'ai pris le risque de nuire à ma réputation, de passer pour un qui se dégonfle, qui laisse tout tomber, ou pire, qui décide de balancer tout aux flics… Et pourquoi croyez-vous que j'ai fait ça ? Pour les vacances ? Parce que soi-disant que j'aurais eu des problèmes de conscience ! Ah ah ah ! Moi, des problèmes de conscience ! Mais vous n'y êtes pas du tout, fidèles compagnons !… Si j'ai pris le risque insensé de plus rien foutre pendant ces trois semaines, de laisser tomber la boxe, c'était pour intéresser les Romanos ici présents… et à vous… les faire venir, ici, à cette table commune, pour négocier ensemble, d'égal à égal, cartes sur table et franco de port, entre frères… car il y a des affaires juteuses comme tout à monter ensemble, mes amis, mes frères…

Je me tournai ensuite vers les enfants de roulotte :

– Et vous, dignes fils, neveux, frères et cousins de sang ou d'alliance de Moïse Barbarovitch, descendants de la reine de Saba et du roi Salomon, pourquoi croyez-vous que je vous fis venir ici ? Hein ? Dans le but – croyez-le ou pas –, dans le but de monter un consortium, un conglomérat, que dis-je ?… une OPA amicale entre vous et nous !… Car nos entreprises ont de l'avenir, pourvu que nous les fusionnions…

Tous me regardaient avec stupéfaction. Moi-même, si j'avais pu me contempler dans un miroir, je me serais regardé aussi avec stupéfaction. Mais la terreur me donnait des ailes.

– La concentration des capitaux, mes amis, que je m'enflammais, vibrant comme Monnet rêvant l'Europe, la concentration… Y a que ça de vrai… Et la mutualisation des compétences, aussi !… Surtout !… La boxe, le *free fight*… Pourquoi ça devrait nous opposer ?… Un même amour des disciplines martiales, des jeux d'argent, des prises de risques… Tout ça, blanc bonnet et bonnet blanc ! Même esprit d'entreprise ! Mais ça devrait nous réunir au contraire… Et faut agir vite, car Belges et Espagnols sont à nos portes, piaffent et tapent du sabot, rêvent de mettre le grappin sur tous les combats clandestins, sur tous nos combats, qu'ils soient au poing, pied, torgnole, étranglement, coup de boule ou brisage de nuque, que sais-je ?… Mais nous, deux fois plus nombreux, deux fois plus alliés, capables de mettre deux fois plus de pognon sur des espoirs, donc d'en retrouver cinq, dix fois plus à la sortie… Et les risques ? Divisés par deux, puisque deux fois plus nombreux ! Tout bénef au profit, tout bénef à la perte !… S'opposer, c'est se tirer une balle dans le pied. Collaborer, c'est tirer une balle dans un genou d'Espingouin et une autre dans un genou de Belge… En vérité, je vous le dis, prenons de l'avance, mes amis, mes frères, oublions nos différences de culture et de tradition, et collaborons… Soyons en situation de monopole dès aujourd'hui, qu'on nous paie la dîme pour tout affrontement clando sur nos terres… Faute de quoi, nous lâcherons nos hommes à nous, boxeurs et *free fighters*, Gaulois, Arabes ou Manouches sur la concurrence qui pleurera ses dents, car ce sera pour elle un nouveau Vietnam, Bagdad, que dis-je ? Kaboul…

Je leur servis mon laïus pendant toute une partie de la nuit, servant du Komdab à pleins seaux, mobilisant toute ma science de la sophistique et de la dialectique pour sulfater le moindre de leurs arguments. Je déployais des trésors d'argutie, de polémique et d'éristique pour abattre, une à une, leurs réticences. Je convoquais la logique de Port-Royal d'Arnauld et Nicole que redoutait tant Blaise Pascal, les six traités de l'*Organon* d'Aristote et leur mise au point sur les distincts syllogismes, le positivisme logique d'Henri Poincaré, j'utilisais toute la batterie des propositions atomiques de Russell pour ruiner toute éventualité de la moindre contestation. À la fin, Romanos et Poings Nickelés, abrutis de raisonnements spécieux et de truismes casuistes, de mauvais picrate et de vodka de patate cracovienne demandaient grâce et n'en pouvaient mais.

Je sonnais victoire au milieu d'un champ de bataille de cervelles chavirées. Ils étaient enfin tombés d'accord que la seule religion n'est pas d'être pour ou contre l'usage des poings comme arme, ou pour ou contre la spécificité de la communauté des gens du voyage. Ils avaient compris, enfin, que la seule religion sur laquelle les hommes de bien s'entendent, c'est celle du pognon. Et du pognon, ils pouvaient en ramasser des brouettes, pourvu qu'ils cessent de se tirer dans les pattes et qu'ils se mettent au taf ensemble. Saine morale que je pus défendre en recourant à la philosophie, et qui me sauva la vie.

Je leur avais donné rendez-vous à tous aux premiers jours de printemps au Kalinka, pour qu'ils aient le temps de diffuser l'information auprès de leurs troupes, que les alliances soient conclues. Surtout, j'expliquai que je devais prendre toutes les dispositions pour que les salles de boxe que nous contrôlions soient prêtes à accueillir du *free* clandestin, puisque jamais dans les prisons on n'aurait pu organiser des tournois de bastons à la gitane. Ça demandait de la part des uns et des autres une sacrée confiance et une belle discrétion. Ce truc pouvait pas s'improviser du jour au lendemain. Cette prudence me fit passer pour sage. On salua ma vue à long terme. Je me disais que c'était toujours trois ou quatre mois de gagnés pendant lesquels je n'allais pas être contraint de travailler pour Riccioli et pour les Romanos.

À quatre heures du matin, je revins chez moi soûl comme un palefrenier, riche de la gérance aux deux tiers du club de boxe de Rocky, et d'un intéressement de dix pour cent sur tous les combats clandestins de *free fight* et de boxe dans l'arc méditerranéen qui courait de Montpellier à Marseille.

J'avais sauvé ma peau, c'est vrai, et je n'avais pas fini dans le canal. Mais à quel prix ?… Leïla pouvait avoir honte de moi. À ne pas vouloir me tremper les arpions dans la merde, je m'étais foutu dedans jusqu'à la gueule... Il me restait à espérer qu'elle allait reprendre contact avec moi pour m'offrir la chance de me racheter avant la fin de ces trois ou quatre mois. Au-delà de cette limite, je serais une star dans l'organisation des combats truqués... La déchéance complète... Et la belle Leïla ne m'offrirait le spectacle de sa chute de reins qu'en tournant les talons une bonne fois pour toutes.

Pendant les mois qui suivirent, je ne participai donc à aucun courrier, aucun trafic. J'errais dans les coursives des taules pour ainsi dire en aube de communiant, insoupçonnable de la moindre embrouille. Et puis la tronche, c'était du pareil au même. Doucereuse et languide comme celle du petit Jésus. C'est que j'étais bien malheureux : j'avais voulu me sauver du péché, ne plus toucher à la carambouille, et je tombais en plein dedans. Je ne portais sur moi plus un seul colis, pas la moindre enveloppe avec sa liasse de biftons, et pourtant à chaque coin de couloir les multirécidivistes et les coups-et-violences-volontaires-suivis-d'une-ITT-de-plus-de-huit-jours retiraient leur chapeau et me donnaient du bonjour-bonsoir à voix basse, les yeux baissés au sol, du *labès* et autre *latcho divés*. J'aurais eu une bagouze de parrain au petit doigt qu'ils se seraient mis à genoux pour la baiser et demander que je bénisse leur dernier fils. Moi, je continuais les cours, je leur parlais bonheur, vertu, éthique, et je me disais que ce qu'on sait pas faire, c'est ce qu'on enseigne le mieux. Plus je refusais de passer pour le caïd et l'organisateur occulte des combats clandestins plus il se disait autour de moi : « Voyez comme il refuse d'être traité comme un caïd, voyez comme il est modeste et sans histoires. Ce sont les traits des plus grands caïds, de refuser d'être considérés comme caïds. » J'étais désespéré.

Pourtant Sylvie Rafale – telle la divine Béatrice conduisant Dante hors des enfers –, un jour m'arracha de ma minable condition.

Je buvais le café avec Rodolphe et Nicole. Nicole, c'est une sainte laïque, comme toutes les donzelles qui montent en détention pour remettre les mectons sur les rails. Or, buvant le caoua avec Nicole et mézigue, Rodolphe nous racontait un truc pas cool, arrivé de la veille… *Toc* ! *toc* ! *toc* !… On frappe à la porte de son bureau de surveillant d'étage. Il ouvre… De l'autre côté, il y a Toto. Toto sourit, les yeux fermés, en dodelinant de la tête, les mains sur le ventre. Ses mains sont rouges. La tache de sang commence de se répandre du ventre au pantalon, le long des cuisses, et des filets poisseux et épais sortent de ses chaussures. Sous les néons du couloir, le carrelage si blême prend enfin une couleur carmin.

Quand il nous raconte ça, Rodolphe, il ne comprend pas.

– Pourtant, au CHU, ils l'ont opéré, Toto, et ils lui ont mis une plaque de fer dans le bide, pour plus qu'il puisse s'ouvrir le ventre…

Nicole, elle, sait comment Toto s'y est pris. Toto aime Nicole, et Nicole aime Toto. Toto aime venir à ses cours d'alphabétisation. Non pour lire ou écrire, mais pour faire du coloriage. Il adore, Toto, tracer des grands traits rouges qui traversent les feuilles si blêmes.

Nicole fait un joli sourire navré derrière ses lunettes fantaisie :

– Il a récupéré un couvercle de boîte de conserve dans une poubelle. Et avec le côté tranchant, il s'est fait sauter la plaque.

Toto est l'un de ces vingt-cinq à cinquante-cinq pour cent de schizophrènes qui occupent les prisons françaises. Toto est un sacré numéro. Toto est capable de tout. Il a sauté sur un surveillant, un beau jour, et l'a roué de coups, sans raison. On l'a donc balancé au mitard quinze jours. Ça lui apprendra. Sauf que c'est pas comme ça qu'on apprend à un schizophrène à se soigner de sa maladie. Le surveillant qui l'a sorti de la cellule s'est fait exploser la tronche par Toto, et a dû être hospitalisé d'urgence, avec la mâchoire en miettes et des dents incrustées dans le béton. Une journée en prison coûte cinquante euros, et une journée en hôpital psychiatrique, cinq cents euros. En quinze ans, cinquante mille lits ont été supprimés en hôpital psychiatrique. Le calcul est simple. Toto, lui, ne calcule pas. D'abord il ne sait pas compter, mais en plus il est trop généreux pour se livrer à des calculs aussi égoïstes. Comme dit Nicole en remontant ses lunettes le long du nez :

– Toto a le cœur sur la main…

J'interviens pour la première fois dans la conversation, tout spleeneux que je suis, et je rectifie, professoral :

– Ah pardon, Nicole… Toto, il a les *tripes* sur la main.

Ça jette un froid. Nicole et Rodolphe me regardent par en dessous.

– Ça va pas fort, on dirait ? me demande Nicole.

J'hésite entre tout lui avouer en présentant mes mains à Rodolphe pour qu'il les menotte et tomber à genoux en larmes et m'enfouir dans son giron pour n'en plus ressortir. C'est à ce moment-là que Sylvie Rafale a déboulé. Elle est entrée, échevelée et à bout de souffle, immense moulin à vent, avec quatre ou cinq sacs de dossiers de stagiaires, deux ou trois trousseaux de clefs de voiture et de châteaux forts, un gobelet en plastique de soupe à la tomate bouillante.

– Oulalalalala… Lazare ! Eh bien dis donc… Marseille te veut, Marseille t'adore, hein toi dis donc…

J'ai esquivé la pinçure du gras du bras *in extremis*. Elle est partie d'un bon rire.

– Ah, je suppose que t'as toujours pas reçu ta convocation et ton ordre de mission ?

– Pour quoi ? j'ai demandé.

– Le multimédia des Baumettes, tu penses bien ! Tu les as en-chan-tés la fois dernière ! Comme ils touchent un nouveau groupe de stagiaires, ils renouvellent leur staff d'intervenants extérieurs…

Elle s'est avancée vers moi, malicieuse et coquine.

– Et veinard, tu es l'un d'eux ! Pour deux mois !

XI

Les tontons flingués

Voilà que je revenais aux Baumettes… Le multimédia m'y attendait, sous le fantôme de la guillotine. Nadine la surveillante m'y accueillit, toujours souriante. J'allais toucher une nouvelle équipe avec des gonzes pas ordinaires, des triés sur le volet, guère piqués des hannetons, des vieux Lariflette qui dans les années soixante-dix, alors jeunes arpètes, grenouillaient autour de la French Connection… Et les voilà, quarante ans après qui repiquent au jus, avec toute l'expérience de leurs cheveux blancs, et décident de se tailler des retraites costaudes en important de la poudre brute de l'Amérique latine. Mais comment égarer les douaniers ? Coup de génie !… Via des containers de bois précieux venus du Brésil. Les mariolles, avisés et voulant éviter les scannages, trouvent une entourloupe subtile : ils font évider un des troncs de bois dans l'un des containers, tapissent l'intérieur dudit tronc de feuilles de plomb pour éviter les rayons X, le remplissent ras la gueule de deux bons quintaux de coco brute, et rebouchent le truc avec du solide rondin et de la colle à bois. Las !… La cargaison arrivée à Rotterdam est dénoncée par un repenti portugais, calanchant au dernier moment. Et une demi-tonne de poudre qui attendait patiemment son heure dans des containers est griffée par les pandores colombiens. Les uns après les autres, les tontons sont flingués et finissent au mitard. J'ai à peu près toute la bande qui m'attend de l'autre côté, colorée, quand même, pour pas faire ton uni, de quelques apports exogènes, comme un fourgueur interlope, un dealer à people, par exemple…

Et les formateurs qui s'occupent de la fine équipe ? Nadine cliquette sur sa bécane. Professionnels des métiers du documentaire, chefs op, techniciens de plateau : elle m'égrène les noms. Et pour le son ? je demande avec un petit pincement au cœur. Elle me donne un blaze, terriblement masculin, affreusement viril… Je me console : Marseille n'est pas si grande, huit millions d'habitants ! C'est bien le bout du monde si je ne vais pas retrouver une Leïla là-dedans… Et puis, de toute façon, elle m'a bien précisé qu'elle me recontacterait elle-même, le jour où elle me donnera ma chance. Il suffit donc que j'attende…

C'est l'heure d'aller au chagrin. J'entre dans la salle. Qui me connaît dans cette bande ? Personne ! Bien ! On se serre les paluches… Je bonimente sur ma place dans le dispositif, qu'on va réfléchir ensemble, se dérouiller les méninges, écrire aussi un peu, enfin, remettre en route la machine à rêver tout debout… Pourquoi ? Mais parce que le but du stage, quand même, c'est de tourner un film… Les mecs sifflent et se donnent du titre, Scorsese par là, Kubrick par ici, Renoir, hasarde un vieux lettré… Bon, y en a sous la pédale… relativement bonne ambiance. Allez, tour de table.

Lui, c'est Kamel. Kamel fourgue dans l'audiovisuel, justement, entre Genève et Tamanrasset. Il recevait les commandes du Maghreb, envoyait des équipes dans les hôtels où descendait la presse internationale. Un nombre incalculable de reporters télé du monde entier se sont retrouvés sur le sol helvétique avec rien d'autre pour filmer que leur téléphone portable. Pendant ce temps, un nombre incalculable de studios de l'autre côté de la Méditerranée ont pu tourner avec du matos dernier cri. Kamel, je vais le fréquenter pendant presque deux ans… Permets, lecteur, que je te mette la tête à l'envers, que je quitte ma narration d'ici et que je te projette un peu plus en avant dans le temps. C'est des procédés de malpropres qu'on devrait leur confisquer leur crayon et le droit d'être mis en livres, mais… mille excuses, Kamel est cher à mon cœur, je voudrais m'étendre sur son cas… Permets, donc, et tu ne le regretteras pas… Pour Noël, on s'est organisé une petite fête modeste dans la prison. Je leur ai apporté des cadeaux. Que des bouquins. C'est ma politique à moi. Diogène, un jour, voit une femme en train de lire. Il gueule à la cantonade : « Attention ! Elle affûte une épée ! » Je n'ai pas de grandes convictions, mais j'ai au moins celle-là. Des bibles protestantes lues au désert cévenol aux textes de Patočka ronéotypés dans sa cave, je sais au moins une chose : c'est que les livres sont armes de construction massive et des machines à fabriquer de la liberté. Voilà pourquoi je les importe au mitard, que je les commente, que je les traduis et que je les illustre pour tous mes lascars entaulés. Les livres délivrent. Voilà. Rien de plus pour ce qui concerne ma philosophie. À Kamel, je lui ai offert une petite anthologie de la poésie arabe, le *Dîwân*. Alors Kamel a fouillé dans sa poche et il en a sorti son portefeuille. Il m'a montré une photo de sa femme et de sa fille. C'est une jolie gamine avec une bouille pleine de vie. Voilà. C'est tout. Il m'a montré les photos et il a pleuré en silence et en souriant, sans rien dire. C'était son cadeau. À la mesure de l'anthologie de la poésie arabe. Après, Kamel recevra confirmation de son transfert. Plus de deux ans qu'il l'attendait et qu'il moisissait ici, en maison d'arrêt, loin de sa famille. Il a fini sa peine à Lyon, mais avec déjà des plans pour la sortie, des plans sérieux, avec une reconversion professionnelle. Dans l'audiovisuel, on s'en doute. Avant de partir, Kamel et moi, on s'est embrassés et il m'a laissé un passage photocopié de Camus. Et quand je passe à Lyon, je fais un signe de la main, comme pour saluer un ami invisible ou comme pour lancer une pierre ramassée dans les Aurès. Et cette pierre, je la lancerais si loin et elle serait si forte qu'elle briserait les murs et rendrait Kamel à sa petite fille.

Voilà, c'est fini pour l'ami Kamel. Mais rassure-toi, lecteur, je reviens au tour de table… On passe à François, le mec décontracté, études à Normale Sup et Polytechnique, puis trafiquant *hype* et *arty*, dans les beaux quartiers, dealer de ces dames, rails de coke tirés à la carte Gold, after à la Locomotive, tutoiement de la jet-set, et puis un jour, un brave commissaire des stups, fatigué de l'impunité… Et hop ! mon François le bac plus sept, à l'ombre avec des bac moins dix…

À côté, Pierrot, qui n'a pas aimé que dans un bistro à Martigues, on le lui cache, son morlingue avec ses sous. A boudé. A demandé qu'on le lui rende. Mais bon, passé deux heures du mat, dans le genre de rades fréquentés par Pierrot, c'est difficile de se faire restituer des biens précieux. S'en est allé, toujours boudeur, chez lui. Mais est revenu. Moins boudeur. Avec un .357 Magnum. Et t'en a allumé deux. Une première dragée au petit bonheur à travers la vitrine qui t'a retourné un zigoto comme un lapin. Et une deuxième, dans la tête à un pas-content. Depuis, n'a toujours pas retrouvé son larfeuille. Ni la liberté. Pierrot est un drôle de grand bonhomme, toujours habillé en bleu de chauffe, béquillard, édenté et râleur. Poète, serait marié, dit-il, à une artiste. Ami de Fernandel, dont il a l'accent. Collectionneur de manuscrits de Pascal, de toiles de Picasso. Auteur de bouquins édités à Londres. Milliardaire indifférent à l'oseille, ayant des maisons un peu partout. Dit-il, tout ça.

À côté de Pierrot, JP. JP, quand on lui demande d'où il est, il hésite. Il te dit : « Sur Terre ? » Ce n'est pas qu'il communique avec les Martiens, JP, c'est qu'il est du 9-4, mais que sur Terre, il y va plus. Il est skipper, JP. Les frontières, il ne veut pas en entendre parler. Il a son bateau, l'océan, un bon vent arrière, et il est heureux. Bon, là, enfermé dans neuf mètres carrés pour trois prisonniers, il est un peu moins heureux, faut bien le reconnaître. La faute à ses flotteurs, qui ne flottaient guère. La douane s'en est inquiétée de les voir ainsi, les flotteurs, taper à la coque au bout des cordes comme s'ils étaient en plomb. Elle les a donc ouverts. Blindés de coke jusqu'à la gueule, qu'ils étaient les flotteurs, lourds comme des obus et remplis comme des œufs. JP a roulé des calots, confondu, en se grattant le bonnet marin : « Qui a bien pu me remplir les flotteurs pendant que je mouillais aux Caraïbes ? » Ça a bien fait rire la douane.

Suivant JP, Mister Toc, un rappeur qui monte, qui monte, qui monte, et qui s'est cassé la gueule en beauté à force de trop vouloir monter. Peu d'argent garantit que ceux qui restent sont des vrais amis. Beaucoup d'argent appelle les flatteurs qui passent pour amis. Mister Toc en fit les frais. Il avance de l'argent, ne le retrouve pas à la sortie, s'en inquiète, demande des comptes. Enfin, quand on demande des comptes, dans ce métier, chez les rappeurs... Toujours est-il que le gars a réussi à s'échapper. Il est arrivé dans le commissariat à poil, le débiteur de Mister Toc, à poil à bout de souffle, en sang et en larmes. Depuis, le débiteur n'écoute plus que de la petite musique de chambre. Les boîtes à rythme lui déclenchent des crises d'épilepsie.

À côté de M. Toc, un jeune Algérien, Rédouane. Lui, à peine arrivé en France depuis quinze jours qu'il s'est fait encabaner. Il a toujours pas compris ce qui lui arrive, mais enfin, il va découvrir la République des droits de l'homme par le petit bout de la lorgnette, Rédouane.

À côté, les trois vieux mariolles qui ont voulu relancer la French Connection. À eux trois, pas loin de deux siècles au jus, dont quarante ans à l'ombre. Le premier pépère, c'est Abderrahmane. Un solide Ch'ti têtu comme une brique. Il est là, au milieu des deux autres, en train de parler à personne, en s'énervant tout seul. Sauf que lui, c'est pas les crottes de caniches sur son trottoir qui le foutent hors de lui. C'est le prélèvement sur le mandat pour la partie civile, qui doit im-pé-ra-ti-ve-ment se faire sur la partie disponible, nom de Dieu, et surtout pas sur le pécule libérable, merde à la fin. Il en démord pas, Abderrahmane. Il tape de l'ongle de l'index sur la table, mâche ses dents en clignant de l'œil, rabbinise les textes. Il pérore et imprécate sans fin contre l'impéritie des agents comptables. C'est l'exégète du code pénal.

Joseph, flanqué à sa droite, a du vague à l'âme et ne l'écoute guère. Les combines judiciaro-administratives du Ch'ti l'emmerdent car le passé lui remonte en grosses bouffées mélancoliques. Il le coupe d'une voix tremblée :

– Tu te souviens, comment c'était Oran, à la belle époque ?

Abderrahmane s'interrompt soudain. Y a quelques secondes de suspens. Il n'en faut guère plus pour que s'effiloche le présent chez les vieux détenus : la nostalgie, chez eux, est plus qu'une manie, c'est une bouée de sauvetage.

– Oran… que dit Abderrahmane dans un frisson.

Comptables et pécules s'évanouissent dans des odeurs de couscous au safran.

– Y avait un bordel superbe à Oran, mélancolise André, le troisième larron, un bordel avec des filles superbes.

Tout est superbe dans la mémoire des vieux taulards.

– Moi, dit Abderrahmane d'une voix douce et rêveuse, je suis jamais allé aux putes.

– Ah c'est vrai, que confirme Joseph, les putes, jamais on n'y est allés ensemble.

Michel, le troisième larron, s'y met à son tour :

– Aaah les putes, les putes, les putes…

Lui, il a dit ça avec des trémolos mouillés dans la voix, très alcoolique anonyme égrenant les noms des domaines de l'arrière-côte de Nuits.

Abderrahmane secoue de la tête en mâchonnant ses dents :

– Eh non, les putes, ça n'a jamais été mon truc.

– Par contre, bien bouffer… dit Joseph.

– Ah oui, ça, bien bouffer…

– Dis, tu te souviens, ce petit restaurant, à Oran, comment qui s'appelait donc ?

– Lequel donc ?

– Oh mais si, çui-là… Tu sais bien… Qu'on s'en était foutu plein la lampe…

– Lequel donc ?

Mais Joseph s'immobilise. Il vient de voir une apparition au-dessus de la table. D'un coup il a les yeux qui brillent et il se met à tendre les mains devant lui.

– Et les abricots. Oohhh… Tu te souviens les abricots du souk à Oran ?

Pour un peu, on les verrait devant lui les abricots, flottant dans l'espace au bout de ses mains flageolantes. Abderrahmane continue à mâcher ses dents en observant de ses yeux noisette le point invisible que Joseph effleure du bout des doigts. Il opine du bonnet en fermant un œil, pour mieux voir. C'est sûr, lui aussi il les a repérés, les abricots invisibles. Michel aussi, il plisse des gobilles d'un air entendu. Vu les larmes qui lui montent aux yeux, les abricots doivent être bombés, duvetés et fendus comme le cul des tapins oranaises. Il n'y a que moi qui vois que tchique – mais ma vision astrale a toujours déconné question fruits et légumes.

– Du miel, que c'était les abricots…

– … Et orange comme des soleils. Et fondants…

– … Moi, je suis gourmand de sucré, murmure Abderrahmane. Je tuerais pour du gâteau.

– Moi depuis que je suis condamné, j'ai plus droit aux gâteaux, rajoute Michel en baissant la tête.

Ça me coupe la chique. Je savais que la France s'illustrait dans la double peine, qu'on pouvait subir une peine en correctionnelle ou aux assises, et qu'elle pouvait être doublée par la douane, par exemple. Mais j'ignorais qu'on pouvait se prendre perpète derrière les barreaux et que, par-dessus le marché, le juge pouvait vous priver de chouquettes et de paris-brest.

– C'est quoi, ce truc, que t'es privé de dessert ? que demande Abderrahmane, profondément bouleversé.

Michel raconte :

– Ben tu sais, avant, j'étais au premier.

– Ouais.

Abderrahmane sait. Il y a quelques années, les prévenus, qui attendaient d'être jugés et qui étaient parfois innocents, croupissaient au milieu des condamnés. Soit vous étiez innocent, pauvre pékin au milieu des marlous et des lascars qui vous tabassaient pour vous croûter vos tatanes en cour de promenade, vous tapaient bien vite du pognon et alors, pour échapper à la terreur, vous rentriez dans la spirale des protections, des retours d'ascenseur, des services rendus, des trafics, des réseaux, des coups et du bizness ; et à force, vous finissiez un fil à la patte avec le milieu, endetté avec des pégriots qui vous apprenaient le métier. Soit vous étiez coupable, et en attendant d'être jugé, vous pouviez magouiller, faire pression, intimider, acheter des types mêlés de près ou de loin à votre affaire.

L'administration pénitentiaire avait donc décidé de séparer les condamnés des prévenus, par étages. Et mon Michel, qui venait de prendre six ans, n'échappait pas à la règle : il avait dû prendre ses cliques et ses claques et monter au quatrième.

– Quel rapport avec ton histoire de gâteaux ? je demande.

Michel pousse un soupir déchirant :

– Les yoyos.

– Les yoyos ?

Le yoyo est une grande bande de tissu de drap avec une boîte de conserve au bout. Les taulards chargent le yoyo avec du tabac, de la tortore, du shit, du chocolat, un petit mot, un téléphone, des bons pour cantiner, un kit seringue-cuillère-briquet-caoutchouc-gramme-d'héro, tout ce qu'ils veulent, quoi, et hop ! ils te le balancent à la fenêtre. Ils lui font prendre du ballant, au yoyo, et ainsi le petit colis s'en va façon l'escarpolette, et peut être attrapé par un autre encellulé, un ou deux étages plus bas, qui attend à sa fenêtre. Or mon Michel est corse, familier d'Orsini et de Francis le Belge à son heure, et avec son âge vénérable, il est respecté et craint par tous les jeunots qui arrivent en détention. Quand on est gazelle ou antilope, il vaut mieux adoucir un vieux lion, même s'il n'a plus de dents, car la meute de grands carnassiers à laquelle il appartient est toujours dehors. Or Michel était entré dans un âge où les tapins les plus formidables ne déclenchaient chez lui rien d'autre qu'un regret amusé. Tout au plus aurait-il pu se rire de les voir devant lui se livrer à des jeux saphiques, mais sa jouissance eût été toute intellectuelle. Il ne restait à Michel que les seules joies de gueule, et ces dernières années, il appréciait toujours plus le sucré. Les petits minots de tous les étages ne s'y trompaient guère, et pour satisfaire aux appétits de mignardises du vieux Michel se mirent tous dans leur cellule à confectionner pâtisseries fines, choux à la crème, dattes fourrées, fondants au chocolat, jésuites, meringues et mirlitons, croquignoles et croustillons, pompes à huile et sacristains, clafoutis aux griottes et briouats aux amandes, cornes de gazelle et bouches de dames. Le vieux Michel était comme un coq en pâte. Il grossissait et s'empâtait d'aise dans son petit cachot. C'était tous les jours fête ! Le bâtiment A sentait bon comme chez Fauchon, et aux fenêtres, c'était un ballet permanent de petites balancelles débordant de gâteries sucrées. Michel aurait été prêt à tuer pour prolonger sa peine, pourvu qu'on le laissât là, en plein milieu du bâtiment, sa fenêtre à l'épicentre de toutes les attentions gourmandes. Las !… Passe la loi décriée, exigeant que soient dorénavant séparés prévenus et condamnés. On déménage Michel, le moral au plus bas, et le diabète au plus haut… Je le récupère ainsi, Michel, abattu et colère contre ce gouvernement qui passe des décrets aussi iniques… les deux autres pépères de la nouvelle French Connection le consolent et lui promettent de lui en faire envoyer, des gâteaux, par containers entiers, et sans passer par Rotterdam, cette fois-ci.

Joseph est d'un autre acabit. Autant Michel a des allures de chat gourmand, autant Joseph est gros et imposant. Michel, en aval, devait s'occuper du contact humain, de discuter avec les acheteurs potentiels des conditions d'écoulement des stocks. Joseph, en amont, devait bidouiller le montage financier, les sociétés écrans et les comptes offshore. Joseph est carambouilleur de haute voltige. Pourtant, à le voir, il a des allures à être sur une photo officielle : grand, massif, la bedaine accorte et généreuse d'un sénateur de la IIIe République, le nez camus, le cheveu giscardien, rabattu en une mèche luisante qui escalade le crâne pour passer d'une esgourde à l'autre, une voix grave, enveloppante et urbaine sortant des lèvres fines et ourlées d'un démocrate-chrétien. Des mains longues, larges, enveloppantes et chaudes. Un bourgeois de Daumier avec le goitre avenant juste à la bonne place, la peau molle et replète des gros bébés qui n'ont jamais connu la bise sur les chantiers, le cul affaissé et mou d'avoir trop traîné dans des fauteuils de conseils d'administration. Joseph a connu Villepin, et quelques autres pointures qui n'aimeraient guère que cela se sache. Joseph, sur sa bonne bouille d'élu ni-droite-ni-gauche, tu lui donnerais le ministère de l'Économie sans confession. C'est bien là la gredinerie.

Car Joseph est un filou qui vit d'escroqueries internationales depuis plus de quarante ans. Il monte des arnaques improbables. Plus c'est gros, plus ça passe. En 68 il s'est fait des couilles en platine en prenant une camionnette, en la chargeant de produits frais, de pain, d'œufs, de lait, de pinard qu'il allait acheter à la campagne pour ensuite faire la tournée des barricades et alimenter les étudiants. C'était le seul capitaliste pro-révolutionnaire de tout Paris. C'était le début. Maintenant, il monte des carambouilles entre le Venezuela et Anvers, escroque des dictateurs africains, ourdit des martingales glandilleuses entre Israël et la Suisse.

Son plaisir, à Joseph, comme il dit toujours, c'est de « tordre des banquiers ». Tordre, comme on essore une serpillière pour lui faire pisser toute sa flotte. Eux, entre ses paluches expertes, c'est tout leur fric qu'ils pissent, les banquiers. Parfois, il jette aussi son dévolu sur les notaires, et les gros patrons d'entreprises, les énarques, les polytechniciens…

Je le laisse parler. L'occasion est peut-être bonne pour tenter un morceau de cours sur l'utilitarisme. Sur John Stuart Mill. J'aimerais les mettre face à cette question de savoir si l'utilité est une valeur suffisante pour déterminer un mode de vie, une politique. Mais, mauvais karma, je n'arrive à rien. Sauf avec Joseph justement, qui croit s'échapper du questionnement, mais tombe les pieds en plein dedans :

Joseph était en train de tonitruer à qui mieux mieux, dans une ambiance de joyeux bordel. Les gars avaient oublié mon propos, je n'existais plus pour eux, et ils se distribuaient des médailles d'honorabilité – car après tout, d'être en prison n'empêche pas d'être innocent.

Et voilà mon Joseph la main sur le cœur, déclamant à la cantonade, d'une voix vibrante d'élu du cartel des gauches au moment de voter une subvention aux caves coopératives du Sud-Ouest :

– Je vais te dire, fils (il ne parle à aucun garçon en particulier, mais ça donne un côté biblique à ses déclarations, et il adore ça), je n'ai pas de sang sur les mains. Et j'ai toujours – tu m'entends bien, fils ? – j'ai toujours volé que les plus riches.

Éclats de rires moqueurs dans la carrée.

– Eh Joseph, t'as qu'à mettre des collants verts, un chapeau pointu avec une plume, et puis tu te mettras au tir à l'arc !

Joseph s'emporte. On dirait Marius au CAC 40.

– Sur mon honneur, fils, sur mon honneur, j'ai toujours volé des gens pleins aux as ! Des blindés de thunes ! Des salopards qui roulaient en Rolls, qui vivaient dans des châteaux ! J'ai toujours fait attention à qui je volais, moi… J'ai ma dignité, merde ! Je ne suis pas un salaud !

Puis, dans un murmure, Joseph ajoute :

– De toute façon, voler les pauvres, j'ai essayé, ça rapporte pas assez.

Joseph est un mec intarissable dès qu'il s'agit de raconter comment on carotte son prochain. Toujours prompt à rebondir sur les opportunités qui s'ouvrent à lui. La gruge, il l'a dans le sang. Un jour, il voulait prendre des vacances de prince à Marbella. Le pékin ordinaire, cornaqué par une agence de voyages, marne comme un bagnard pendant deux ans, ne compte pas ses heures sup, perd en alacrité ce qu'il gagne en picaillon, son chef de service lui gueule dessus, ses collègues le haïssent parce qu'il augmente la cadence et les oblige à manier la rame de galère à son rythme. Résultat : il paie deux fois plus d'impôts vu ce qu'il a gagné, et sa bourgeoise le cocufie avec son copain de régiment pendant qu'il s'use les yeux au bureau jusqu'à des heures pas permises et, cerise sur le gâteau, il finit dans le fossé un jour qu'il s'assoupit au volant d'avoir trop bossé sur un dossier la veille. Mon Joseph, lui, qui refuse de travailler, car on a sa dignité, merde, envisage les choses sous un autre angle. Il constate que l'écologie, c'est porteur. Le carambouilleur qu'il est a compris qu'une mission l'attend : celle de sauver la planète. Et de faire du pognon avec.

D'abord, à partir de Pâques, Joseph achète des espaces publicitaires dans pas mal de journaux. C'est le moment où les œufs de moustique commencent à éclore et que les pékins font leurs premières grillades dans le jardin et roupillent à la nuit la fenêtre ouverte. Premiers zonzonnements qui foutent le sommeil en l'air, premiers bubons mochetingues sur le front ou sur la paupière qui te fusillent le glamour pour un dîner en tête à tête. Les gogos se ruent en masse sur les bombes à asphyxier les maringouins. Mais comme la mode est à l'écologique et que Joseph est du genre futé, il annonce par voie de presse qu'il vend par correspondance le « premier insecticide révolutionnaire, 100 % écologique, qui protège la couche d'ozone, garanti sans produit chimique et fabriqué à partir de produits 100 % naturels ». Et pour être certain que le micheton gobe bien l'asticot, l'hameçon, la ligne et jusqu'à la poignée de la canne à pêche, il vend son insecticide écologique très cher. Si c'est à bas prix, les gogos n'achètent pas, car ils supposent qu'à ce prix, c'est de la mauvaise came. Si c'est cher, ils se disent, vu ce qu'ils mettent dedans, qu'ils vont en avoir pour leur argent.

Ensuite, il achète la matière première.

Et après, il commercialise à tous crins, en donnant l'adresse postale d'un pas-de-porte qu'il occupe le temps de la saison des moustiques. Il ne paie pas le loyer, mais il encaisse les chèques des massacreurs de moustiques écologiques, par brouettes entières, dans une banque luxembourgeoise avec laquelle les clauses de confidentialité sont très correctes. À chaque vente, c'est vingt fois la culbute.

Au bout de trois mois, Joseph a amassé un méchant paquet de thune. Il n'a toujours pas payé le loyer. C'est la fin des moustiques. Le propriétaire menace de lui foutre l'huissier au cul. Quand l'huissier déboule, le bureau est désert. D'ailleurs il n'a jamais été occupé. Seule la boîte aux lettres a servi. Pendant ce temps, ma crapule verte avait mis les adjas, était allée au Luxembourg vider le compte et, depuis, se payait pour six mois de vacances à Marbella. Vive l'écologie ! Vive le développement durable ! Vive les moustiques !

Le secret de la carambouille ?… Joseph avait mis la main dans le Jura sur une société de fabrication de jouets en bois. La société fabriquait des poupées, des petits trains, des jeux de construction. Tout ça en joli bois d'arbre jurassien peinturluré de vif. Mais aussi des cuisinières tout équipées en casseroles de bois pour que les fillettes jouent à la dînette. Et pour pas que les garçons soient en reste, la société commercialisait aussi des petits établis de charpentier miniatures, avec des faux outils en bois, des fausses petites scies, des mignons petits tournevis, des petits marteaux en bois. Lui, le carambouilleur il commande au patron de la boutique rien que des petits marteaux. Il en commande un sacré pacsif, et les négocie à dix centimes pièce. Ensuite, il achète un brave tampon encreur tout ce qu'il y a de plus simple, à quinze euros, avec marqué dessus

« Frappez fort ». Il inscrit le truc sur les petits marteaux en bois, et il joint la notice explicative suivante :

En présence d'un moustique, utilisez notre insecticide 100 % naturel en visant entre ses deux yeux.

Il n'y a pas eu tellement de plaintes que ça. Les écologistes sont fair-play. Et les moustiques en vrombissent encore de plaisir.

Joseph pontifie. Il aime ça et ça le fait, avec sa bouille d'élu de centre-droite attaché au cabinet du ministre des Finances. Mais son arnaque à l'antimoustique est broutille. Il a bien sûr tapé plus fort. Escroqué Mobutu. Mais de ça, jamais il ne veut causer, car la contumace n'est guère usitée dans le droit coutumier africain. Par contre, il aime raconter l'arrivée de Bouteflika en Algérie, l'apparition d'une nouvelle élite, superficielle et parvenue, qui voulait singer l'Occident.

– À l'époque, tout le monde voulait son terrain de golf.

– Son terrain de golf ? reprend, incrédule, JP.

JP le marin, le vrai sans-domicile fixe, a fait sept fois le tour de la Terre et fait dans l'import-export de tout ce qui s'importe et s'exporte. Qu'on veuille posséder un bout de terre, c'est déjà pour lui quelque chose d'inconcevable. Mais qu'on veuille s'en servir pour y pousser une baballe dans un trou avec une canne en fer, c'est le summum du ridicule.

Il continue en s'esclaffant :

– En plus, des terrains de golf, en Algérie, va en trouver, toi !

Joseph répond, d'une voix pateline, en touillant son café.

– J'en ai trouvé, moi. J'en ai même vendu.

JP n'y croit pas :

– Vendu ? Vendre des terrains de golf en Algérie ?

Joseph pose sa cuillère. Il jubile rien qu'à se souvenir de l'entourloupe.

– Je vais t'expliquer, fils.

Il écarte les bras comme pour mesurer un immense panneau invisible.

– D'abord t'achètes des espaces publicitaires. T'achètes les plus gros que tu peux trouver, juste à la sortie des quartiers résidentiels des membres du gouvernement, de la nouvelle élite. Et dessus, tu fais peindre un golf magnifique, tout vert, avec Tiger Woods en premier plan, et une fille en bikini rose qui conduit le petit chariot pour ramasser les balles. Et tu marques en lettres énormes, « VOUS AUSSI DEVENEZ PROPRIÉTAIRE DE VOTRE PROPRE TERRAIN DE GOLF », et tu laisses l'adresse et le numéro de téléphone.

– Et les gens mordent à l'hameçon ? demande le marin.

– Écoute-moi bien fils. Tu négocies rien au téléphone. Tu invites les gens au bureau. Et là tu leur montres des plans, des maquettes, tu les fais bien baver avec les collines, les petites cuvettes, l'arrondi des pentes, le modelé du paysage. Et quand ils sont très intéressés, qu'ils se voient déjà à pousser la baballe dans le troutrou avec la canne en fer, tu leur proposes deux formules. D'abord une formule affreusement chère. Personne ne peut se la payer ; tu l'as fait exprès. D'ailleurs elle n'existe pas. Le but, c'est de décevoir les espoirs que tu avais pu susciter en eux. Ils tirent la gueule. Tu compatis, et tu fais celui qui est autant emmerdé qu'eux. Alors de ton chapeau, tu sors une autre formule. C'est la seule qui existe vraiment. Tu leur dis qu'ils auront toujours le même terrain de golf, avec exactement la même superficie, pour un prix beaucoup plus raisonnable. Effectivement, c'est très raisonnable, c'est même donné. À ce prix-là, les gens achètent tout de suite.

– Mais y a quand même un loup ? demande JP.

– Bien sûr, mais tu ne le caches pas. Au moment de proposer le second contrat, tu précises qu'à ce prix-là, c'est à eux de faire pousser le gazon. Les frais de jardinage sont à leur compte. Généralement, vu le prix, les gens acceptent quand même.

– Et alors ?

– Et alors, rien. Ce n'est pas un loup. C'est à eux de s'occuper du gazon.

– Eh bien alors ? demande JP, dubitatif, je vois pas où est la carambouille.

Joseph reprend sa cuillère et la suçote d'un air gourmand. Il s'étouffe de rigolade.

– Je leur ai vendu un bout du désert.

Voilà ma bande. Un fourgue algérien à la délicatesse tout orientale, un fournisseur de poudre pour la jet-set, un cow-boy de débit de boissons, un marin au long cours, un rappeur Tapedur, et trois tontons flingués. J'allais pouvoir m'amuser en attendant que Leïla veuille bien réapparaître.

XII

Retrouvailles (quasi)

Voilà. Je m'installe presque dans la routine. Je viens aux Baumettes, sérieux et appliqué. Je mets un programme au point, une progression philosophique, histoire que mes loustics parviennent peu à peu à penser leur condition, à l'envisager de nouvelle manière. Et puis, là, à Marseille, je ne suis pas connu comme le loup blanc. La grande trêve des combats et des paris clandos que j'ai décrétée et mon éloignement de Nîmes, la plaque tournante des clandos, tout cela m'a permis de me faire oublier. Je circule dans les couloirs et les coursives, tranquille, en brave anonyme. Je sens que les mecs me toisent comme un vulgaire cave, quelque chose comme un travailleur social ou un bénévole, et cela me convient à merveille. Impliqué dans aucune embrouille, à tu et à toi avec aucun cabosseur, ne vivant chichement que de rentes octroyées par le budget européen de la culture en prison, je mue lentement.

Aujourd'hui, à la pause, Kamel se penche vers moi et me demande, l'air de rien, à mi-voix, si je voudrais pas faire un cours, un de ces jours, sur ce que c'est qu'être un homme. La question me surprend. Et réflexion faite, je la trouve très bonne. On peut aborder la question sous deux angles qui sont tous deux très intéressants.

D'abord, se poser la question de ce qu'est un être humain, ce que c'est d'agir avec humanité, puisque seuls les hommes, par définition, en sont capables. Ça pose à la fois la question de la relativité des mœurs et de l'universalité de la pitié. Je me vois déjà sur ce sujet en train de rousseauïser à mort. Que du bonnard.

Ensuite, se poser l'autre question, de savoir ce que c'est qu'être viril. Parce qu'au-delà de la question sexuelle qui ne manquera pas de débouler dans cette ambiance de corps de garde, la question fondamentale, au-delà même de la question du genre qui ne recoupe pas celle du sexe, au-delà de ces questions qui sont toujours embarrassantes à aborder en prison, il y en a une autre : qu'est-ce qu'être viril, autrement dit, qu'est-ce qu'agir en homme ? On ouvre sur la question de l'honneur, de l'éthique, de la maîtrise de soi. Il y a une belle réflexion de Marc Aurèle sur ce sujet qui explique que l'homme viril est l'homme suffisamment fort pour choisir la douceur... C'est joli.

Donc, à Kamel, je lui dis :

– Ben c'est une bonne idée.

Mais toujours, avant de partir sur une proposition d'un détenu, savoir d'où ça vient. On ne sait jamais. Il y a peut-être des choses qui peuvent heurter des sensibilités. Toujours être un petit peu parano en prison. Je lui pose donc la question. Il sourit :

– Je veux bien te raconter, mais promets de garder le silence.

Je promets. Il raconte.

L'administration pénitentiaire ne joue pas la mijaurée : elle tient à jour des statistiques ethniques pour s'assurer de la paix raciale dans les prisons de la République. Elle met les Gitans entre eux, les Noirs entre eux, les Corses entre eux, les Russes de même, les Arabes pareillement. Et parfois elle se permet des arrangements géographiques plus subtils encore.

C'est le cas pour Rédouane et Kamel. Avant la prison, ils ne se connaissaient pas. Maintenant, ils découvrent qu'ils sont tous les deux d'Alger. Mais hormis ce détail, peu de choses les rassemblent. Une génération les sépare. Rédouane est un tout jeune mec, baraqué comme un taureau, impulsif, bavard, grande gueule. Kamel est un type fin et discret, qui compte sur ses tempes grisonnantes pour tomber les minettes là où Rédouane roule des tonnes de muscles sous sa peau de pain d'épice. Rédouane ne connaît pas la prison, alors que Kamel y a pris ses habitudes ; le premier écoute du rap à tue-tête quand l'autre essaye de lire des romans de Tahar Ben Jelloun ; Rédouane porte un survêt Reebok impeccable d'un blanc explosif alors que Kamel préfère le confort et le jais des pulls Zara ; le premier a assisté à un concert de La Fouine qui déchirait grave, tandis que le second chantonne sur des vieux enregistrements d'Oum Kalthoum ; le premier est fixé sur M6 pour choper des clips où des salopes se tortillent en bikini sur des capots de bagnole, le second aimerait bien se regarder le *Thema* d'Arte sur Al-Andalus et le règne d'Abderrahmane III. Mais enfin, suppute l'administration pénitentiaire, ils sont d'Alger tous les deux, et donc ils ont certainement des tas de choses à se dire, enfermés qu'ils sont, vingt-quatre heures sur vingt-quatre, dans neuf mètres carrés.

Rédouane est comme un lion en cage depuis qu'il vient d'arriver. Il y a une heure qu'il a posé son paquetage d'entrée (couverture, bassine en plastique, pyjama, un feuille-à-feuille de PQ, tout le merdier, et au milieu de tout ça, mystérieusement, *un* préservatif, et un seul). Et depuis il vocifère, s'indigne et s'énerve. Kamel a posé son bouquin de Tahar Ben Jelloun, il a retiré ses écouteurs. Il a sorti son paquet de clopes, il s'en est allumé une, et il s'est allongé sur son plumard, les mains derrière la nuque. Il fait semblant d'écouter Rédouane, mais derrière l'écran de fumée, il écoute les bruits des autres cellules, les mecs qui s'appellent d'une fenêtre à l'autre, et qui se parlent en tendant un miroir dehors pour s'entrapercevoir. D'autres jeunes mâles en chaleur qui sifflent une jeune femme élégante qui passe dans la cour. Il a écouté, au-delà du brouhaha et des geigneries de Rédouane, le mistral qui descend en bourrasque de la Baume et qui froisse et soulève les sacs plastique crucifiés aux barbelés, les mouettes qui piaillent et se chamaillent sur les tas d'ordure dans la cour de promenade, les chats qui miaulent et feulent le long des toits. Rédouane, qui ne connaît pas encore beaucoup de choses de la vie, croit que l'immobilité est une passivité, et que Kamel l'écoute et se contente de l'écouter. Alors il libère son moulin à paroles et il raconte toute sa vie en une heure. Kamel attendait cela. Il sait qu'ensuite Rédouane n'aura plus rien à dire, et que lui, Kamel, il pourra reprendre son Tahar Ben Jelloun et continuer à chantonner avec Oum Kalthoum.

Rédouane raconte.

Il y avait à Alger un grand bordel, qui était tenu par Moktaria Ben Saïd, la grand-mère de Rédouane. C'était une bonne femme sèche, tout en os, avec des hanches à angle droit qui saillaient sous ses robes grises et qui parlait avec une voix de crapaud. Pendant la guerre, en tant que mère maquerelle, elle avait tenu un BMC – un Bordel militaire de campagne – de l'armée française. En 62, à l'Indépendance, elle dut son salut aux bonnes relations qu'elle entretenait avec le Mouvement de libération. Après tout, colonisés et colonisateurs avaient le même goût pour le stupre. Sur présentation de la carte du parti, tout membre du FLN se voyait offrir une remise et au bout d'un certain nombre de visites, Moktaria lui proposait de menus présents venus du marché noir – cigarettes, ouiski, places de spectacle… Elle sut donc conserver son commerce de pain de fesse et le faire prospérer avec l'intelligence habile d'une femme d'entreprise. Moktaria eut une fille, qu'elle appela Fatima, car elle avait de la religion. Quand Dieu rappela Moktaria à lui, elle monta au paradis, où elle employa certainement tout son savoir-faire avec les soixante-dix vierges promises à chaque martyr. Pendant ce temps, sur Terre, ce fut Fatima qui eut en charge la direction de l'établissement.

Fatima Ben Saïd, comme sa mère, ne s'en laissait guère conter. Elle reprit les affaires maternelles avec une main de fer dans un gant du même métal. Dans ce pays aux mœurs patriarcales opiniâtres, les hommes jalousaient la puissance de Fatima. Puissance financière d'abord, car tout ce qui était gagné par ses filles était aussitôt réinvesti dans l'aménagement et l'agrandissement du claque et dans l'amélioration du cheptel humain qu'elle mettait à disposition des michetons. Le bar américain en Formica qui ornait le salon d'entrée du temps de sa mère fut troqué contre un juke-box. Les lourdes tentures marchandées par sa mère à des

Touaregs furent arrachées par Fatima qui fit poser des lés de velours cramoisi. Elle installa aussi l'électricité, mit l'eau courante et des bidets en faïence dans chacune des chambres. Elle recruta des filles qui étaient capables d'entretenir une conversation charmante avec la clientèle. Le temps des bergères boiteuses était révolu, Fatima affinait le profil de son offre, allant jusqu'à recruter toutes les couleurs de peau. Les Algérois se pressaient à sa porte à chaque nouvel arrivage, et on parle encore du jour où débarqua « l'Américaine », une rousse à la peau pâle, à la taille provocante, aux yeux d'un bleu céruléen, qui disait venir de l'Arkansas. Elle était plus vraisemblablement berbère, des hauts plateaux de l'Atlas, mais épiçait ses passes d'un anglais rudimentaire que Fatima lui avait fait apprendre par cœur.

Elle sut développer aussi son influence sur le terrain politique. Elle s'était arrangée pour utiliser l'entrejambe de ses filles à des fins d'entregent. Des gens des consulats et des ministères, des commerçants et des industriels se croisaient dans ses salons. L'endroit était idéal pour négocier en toute discrétion des accords politiques et commerciaux. Fatima était très attachée à la garantie de confidentialité de tout ce qui pouvait se passer entre ses murs et ses draps. Lorsque la vague de l'islamisme frappa le pays, elle put être épargnée par les courroux vengeurs de ces nouveaux moralistes, puisque les mêmes qui, le jour, juraient par le Coran, la nuit, se retrouvaient pour connaître le repos du guerrier. Le bordel de Fatima était devenu un sanctuaire, une enclave à la neutralité suisse entre toutes les factions qui se déchiraient.

Fatima n'aimait guère les hommes, autrement que pour leur argent. On ne lui connaissait pas de mari, pas d'amant, encore moins de protecteur. Elle eut un fils, cependant, d'un homme de passage, un beau ténébreux qui vivait d'expédients et de rapines. La légende urbaine raconta qu'elle fit l'enfant à son insu et qu'il ne fut pas informé de son nouveau statut de père. Et d'ailleurs, sitôt le fruit mis au ventre de la mère, le père dut fuir le pays, poursuivi qu'il était par le sort, la police ou quelques maris cocus.

Elle eut donc Rédouane, héritier sur lequel elle comptait pour tenir la maison pendant ses vieux jours. Las ! Comme dit Ibn Rushd, les voies du Très Haut et du Très Miséricordieux sont au-delà de notre compréhension. Autant il coulait dans le sang de Fatima de la fierté rebelle et ombrageuse, autant il coulait dans les veines du jeune Rédouane Ben Saïd de l'indolence lascive et beaucoup d'orgueil immérité. Rédouane avait vite compris qu'il avait été conçu pour reprendre l'affaire du plus grand claque d'Alger. Il croyait donc que tout lui était dû. Sa jeunesse se passa dans la paresse la plus complète, et l'arrogance de celui qui croit être arrivé alors qu'il n'est pas encore parti. Mauvais fils, mauvais garçon, il dilapidait tapageusement l'argent maternel, attendant l'âge de sa majorité pour entrer, triomphal croyait-il, dans le monde des adultes. Au jour de ses vingt et un ans, il demanda audience à sa mère dans le salon rouge, le salon qu'elle réservait aux négociations occultes entre les membres du gouvernement et la classe politique française.

– Ma mère, dit-il en basculant la tête en arrière afin de mettre en avant son menton épais et ses lèvres charnues, comme il l'avait vu dans *Le Parrain*, ma mère, je suis devenu un homme aujourd'hui. Et comme c'est l'homme qui tient la maison, à partir d'aujourd'hui, tu vas me donner les livres de comptes de la maison, les carnets de santé des filles, et toi tu pourras passer tes journées à faire le shopping, à aller au hammam ou ce que tu voudras. Je suis le seul homme dans la maison. Par conséquent, c'est moi, à compter d'aujourd'hui, qui commande.

En guise de livres de comptes et de clefs du bordel de sa mère, Rédouane n'eut droit qu'à une paire de baffes monumentale qui retentit jusqu'au bout de l'avenue Abdelkader.

– Hors de ma vue, chien fils de chien ! Bougre de con ! hurla Fatima en pointant de son bras la porte, toute ma vie je me suis battue contre les mâles de ton espèce, qui ne supportent pas qu'une femme décide, choisisse et agisse ! Et j'ai mis au monde un fils, moi, qui veut me renvoyer au gynécée ?! Jamais ! Tu n'es qu'un blanc-bec, un pauvre imbécile qui ne sait rien d'autre que fumer le narguilé, jouer aux dominos, boire de l'anisette en cachette de l'imam et essayer de monter avec mes filles en évitant de payer ! La honte soit sur toi, Rédouane Ben Saïd ! Ce n'est pas parce qu'une paire de couilles te pend au cul que tu es un homme, bougre de con ! Reviens-moi quand tu seras vraiment un homme et on reparlera !

Et elle le jeta dehors.

Rédouane, on s'en doute, fut un peu meurtri par une telle mise au point. Dans sa cervelle étroite et enfumée de fainéant fumeur de shit, il avait une piètre idée de ce que pouvait être un homme. Il lui avait semblé que l'homme était tout entier contenu dans son slip, et il devait maintenant revenir sur cette évidence première. Mais où trouver un modèle de virilité qui ne soit pas lié à la saillie ? Doté d'une sensibilité grossière, ne connaissant que les films de guerre et les programmes de cul des chaînes occidentales qu'il captait par satellite, Rédouane estimait qu'il n'existait pas d'homme plus viril au monde qu'un flic, avec un uniforme bleu marine impeccablement repassé, des lunettes à effet miroir, et un flingue énorme et brillant comme un camion de pompier. L'arme, surtout, lui semblait inconsciemment une variation intéressante du phallus que sa mère paraissait honnir. Et puisque celle-ci ne voulait plus qu'il pensât avec sa bite, le substitut était tout trouvé. Il s'engagea donc dans la police nationale algérienne, fit ses classes, toucha un magnifique uniforme de cérémonie, avec veste, pistolet, képi et fourragère, et s'en revint un beau jour frapper à la porte de sa mère.

Quand elle vit son fils accoutré ainsi, Fatima ne daigna pas le recevoir dans le salon rouge, pas même dans l'antichambre où trônait le piano à queue. Elle se contenta de l'insulter copieusement au seuil du bordel, tandis que lui, qui avait appris la discipline à la caserne, se contentait de rester, les yeux comme deux ronds de flan, les bras ballants, immobile.

– Bougre de con ! lui hurla Fatima, je t'ai dit de revenir à la maison quand tu serais un homme ! Et comment tu me reviens, chien fils de chien ? En policier ! Mais bougre de con, les policiers sont tellement bons à rien qu'ils passent leur temps à aller au bordel, à boire du ouiski, à fumer des cigarettes de contrebande et à racketter les voleurs ! C'est des voleurs si nuls, qu'ils se contentent de voler les voleurs ! S'ils avaient un peu de talent, les policiers se mettraient à voler eux-mêmes ! Mais non, ils sont trop cons ! Et toi, de tous ces cons, tu es le plus con !

Sitôt la diatribe achevée, Fatima retourna une nouvelle paire de claques à son abruti de fils, qui retentit jusqu'au bout de l'avenue Abdelkader.

– La honte soit sur toi, Rédouane Ben Saïd ! Reviens-moi quand tu seras vraiment un homme et on reparlera !

Rédouane s'en retourna, accablé, à la caserne, pleurant comme un veau dans son bel uniforme à calot et fourragère, soupesant son arme de service et annonçant qu'il allait se foutre un pruneau dans la cafetière. Le lieutenant-colonel de la brigade, qui aimait bien Rédouane mais qui craignait encore plus sa mère, l'invita à son bureau, lui offrit un café brûlant, une cigarette et l'interrogea.

Le pauvre Rédouane, en larmes, lui narre tout par le détail. Le lieutenant-colonel, sensible, lui demande s'il préfère un poste dans un autre ministère. Il peut lui trouver une place au ministère de la Justice, ou au Tourisme, avec un grand bureau, des baies vitrées et de la moquette, un ordinateur à écran plat, un 4 × 4 et une secrétaire blonde. Mais Rédouane est inconsolable. Il lui annonce qu'il quitte la police nationale.

– Et pour quoi faire ? demande le lieutenant-colonel qui a des enfants et qui connaît la difficulté de trouver un premier job.

– Pour faire voleur. Je vais montrer à ma mère que j'ai des couilles au cul.

Le lieutenant-colonel est embarrassé. Il l'explique à Rédouane. Il lui suggère de s'engager dans la carrière de voleur dans une autre ville qu'Alger. C'est une question d'honneur pour la caserne : on n'arrête pas un ancien collègue. On jaserait. Rédouane comprend très bien. L'officier se lève, invite Rédouane à le suivre. Ils vont ensemble vers une carte de l'Algérie punaisée au mur. Il faut trouver à Rédouane une autre ville pour débuter sa reconversion professionnelle.

– Tamanrasset ?

– Trop loin.

– Oran ?

– Le marché est saturé.

Rédouane pointe une ville sur la carte.

– Et là ?

Le lieutenant-colonel fronce des sourcils.

– Ce n'est peut-être pas le meilleur choix. C'est à la fois loin et saturé.

– Je veux y aller.

C'est la première fois que Rédouane est animé d'une résolution forte. Le lieutenant-colonel est dubitatif mais il respecte sa volonté.

Rédouane ira donc à Marseille.

Quinze jours après, il échoue aux Baumettes, dans la même cellule que Kamel.

Pendant tout le récit de Rédouane, Kamel est resté allongé. Il s'est drapé dans la fumée bleutée de ses cigarettes et a regardé Rédouane en train de vociférer contre sa mère, à travers les verres de ses lunettes cerclées d'argent, les yeux mi-clos.

– Tu te rends compte, s'exclame Rédouane encore hors de lui, tournant et retournant dans le couloir d'un mètre sur deux entre le lavabo, les chiottes et la fenêtre, tu te rends compte ! Tout ce qu'elle trouve à dire à son fils unique, ma mère, c'est que je ne suis pas un homme ! Qu'est-ce qu'elle veut de moi ? Quand je mets l'uniforme, elle n'est pas contente ! Quand je fous la misère à ceux qu'ont l'uniforme, elle n'est pas contente non plus !...

Il s'arrête d'un coup, comme stoppé par un mur invisible. Il pointe son index comme s'il prenait le ciel à témoin.

– Je vais te dire la vérité, Kamel, la vérité sur ma mère, c'est qu'elle n'aime pas les hommes.

Et sa main part à l'horizontale, comme une lame de yatagan castratrice, vengeresse et définitive.

Kamel souffle un peu de fumée bleutée vers le plafond. C'est la première fois qu'il ouvre la bouche. Sa voix chante plus qu'elle ne prononce :

– Un bon fils ne doit pas parler comme ça de sa mère. Ta mère a au moins aimé un homme, le temps d'une nuit peut-être, ou d'une étreinte. Mais il a bien fallu qu'elle l'aime, pour te concevoir avec lui.

Rédouane écoute à peine. À l'évocation de son père, il repart de plus belle :

– Et lui, mon père, c'est pareil ! Pourquoi il est parti pour me laisser tout seul avec elle ?! S'il était devant moi, ma parole, sur le Prophète, je lui dirais toute ma façon de penser ! Il aurait pu m'expliquer ce que c'est qu'un homme !

Kamel change de position sur le lit. Il tient sa cigarette toute droite, en équilibre entre les premières phalanges de son majeur et son index, et contemple la colonne de cendre qui achève de se consumer. Le fragile équilibre menace à chaque instant de se rompre.

– Peut-être que, de là où il est, ton père t'entend, Rédouane.

– Ah ouais, dit l'autre, amer, et qu'est-ce qu'il en penserait, de ce que je raconte ?

Kamel ne quitte pas la colonne de cendre des yeux, parfaitement verticale. Il soupire, et cela suffit pour que la colonne tombe en une minuscule pluie de poussières grises sur sa poitrine. Mais Kamel a eu juste le temps de glisser son autre main dessous, en coupe. Il récupère toutes les cendres, s'assoit sur le bord de son lit. Kamel regarde enfin Rédouane dans les yeux par-dessus ses lunettes à monture d'argent. Il lui fait un grand sourire las, et il frappe dans ses mains. Un nuage de poussière s'élève entre les deux hommes.

– Peut-être qu'il se dit que son fils sera vraiment un homme quand il arrêtera de le soûler avec ses histoires.

Perdu dans les pensées, je quitte la prison.

– Alors, tu me snobes ?

Cette voix, je la reconnaîtrais entre mille. Elle me fout le toquant à l'envers. Je lève les yeux. Leïla, bien sûr, de l'autre côté de ma voiture. J'avance. Elle rit et passe sa mèche rebelle derrière son oreille. Je sais pas si je dois l'embrasser, lui serrer la patte, lui demander si ça va de loin. Mais c'est magnétique et la décision ne m'appartient pas : mes deux mains se sont posées au-dessus de ses hanches et j'avance mes lèvres pour l'embrasser. Je rencontre sa main menue et chaude sur mes lèvres. Souriante et espiègle, elle s'aide de l'autre pour s'échapper de mon étreinte.

– Je n'ai pas beaucoup de temps.

– Alors on va au café de l'autre fois ?

C'est un sinistre café dans ma mémoire ; en même temps, est-ce que j'ai le temps de dire quoi que ce soit ? Leïla est déjà partie en avant. Elle jette un regard par-dessus son épaule.

– Tu viens ?

Bien sûr je viens, j'accours, je vole… Mais j'ai quand même l'impression d'avoir quinze ans et de suivre la copine à ma grande sœur.

Nous voilà rendus. Leïla commande un café-verre d'eau.

– Qu'est-ce que tu prends ? Tu rêves ?

– Euh… Pareil… Café.

On a parlé de la nouvelle équipe que j'avais touchée. De son poste, qui était toujours un CDD. Mais elle avait réussi à trouver d'autres heures ailleurs. Qu'elle ne s'inquiétait pas, parce qu'il y avait toujours des leçons de piano à donner à des gens seuls. Une vague et confuse bouffée de jalousie. Elle a dû le sentir. On a vite parlé de la circulation à Marseille… Des travaux en bas du Prado… La conversation s'étiolait… Je peux te prendre ton sucre ?… Oui, vas-y, je t'en prie… Ma main effleure la sienne… Même ses ongles sont doux… Elle sourit… Pitié, pourvu qu'elle ne passe pas sa main dans ses cheveux ou je saute par-dessus la table et je la prends, là, à cru, sur la banquette en Skaï… Non, elle se recule, pose chaque main à plat sur la banquette, se cambre un peu, inspire. Je pense qu'elle va parler de choses sérieuses, mais j'ai du mal à ignorer ses petits seins.

– Tu aimes la corrida ?…

Je ne m'attendais pas à celle-là. À la vue de ma tronche, elle se corrige elle-même :

– Je commence mal, pardon… Tu retournes à Nîmes ? À la maison d'arrêt.

– Régulièrement.

– Bon… À Nîmes, ils sont en train d'organiser un truc délirant. Une corrida sans mise à mort sur le terrain de foot de la prison… Pour l'instant, c'est à titre de projet… Dans le cadre de l'insertion…

Je manque d'éclater de rire… Qu'est-ce que c'est que cette connerie ? Je savais que Nîmes était une ville folle de traditions taurines, et qu'on en massacrait, des troupeaux entiers pendant la feria, que les Nîmois se ruaient à la boucherie pour en avoir un morceau, de bidoche bien sanguinolente, toute frémissante encore, de la bête tuée, avec les banderilles encore plantées dedans. Je savais les Nîmois capables de tout dès qu'il s'agissait de tuer un gros herbivore à l'arme blanche, mais de là à ne pas se contenter de trucider l'animal sur le sable des arènes et de mettre en scène la comédie dans une prison… Et puis d'un coup, il me prend une grande angoisse… Que Leïla soit dans un truc anticorrida, et qu'elle me demande de libérer le taureau ou je ne sais quelle auguste connerie, de prendre en otage la conseillère psy de l'établissement pénitentiaire, de menacer de lui piquer des banderilles dans le cul si on ne libère pas immédiatement le camarade taureau !… Qu'on apporte une bétaillère avec le plein de deux ou trois tonnes de fourrage !… Qu'on libère Minos, de la ganaderia Valdez, ou je fais un malheur de cette femme !…

– Oui, je sais, elle dit, c'est du grand n'importe quoi. N'empêche. Pour donner l'impression que c'est sérieux, ils vont recruter des intervenants extérieurs, des matadors, des écrivains, des photographes, pour briefer les détenus qui sont volontaires. Leur expliquer les règles de l'art.

– Mais en quoi ça me concerne, moi, les taureaux ? J'y connais rien…

– Tu as la cote là-bas. Fais-toi connaître auprès de la bibliothécaire de la prison. Elle participe à l'organisation de la manif. C'est dans ses locaux que les interventions ont lieu, parce qu'elle met des bouquins qui traitent du sujet à disposition des mecs… Dis-lui que tu veux intervenir, à propos du courage, de la prise de risque, du danger… Trouve un titre avec ça. Mets bien la notion de danger en avant. Et il faut que tu développes l'idée que le vrai courage, c'est pas le courage physique en tant que tel, c'est le courage physique pour des idées…

– C'est tout ce que tu me demandes ? C'est ça le test de la dernière chance pour voir de quoi je suis capable ?

J'étais un peu vexé. Ça avait l'allure d'un bizutage, ce que me proposait Leïla.

– Attends. Au cours de ta conférence, tu chercheras dans l'auditoire un type, la trentaine, blanc, cheveux bruns, bien bâti, les yeux tristes… Ou peut-être qu'il se fera connaître en allant directement vers toi… Il voudra un peu échanger avec toi sur le sujet.

– Comment il s'appelle ton type ?

– Marchand. Sergent-chef Marchand.

Là, c'était encore autre chose… Des bidasses en prison, c'était rarement pour du vol à l'arraché ou de l'escroquerie à l'assurance… Dans quel merdier j'étais en train de me fourrer, moi ? Mais Leïla continuait, indifférente à mon trouble. Elle commençait à parler un peu plus bas, son débit devenait plus haché, plus froid. Elle s'avançait assez près de moi :

– Marchand te parlera sans doute. Ou sinon, toi, tu essayeras de le faire parler. Il faut que vous entriez en contact, que vous vous reconnaissiez l'un et l'autre comme proches sur le plan des convictions.

– Mais quelles convictions il a ton bidasse ? Et moi, j'en ai, des convictions ?

Elle s'est reculée au fond de la banquette. Sa réponse a fusé, cinglante :

– Eh bien le voilà le moment de vérité, pour toi… Est-ce que l'intello est capable d'avoir autant de couilles et de conscience politique qu'un brave fantassin de l'armée française ?

– Qu'est-ce que tu veux dire ?

– Marchand était au Tchad en 2008. Il te racontera. Il a reçu des ordres pour maintenir le colonialisme français sur le peuple tchadien. Il a refusé d'obéir. Comme ils n'ont pas réussi à le fusiller puisqu'il était ressortissant français, ils l'ont enfermé dans leurs prisons. À côté des prisons tchadiennes, les Baumettes, c'est un palace cinq étoiles. Marchand est resté droit comme un I, à refuser de se taire, à dénoncer la politique néocoloniale de la Françafrique. En fin de compte, des camarades ont fait suffisamment de pression. Je ne rentre pas dans les détails, c'est pas la peine que tu saches… N'Djamena l'a extradé. Il est revenu chez nous, à Nîmes. Mais on ne peut pas le laisser comme ça. Il faut l'aider.

– Il a bien un avocat ?

– Il faut l'aider, elle a répété avec dureté. Il n'est pas encore tiré d'affaire.

– Bon. Et c'est quoi, mon job ?

– Pour l'instant, phase un. Contact. Tu établis un contact avec lui. Il doit t'identifier comme un allié, comme un relais du RFC en France.

– Du quoi ?

– Du RFC, Rassemblement des forces pour le changement. Trois mille rebelles en armes, pour renverser le dictateur Déby et ses alliés français.

– Mais je ne suis pas du RFC, moi !

– À partir du moment où tu bosses avec moi, tu es solidaire des rebelles RFC.

– Bon, j'ai dit en déglutissant… C'est dans mes cordes…

Je reprenais espoir. Je m'attendais à un test pire. Rencontrer un bidasse idéaliste et lui dire que le parti d'opposition en exil ne l'oubliait pas, c'était quand même pas trop dur. Même si tout ça se jouait contre une lointaine dictature africaine maintenue au pouvoir avec l'appui militaire de la France. Leïla s'est levée. Apparemment, tout était dit. Tant mieux… C'était moins difficile que de libérer un taureau et de partir en cavale avec lui… Je la sentais bien, moi, cette petite mission…

– Quand même, je suis épaté que tu sois proche du… RFC. Tu parais pas, comme ça…

– Qu'est-ce que tu imagines ? Qu'il faut être noire et danser avec un pagne en peaux de banane pour rejoindre un mouvement de résistance tiers-mondiste ?

– Me prends pas pour si con, j'ai dit, vexé et boudeur, seulement je croyais que tu étais branchée uniquement sur l'illégalisme à la française…

– Tous les combats de tous les opprimés sont les miens.

Elle s'est levée, m'a claqué une bise sur chaque joue.

– Une dernière chose, j'ai dit.

– Oui.

– Et ensuite ?

– Ensuite, tu viens au rapport, et on engage la phase deux.

Ah, il y avait une phase deux… Bien sûr… Je me demandais ce qu'elle mijotait. Quand j'ai relevé les yeux pour en savoir plus, elle était déjà dehors. Je me suis levé, un peu maladroitement. J'ai croisé le regard du patron du rade. Il m'a apostrophé :

– En sortant, n'oubliez pas de régler aussi le café de la petite dame.

XIII

Gniouf corrida

J'avais devant moi une quarantaine de détenus dans la petite bibliothèque de la prison, des mecs attentifs et bienveillants, patients. Ils étaient tous venus pour écouter mon intervention sur un sujet tout simple : « Qu'est-ce que le courage ? »

Le truc porte assez bien sur l'auditoire… Je les sens quand même plutôt concernés. Ceux qui sont venus ne sont pas des andouilles : ils n'ont pas peur de la réflexion, pour avoir suivi un tel cycle de conférences. Et dans le même temps, ils ont eu maille à partir avec la justice et les tribunaux, puisqu'ils sont là… La question de la vérité est centrale pour eux : combien d'aveux, de mensonges, de retours sur déclarations, de témoignages, de rétractations ont pu les mener là où ils sont… La question de la vérité est centrale, et pas simplement pour des montages de stratégie d'avocat. Elle est centrale par rapport à eux-mêmes… Où en sont-ils de leur rapport à la vérité ? De quoi essayent-ils de se convaincre, encore ? De leur innocence ? Que d'autres sont plus coupables qu'eux et jouissent de l'impunité ? Jusqu'où sont-ils capables d'aller dans le dénuement face à la vérité de leur conscience ?…

C'est le moment des questions. J'y réponds, mais je prends un peu plus la peine de scruter mes gaillards.

Où est le sergent-chef Marchand ?… Il ne doit pas être compliqué à identifier… Sauf que des grands, bruns, jeunes, bien baraqués et tristes, il y en a quelques-uns… Mais vite, j'avise le seul gonze qui prend des notes, sur un grand calepin. Il les prend, ses notes, avec soin, au crayon à papier. Il va les recopier ce soir dans sa cellule, c'est sûr… Il est très méticuleux, place des grands un et des petits deux, des alinéas et des soulignements… Une telle maniaquerie sent la vie de caserne… Voilà mon loustic…

Fin des questions. Il est temps, elles tombaient dru… Le pot de l'amitié ? on boit un coup ? demande Popeline Tartiflette, la bibliothécaire… Ah ben oui !… Tu dois avoir soif… Avec ce que tu causes… Elle sort de derrière son bureau grenadine et orangeade, Banga et Pulco… Ouh la fête ! On se lève, on discute décontractés, on plaisante… Je présente un peu l'atelier philo… Je me dirige, petit à petit, vers le type que je pressens être le sergent-chef. Les travaux d'approche ne sont guère compliqués parce qu'il en fait de même. On s'aborde, polis :

– J'ai bien aimé ce que vous avez expliqué… Si si, franchement.

Précautions oratoires et ronds de jambe rhétoriques. Je rentre dans le jeu, le remercie, confus. Il insiste, puis il reprend.

– C'est sûr que le vrai courage, c'est le courage de la vérité. Et je sais de quoi je parle…

– Ah bon…

– Oui oui, il m'est arrivé à peu près la même chose. Vous savez, le soldat qui s'interroge et qui décide de refuser le combat… Ça m'a conduit en prison, deux ans… Et pas ici en France… À N'Djamena, au Tchad… Alors vous comprenez bien, ici, c'est des vacances, un foyer socioculturel.

J'opine du bonnet, et avec un sourire entendu, je lui dis :

– Je sais. On m'a mis au courant.

Il lève un sourcil. Je continue.

– Sergent-chef Marchand ?

– Oui ?!

– On m'a parlé de vous.

– Qui ça ?

– Des amis communs. Des gens du RCF.

J'ai vu son regard s'éclaircir. J'ai continué, avec une mâle assurance.

– On va vous sortir de ce merdier, sergent…

Là, j'improvisais comme je l'avais déjà vu dans les films d'espionnage. J'ai redouté un instant d'en faire un peu trop, mais Marchand n'y a pas porté attention. Au contraire, il a commencé à me raconter ses armes, et le panier de crabes dans lequel il était tombé, deux ans plus tôt en 2008.

Marchand fut mobilisé pour rejoindre en appui les commandos des opérations spéciales, aux côtés de ses hommes en uniformes tchadiens, avec des légionnaires du 1er RPIMa pour être héliportés jusqu'au palais présidentiel et reconquérir, rue par rue, maison par maison, pièce par pièce, à la grenade et à la baïonnette s'il le fallait, les positions des rebelles. Il s'y refusa. Cela lui valut d'être mis aux arrêts et assigné à résidence dans les cantonnements de sa caserne.

Sa contestation n'était pas passée inaperçue. On murmurait qu'un sous-officier français avait osé désobéir. Le RFC se rapprocha de lui. Marchand était grillé, mais si un jour, il avait la chance de revenir en métropole, il pouvait être un bon relais d'opinion auprès des progressistes français. Le RFC lui fournit alors un dossier, le « dossier bleu ».

– Et ce dossier, je demande à Marchand, vous l'avez encore ?

– Bien sûr, il a dit en se rengorgeant.

– Et il y a des choses importantes ?

Il ricana avec amertume.

– Je suppose que ce sont surtout des articles de presse…

– Ouais…

Il cligna des yeux et regarda par la fenêtre… Sergent-chef Marchand, tombé dans un sacré guêpier… Il avait tout du lampiste… J'eus un petit élan de pitié pour Marchand : il misait si gros sur quelques papiers de journalistes tchadiens impliqués dans la lutte politique… Des gros titres, des sursauts d'indignation, des rumeurs… Mais quoi… Rien qui pouvait inquiéter la DGSE. J'avais le sentiment que ce ne devait pas être grand-chose… Et lui devait s'en rendre compte aussi à mon silence embarrassé.

En plus, un truc me chagrinait. Je lui posai la question :

– Mais euh, pardonnez-moi, mais comment expliquez-vous que vous soyez *ici* ?

Il a levé encore une fois son sourcil. J'ai précisé :

– Qui vous a permis de revenir sur le sol français ? Vous auriez pu croupir encore des années dans les geôles tchadiennes, non ?

À sa bouille, j'ai vu qu'il ne s'était même pas posé la question.

– Vous avez de la famille qui vous a aidé ?

Il a secoué la tête.

– Des politiques ?

Il a ri en silence et a regardé encore par la fenêtre.

– Peut-être que tout est en train de se tasser.

Je l'ai senti désemparé, à bout, fatigué d'être ballotté, ignoré. Il n'avait même pas l'étoffe d'être un martyr.

Je lui ai posé la main sur le bras.

– Écoutez Marchand, on garde le contact hein ? À la corrida, vous venez, hein ?

– Oui.

– Bon, on s'y reverra. Entre-temps, gardez le moral, d'accord ?

– D'accord, il a répété sans persuasion.

– On va vous tirer de là, soldat.

Mais, là, j'ai vraiment eu l'impression d'en faire un peu trop.

Quelques jours ont passé. Le temps d'organiser la corrida sans mise à mort... Enfin, le jour J... On entre sur le terrain de foot... Des arènes en ferraille montées autour d'une piste... J'hallucine... Une arène pour les filles, une pour les mecs, pour ne pas que ça se mélange, que ça se pelote et que ça finisse par des coups de poing sur la gueule ou alors en partouze... Dans le public, je vois mon sergent-chef... Les détenus ne sont pas mélangés avec les civils. On est dans des travées différentes. Mais comme les places sont étroites et qu'il en manque bien vite, gens honnêtes et bandits sont au coude à coude. Marchand et moi on arrive à se démerder pour se retrouver côte à côte. C'est un boucan, là-dedans ! Comme ils n'ont pas réussi à louer les services d'une *peña*, avec orchestre, trompettes bugles et olé !, ils ont appelé à la rescousse le prof de musique de la prison, et ils lui ont demandé d'improviser avec un orchestre de détenus plutôt branchés percus... Pas grave ! *Carmen* au djembé, ah c'est quelque chose… Les tambours du Bronx peuvent se mettre au triangle, après ça ! Un barouf !… Plus les mecs aux fenêtres, ceux qui sont restés en détention, et qui gueulent, traitant de putes toutes les invitées – car il y en a –, insultant tout ce qui bouge, tapant avec leur gamelle contre les barreaux… Plus les taureaux, qui beuglent dans le toril improvisé, affolés dans tout ce bordel.

– Comment ça va ? je gueule à l'oreille de Marchand.

– Bof…

– Bof quoi ?

– J'ai réfléchi à votre question de la fois dernière.

– Quoi, sur le courage ?

– Non, sur le fait que je sois là… Qu'ils m'aient rapatrié.

La foule a poussé un cri. Un taureau a déboulé dans l'arène, jetant des coups d'œil furieux, trottant à gauche, à droite, humant l'air, appelant sa mère… « Mort aux vaches ! » a gueulé quelqu'un dans la foule. Ça a bien fait rire tout le monde.

– Et alors ?

– Je crois que ça veut dire que les affaires se sont tassées, que je ne suis plus très dangereux…

Le matador est entré en piste. Il a observé la bête. A commencé à toréer. Une passe, deux passes.

– Mais le « dossier bleu », qu'est-ce que vous allez en faire ?

Il m'a montré son siège. Il a levé une fesse. Dessous il y avait une chemise à élastique bleue. Il m'a souri. J'ai compris qu'il s'asseyait dessus.

– Sauve-toi, petit, sauve-toi !

La femme qui gueule ça, debout dans les gradins, est une Gitane en débardeur moulant blanc à paillettes et en jean taille basse. Ses bras sont tatoués des initiales de ses premières amours. Des lettres majuscules bleues et maladroites, tracées avec la pointe d'un compas. Apparemment, elle a eu plusieurs premières amours. Et elle est là, sous ce cagnard impitoyable de l'été indien, debout dans le gradin, au milieu des tornades d'air brûlant, et elle gueule à l'adresse du toro :

– Sauve-toi, petit, sauve-toi !

Bientôt son cri est repris par les autres femmes, qui se lèvent à leur tour. D'autres Gitanes, bien sûr, mais aussi des Arabes, et des Blanches. Il y a même une gigantesque Lituanienne, blonde comme les blés, avec des pommettes de guerrière mongole, qui a été ramassée sur la N113 en train de tapiner, infoutue de baragouiner le moindre mot de français, mais qui se met à rugir avec les autres.

Le toro qui, depuis tout à l'heure, tournait dans l'arène en roulant des yeux affolés, s'immobilise soudain. Il regarde le gradin des femmes par en dessous, comme Socrate écoutant Alcibiade. De longs filets de bave blanchâtre tombent de sa gueule rouge. Ses flancs sont comme des soufflets de forge. Son œil rond va de la Gitane à la Lituanienne. Les deux gonzesses ont senti que la bête les observait. Elles retiennent leur souffle. Jamais un homme ne les a regardées comme ça. Dans la tribune des hommes aussi, plus personne ne crie. Il n'y a plus que le souffle de la bête, régulier et puissant, et le cri aigu des mouettes qui se battent derrière les gradins, dans les ordures amassées le long des barbelés. Alors le toro redresse son cou puissant, pique l'œil solaire au bout d'une de ses cornes noires, et il répond à la belle Lituanienne et à la belle Gitane en poussant un mugissement qui sort des profondeurs de ses reins. Et il prend appui sur ses pattes arrière et saute.

C'est une hirondelle d'une demi-tonne qui prend son envol, passe au-dessus de la contre-piste et retombe dans un tourbillon de poussière devant les femmes.

– Casse-toi, casse-toi !

Les nanas l'encouragent. Elles voudraient tellement qu'il tape des sabots si fort, qu'il parvienne enfin à enjamber ces putains de murs et qu'il saute jusqu'au soleil. Alors elles agripperaient sa queue à son passage, elles escaladeraient sa croupe, elles s'accrocheraient à ses cornes.

Et on verrait pour la première fois dans le ciel nîmois un toro de corrida monter à l'assaut du soleil avec sur son dos des putains et des dealeuses, des mères maquerelles et des tueuses, des toxicos et des braqueuses, tout un tas de bonnes femmes à la déglingue qui riraient comme des petites filles.

Mais non. Un gars de la ganaderia a retiré sa chemise blanche, et il mouline avec devant les yeux de l'animal. Le toro suit le leurre, sort de la contre-piste et se retrouve devant le matador, ébloui, indécis, soufflant de colère. Chez les femmes, c'est la désolation. Ce con s'est fait serrer.

Le matador se cambre lentement, se tord sur ses hanches et s'avance à pas comptés vers la bête. Le toro attend son destin, dodelinant de la tête, soufflant. La Gitane et la Lituanienne se sont donné instinctivement la main en gémissant.

La main de l'homme est vide. Il s'agit d'une *capea* sans mise à mort car le règlement est strict : aucune arme n'est autorisée dans cette enceinte. Même l'épée du matador est proscrite.

Le temps que tombe un éclair de ce ciel sans nuages, et l'homme a plongé sur la bête. Sa main frappe, nette et droite, à la nuque de l'animal. Le toro sursaute à cette chiquenaude qui aurait pu lui ravir la vie. Le geste de l'homme a été impeccable, magnifique, sobre et définitif. Bravo maestro.

Alors la Gitane abandonne la main de la Lituanienne, elle se dresse dans la foule des filles comme si elle avait reçu une décharge électrique. Elle tend un poing vengeur en direction du maestro, mais pas un mot ne sort de ses lèvres. Elle s'assoit alors, rageuse et boudeuse, et elle murmure entre ses dents serrées :

– Mange tes morts, enculé de torero !

Putain de corrida à l'envers… Le salaud, c'est le torero. Le héros, c'est le toro, quand il fuit et cherche à sortir du cercle de la mort, à se faire la belle…

Les bêtes défilent. Fin du spectacle. La cohue pour sortir. Les surveillants flippent un peu et assurent la sortie des officiels. Je me lève.

– Tenez.

Marchand me tend son dossier bleu.

– Quoi ?

– Prenez-le. Faites-en ce que vous voulez. Prenez-le !… maintenant c'est de l'histoire ancienne… Rendez-leur, au gens du RFC, puisque vous les connaissez… Après tout, ça leur appartient.

Je l'ai pris. Je n'ai même pas pu dire merci. Il a été pris dans le mouvement de la foule, moi aussi. On s'est séparés comme ça.

XIV

Leïla, la nuit

J'étais là, au soir de la corrida de la prison, allongé sur mon sofa en cuir de buffle. Vanessa n'était pas encore rentrée. Elle était en goguette avec des copines, à un concert à Montpellier. Nos relations s'étaient normalisées, comme on dit quand les enfants de Gaza ne trouvent plus de pierres à lancer sur les tanks de Tsahal. C'est-à-dire que nous avions des relations courtoises, aimables, relativement bien gérées… Cela sentait le mariage, peut-être. Comme elle ne parlait plus de l'enfant à venir, je craignais qu'elle me le fasse dans le dos. En même temps, je la croyais capable de baisouiller en cachette avec le grand nigaud de Djèzonne. Tout ça n'était pas incompatible dans sa petite tête de piaf. Quand on envisage de prendre un mari pour qu'il soit le père de ses enfants, il faut prendre un amant pour continuer de rendre la vie excitante, et si possible un amant qui connaisse les bons plans, qui sache où s'amuser, des endroits où l'on en a pour son argent. Cela, elle en était sûre, Vanessa, parce que toutes ses copines agissaient de même. Et ses copines en étaient toutes sûres parce qu'elles l'avaient lu dans leurs magazines au salon de coiffure. Elle avait un train de retard, Vanessa, et elle devait urger avant que ses copines la snobent et la répudient. Il fallait vite qu'elle soit grosse de moi, qu'elle vêle, qu'elle se soigne les vergetures, et qu'elle s'accouple avec un plus jeune en cachette... De tout cela, je m'en foutais comme de l'an quarante. Mais pour moi, l'important dans l'histoire, c'était que je continue à ne pas faire de vagues. Or on était bientôt au bout de l'ultimatum que j'avais lancé aux Romanos et aux Poings Nickelés. Bientôt il faudrait reprendre le collier et le courrier, refaire la distribution des petits papiers, la descente dans les clubs et les bars à putes, arranger les combats, monter et descendre les cotes, refaire la tournée des cachots, et étendre l'activité aux camps de Roms et peut-être même à Bruxelles, avec Riccioli... C'étaient mes dernières journées de calme. Mes dernières journées aussi pour que Leïla me contacte de nouveau, pour la phase deux. Ensuite, j'allais retourner au tourbillon du stupre et des carambouilles, des compromissions et du brassage d'oseille sale.

Et j'étais là, dans mon sofa, à regarder le plafond, et à me dire que dans quelques jours mon destin était joué. Soit l'absolution accordée par Leïla, qui me donnait une chance de me réhabiliter par un acte fort, soit le toboggan du crime et du déshonneur, jusqu'au gadin ultime dans le bac à sable... En attendant, moi, j'avais accompli la phase un. Quant à savoir si, en faisant cela, je redevenais le chic type que j'avais oublié de rester en fréquentant les bandits, c'était moins sûr... Qu'est-ce que j'avais fait, au fond ? Prendre contact avec un lampiste, un fusible tiers-mondiste presque malgré lui ? Essayer de lui remonter le moral qui partait en digue-digue ? J'intervenais au moment où le type jetait l'éponge... Ce n'était pas très glorieux, d'arriver après la bataille... À moins que Leïla envisage d'en déclarer une autre... peut-être que le sergent-chef Marchand n'était qu'une étape dans un processus plus long et plus complexe. Leïla avait parlé de la phase deux… Peut-être que c'était là que les choses allaient vraiment se corser ? Il me vint une idée… Et si c'était le dossier bleu ? Et si la grande affaire de Leïla, c'était d'obtenir le dossier, pour avoir des preuves contre la politique néocoloniale française ?

Dossier bleu. Quand Marchand me l'avait donné, je l'avais ouvert pour jeter un coup d'œil dedans. Effectivement, il y avait beaucoup de coupures de presse, à propos de l'exécution de Joseph Béhidi, le président adjoint de la Ligue des droits de l'homme du Tchad… Quelques interviews de commandants du renseignement français sur la guerre subversive… Des photos, en vrac et mal cadrées, de soldats tchadiens et de cadres officiers français… Mais bon, je comprenais bien le désarroi de Marchand. Presque tous ces papiers étaient datés de la première opération, celle de la prise du pouvoir du dictateur, en 1990. Le pauvre Marchand devait rentrer à l'école primaire, à cette date. Et le dossier foutoir des braves types du RFC n'apportait à peu près rien qui puisse légitimer, excuser, éclaircir le refus de Marchand d'obéir aux ordres. Rien en tout cas qui puisse faciliter sa sortie de prison.

Mon téléphone sonna. Je sursautai. C'était Leïla.

– Leïla, qu'est-ce qu'il y a ?

– Tu viens demain, aux Baumettes ?

– Oui.

– Demain soir, on s'y retrouve. À la sortie.

– D'accord, mais…

– C'est la phase deux qui commence.

– Leïla, qu'est-ce…

– Lazare ?

– Ouais…

Elle a marqué un temps d'arrêt.

– Je crois que… je t'aime.

Elle a raccroché, très vite… Comme si elle avait dit une bêtise.

Mais c'était quoi, la bêtise ? De croire ? Ou de m'aimer ?

Le lendemain, aux Baumettes, c'est fête. On a touché un lot exceptionnel. C'est un pizzaiolo prestigieux qui rejoint le groupe. Un pizzaiolo hardeur, un vétéran de la baise, avec de nombreux films de cul à son actif, et qui a même tourné avec – et dans – Brigitte Lahaie et Tabatha Cash. Mais bon, le cul, ça eut payé, mais ça paie plus. Faut faire son beurre ailleurs – si on me passe l'expression. Alors Robert s'est recyclé.

Toujours est-il qu'aujourd'hui Robert, le roi de la *calzone*, a un parterre d'*aficionados*, toute une nuée bruissante d'amateurs éclairés de la chose, un aréopage de *connoisseurs* comme disent les Rosbifs. Ce n'est pas qu'il en impose pourtant, Robert, les années quatre-vingt-dix sont loin, et sa gloire dans le porno est un peu surannée. Mais il est témoin d'une époque de pionniers, Robert, une époque où il n'y avait que Canal+ qui s'aventurait à passer du X une fois par semaine. Maintenant, il est un peu rondouillard, il a pris des bajoues de hamster, il continue les UV, mais bon, en prison, tout passe tout lasse, et les UV en premier. Il a toujours la fine moustache blondassoune de ses vingt ans, ainsi que la coupe dite du footballeur hollandais : brosse peroxydée permanentée, rasée sur les côtés et longue derrière les épaules. Il porte des tee-shirts orange sans manches, des lunettes de soleil dans les cheveux – en prison ça déchire.

Et il a un putain d'accent marseillais.

Heureusement, pendant les tournages, Robert ne parlait pas. Dès qu'il ouvrait le bec, les partenaires se gondolaient et ça foutait en l'air tous les coïts. Tu le vois, toi, Robert, en train de limer un tapin, de la prendre en levrette et de lui dire des cochoncetés en farigoule et pagnolade, avec des « Vé ! » et des « Fan ! » et des « Oh cagasse ! » à chaque coup de rein. Alors il se contentait d'alterner les « Oh ! » et les « Han ! » Le problème, c'était pendant les éjacs faciales. Là, c'était plus fort que lui, il ne pouvait s'empêcher de gueuler « Oh Bonne Mère ! » Mais bon, on coupait au montage.

Si les mecs sont si attentifs à Robert, c'est surtout parce qu'il connaît l'impératrice du hard, félicitée de sept hots d'or pour l'ensemble de la carrière, mademoiselle Kim. Elle vient souvent dîner dans sa pizzeria quand elle tourne dans la région. Je pense que pour elle, il doit mettre les petits plats dans les grands. Quand ils se voient, ils se font la bise – ce qui n'est pas commun dans un métier où tout le monde s'encule. Il a son 06. Enfin, bref, c'est une vraie copine de boulot.

Les questions fusent autour de la table, on s'en doute. Je laisse pisser, car c'est un excellent sujet de métaphysique, le porno.

Et d'abord : comment fait-on pour limer aussi longtemps ?

Robert nous explique qu'il faut se farcir de la coke tant que ça peut. Il connaissait même un hardeur qui s'était envoyé un shoot de coke dans la bite pour baiser si longtemps dans une partouze jet-set qu'à la fin le sang bloqué dans la queue a tourné à la gangrène et qu'il a fallu la lui couper. Il nous explique que c'est comme ça qu'il est entré dans le métier, non pas en coupant des queues mais en livrant de la coke, en fournissant aux étalons de quoi bander comme un rat qui va aux pommes, et que, de fil en aiguille, il a mis la main à la pâte – ce qui est normal pour un pizzaiolo –, et puis à la pute.

Il nous explique aussi que les scènes de cul sont saucissonnées de longue, et quand un mec sent qu'il va envoyer la purée, il prévient le chef op et on interrompt la prise. Il se sort de la gonzesse bien vite, va prendre une douche froide, jouer au ping-pong avec les technos, regarde un documentaire historique sur la 5. Pendant ce temps, on déplace les caméras, on remaquille la gonzesse aux endroits où le fard a coulé, et quand tout ce petit monde est remis de ses émotions, en voiture Simone ! La caméra s'est déplacée. Ça fait un nouveau plan et le public n'y voit que du feu. Le plan-séquence n'existe jamais dans le porno, nous précise Robert, en véritable expert du montage – de tous les montages.

C'est le moment idoine pour introduire de la métaphysique dans le débat, et par la petite porte – l'expression est douteuse. J'en profite donc pour lui demander, anodin, si c'est vrai, ce que raconte Louis Calaferte dans *Septentrion*, qui, pour honorer durablement une peine-à-jouir, s'applique, pendant l'acte, à ne penser ni à l'acte ni à la femme. Il se concentre même sur un bouton disgracieux, ne voit plus que ça, et grâce à cela, ses aller-retour n'ont plus rien d'amoureux ou d'érotique. Au contraire même, cela devient une opération strictement mécanique. Je conclus à la suite de Calaferte en expliquant que le seul moyen qu'il a trouvé pour jouir longtemps, c'est de retarder le plus possible la jouissance. Et pour retarder le plus possible la jouissance, il a transformé le plaisir en corvée. Je lui demande ce qu'il pense de cette conception du plaisir :

– Reconnais, Robert, que c'est quand même paradoxal.

– Quoi donc ?

– Eh bien Calaferte pense exactement comme vous, les hardeurs. Il se dit que plus il jouit vite, plus son plaisir est bref. On est d'accord ?

– Eh oui, c'est pour ça qu'on fait tout pour durer, parce que sinon c'est trop frustrant pour nous. Et surtout pour le public, rajoute le pizzaiolo pornologue. T'imagines des films porno de dix secondes ?

– On est bien d'accord, je résume. Ça veut dire que dans votre métier, le paradoxe, c'est que vous ne recherchez pas le plaisir. Vous le retardez, vous faites tout pour le rencontrer le plus tard possible. Et c'est pour ça que dès qu'il arrive, vous le fuyez.

– Ah ben quand même t'exagères un peu…

Je joue l'indigné :

– Eh dis donc, c'est pas moi qui sors de madame pour passer sous la douche froide juste au moment de tirer ma crampe.

Robert reconnaît, au final, que je n'ai pas tort. Je lui demande alors si le plaisir, ça n'est pas, toujours : la déception. Je pousse le bouchon muqueux un peu plus loin, mais je crois qu'on peut aller jusque-là. J'invoque alors le vieil Arthur Schopenhauer, qui allait au bordel en même temps qu'il méprisait la course au plaisir :

– Au bout du compte, est-ce que tu crois pas que notre problème c'est bien celui-là : on court tous après le plaisir. Par exemple, si je demande autour de cette table qui veut jouer dans un porno, tous vont dire moi.

– Ça dépend quel rôle quand même, hasarde André, un vétéran de la taule qui se définit comme « militant détenu ». Mettons les choses au point une bonne fois pour toutes *avant* pour ne pas se retrouver dans des positions désagréables *pendant*.

Tout le monde se marre bien. Je continue quand même.

– On court tous après le plaisir : ça veut donc dire qu'on n'en a pas, puisqu'on court après.

– D'accord.

– Mais dès qu'on est près de l'obtenir, on retarde le plus possible ce moment fatidique… avec de la coke, avec la méthode de Calaferte, avec des douches froides, tout ça tout ça… parce qu'on sait très bien qu'au moment, au moment précis où on va enfin avoir du plaisir, à ce moment très précis, le plaisir ne va pas durer. Ça va être un instant fugace. Tu auras beau limer trois heures, t'envoies la purée en trois secondes.

– C'est vrai, reconnaît-il.

– Est-ce que ça veut pas dire qu'on oscille en permanence entre la frustration quand on n'a pas de plaisir, et la frustration quand on vient d'en avoir ?

– Ouais mais y a quand même l'instant du plaisir.

– « L'instant », je répète. Reconnais que ça ne pèse pas lourd, comparé à tous les efforts avant et après.

– Ben ouais.

Alors je donne le coup fatidique :

– Et *in fine*, le meilleur moyen d'être malheureux, ce serait pas de courir après le plaisir ?

Indignation générale. Je laisse pisser. L'essentiel, c'est qu'ils aient entendu la démonstration. Qu'ils la refusent ne suffit pas pour l'invalider. Je rigole méchamment sous cape. Ces moments-là sont les plus savoureux. Robert n'a pas tout suivi de ma démonstration schopenhauerienne. Par contre il a bien retenu la technique de baiser dans le dégoût et l'indifférence. Il me dit qu'il ne connaissait pas ce Calaferte. Il me demande dans quel film il a joué. Je lui dis qu'il n'a qu'écrit. Robert le déplore, car, dit-il, il aurait pu se faire des couilles en or. Je rectifie en disant : des couilles en plomb.

Les gars apprécient le professionnalisme de Robert ; ils s'interrogent aussi sur son avenir. Quelle est la durée de vie d'une star du X ? C'est relativement court, explique-t-il. C'est la raison pour laquelle lui-même a raccroché les gants et qu'il s'est reconverti dans la pizza, qu'il continue la coke à côté, mais qu'il envisage de passer à autre chose.

Je lui demande si de bosser dans l'industrie du porno, ça a été du plaisir ou du boulot. Il me dit : les deux à la fois. Je lui demande s'il a déjà eu du plaisir sans que ce soit du boulot. Il me dit que oui, il en a déjà eu, comme tout le monde, avec sa femme et ses mômes. Il aime bien aussi aller à la pêche, au fond de son jardin, avec ses deux fils. Je lui demande si c'est ça pour lui le bonheur, d'aller à la pêche avec ses mômes, de faire une balade le week-end. Il dit : oui. Je lui demande si c'est quand même du plaisir : il me dit « c'est des petits plaisirs qui font du grand bonheur ». Je crois qu'il a intégré un peu de l'échange précédent. Il est mûr pour découvrir, avec Schopenhauer, que le plaisir et le bonheur sont sur un seul et même axe, mais dans des directions opposées.

Autre question du groupe : est-ce que ça fragilise les liens sacrés du mariage, de baiser toute la sainte journée avec des petites bombes qui font ça dans tous les sens, à plusieurs, et sans se plaindre ?

Oui, dit-il. C'est même la raison pour laquelle il est ici. Sa femme l'a largué, le divorce a été prononcé. Elle garde la maison, les enfants, le petit coin de rivière derrière la maison où il allait pêcher avec ses fils. Alors il a pris un flingue, un bidon d'essence, il a été foutre le feu à la baraque et il a cherché le nouveau mec de sa femme pour le descendre. Mais il n'a trouvé que les flics.

Autre question : quel genre de pétard ?

Un MAC 50. C'est *has been*, il s'excuse, mais ça balance du neuf millimètres et on peut en trouver partout.

Autre question : l'avenir, il le voit toujours dans la pizza ?

Non. D'ailleurs, avant son arrestation, Robert était en train de se reconvertir. Dans l'aérospatiale. Les autres sifflent d'admiration. Il précise : hélicoptères de combat, à Vitrolles. Il les essaye en vol ? Non, il répond, modeste. Il est mécano sur la chaîne de montage. Précisément ? Robert écarte les cuisses et fait mine de prendre un chibre énorme à deux mains. Il explique qu'il fixe au sol de la carlingue les manches de conduite des hélicoptères. Tout le monde rigole de bon cœur. Chassez le naturel…

De Robert, je dois parler un petit peu plus. Comme pour Kamel mon ami. En me projetant quelques semaines plus tard – et merde à la narration –, l'affaire de quelques lignes, que je crois savoureuses. Que je te narre fissa, et je retourne à mon histoire… Quelques semaines après, je l'attendais à l'atelier philo, mon Robert. J'avais tous les autres gars. Il ne manquait plus que lui à l'appel. J'avais demandé à Nadine de se renseigner par talkie-walkie à l'étage. Robert avait passé le week-end au mitard : une fouille au corps après une sortie avait révélé qu'il essayait de passer en douce un peu de shit. Ensuite, il a réintégré sa cellule. Il devait descendre pour la leçon de philosophie. Mais il s'est pendu. La directrice de la prison qui est venue me l'annoncer m'a expliqué que lorsque le surveillant l'a découvert, il était déjà tout bleu.

Contre toute attente, et malgré le pronostic vital réservé, Robert a survécu à sa tentative. Sitôt remis debout, il a décidé d'attaquer en justice les matons qui l'ont découvert, pour non-assistance à personne en danger. Cela nous a tous désolés, et le groupe a fermement condamné sa plainte contre les matons, et s'est montré solidaire des pauvres surveillants poursuivis en justice.

Après tout, Robert venait d'avoir vécu la plus belle érection de toute sa carrière de hardeur.

Voilà, c'est tout. Je reviens à mon groupe qui vient de faire connaissance avec lui. Ses confessions sur l'oreiller nous ont mis jouasses, et permis de causer amour, désir, passion, bagatelle… toutes choses qui sont au cœur de la philosophie.

Et mon Robert, justement, de renvoyer la politesse, et de me demander, question meuf, ousque j'en suis. Moi, tout remué encore du dernier coup de fil de la veille et des mots *in extremis* de Leïla, je suis trop content de dégabouler mon histoire fleurette.

– Ben… disons que j'ai une régulière, et une petite… aventure qui est de plus en plus sérieuse.

– Ah ah ! s'exclament les gars, égrillards, faut raconter ! Faut raconter !

Je raconte ma Vanessa. Elle fait rire pas mal, ma mégère. C'est le genre d'oie blanche que les maquereaux engluent, Vanessa. De celles qui rêvent salon de coiffure et bain de cire naturelle, massage aux huiles essentielles de jojoba et dîner fin avec pipoles. Faut les emmener à des fêtes d'abord, les faire boire, fumer, gober des extas et des galettes de crack, les faire s'arracher le cul d'amour pour celui qui les embringue. Puis les séparer de la famille et des amis. Les faire piquer au truc, crack ou héro. Et soudain, sans crier gare, les attendrir à la torgnole, et les balancer au tapin sur un micheton plein de blé, leur dire qu'elles font ça qu'une fois, pour dépanner, ma chérie, car besoin d'argent vite vite, que ça se reproduira pas. Et c'est parti, et pour tout le temps. On me demande son âge, si elle remue bien, sa spécialité. Je fais l'indigné… Ils supputent… On calcule son tirage. Y aurait du rendement… François en doute : au lit, comparées aux Sud-Américaines, les Françaises se placent leur dignitéw dans le cul, et ça incommode le micheton qui n'a pas payé pour des cours de maintien, et qui veut le Grand Jeu. On s'esclaffe vulgaire. Moi itou, ça soulage, d'être méchant, après cette diète de plusieurs mois où je n'ai guère pu laisser cours à mes vachards instincts.

– Et l'autre ? me demandent maintenant les gars, l'autre, quoi ! la vraie !

Ah Leïla… Je voudrais en parler, mais j'ai un peu peur qu'ils lui écorniflent sa réputation, ces malpropres… Ils en prennent ombrage, tous, autant qu'ils sont… Nous ? Des gentlemen !… Galanterie *über alles*… Dire du mal des femmes de bien ? Plutôt périr… La femme d'un gars qu'on aime bien, en plus… Non non, promesse ! Corrects on est, corrects on restera… Ah, bon, rassuré, un peu, j'engage et m'étends…

Mais je me rends compte que je n'ai guère à dire de Leïla. Nos émois sont violents, bizarres, vachards, doux et tristes à la fois, et je ne veux pas m'étendre. De quoi parler d'elle, sinon ?... Elle est tellement mystérieuse... Pas elle seulement, mais sa raison sociale aussi, je me rends compte... Quoi dire ? qu'elle est la pianiste ? qu'elle a joué ici, en prison ?... Ah, oui, peut-être vaguement... En ont entendu parler... Autre chose ! autre chose ! demandent mes romantiques... Comment elle s'habille, d'où elle vient, où qu'elle habite à Marseille ?

Et là, je me rends compte que je ne sais pas où elle habite. Qu'on a toujours eu des rendez-vous d'hôtel, mais que je ne connais pas sa cambuse... Comment elle s'appelle alors ? D'où elle vient ? Sa famille ?... Perplexe, j'avoue que je ne la connais que sous le doux prénom de Leïla mais que je ne connais pas son nom de famille, et sa famille moins encore... mais que son ex, ah pardon, son ex, un monsieur qui va vous étendre... Qui ? Qui ? Parle vite, donc !... Un braqueur, messieurs, mort au champ d'honneur !... Les gars réfléchissent, calculent, se croisent des noms et des situations... Moi, je sens une drôle de vague de panique qui me remonte du fond des tripes. Les mecs : mais quand il a été descendu, son homme ? Et dans quelle ville ? Et tu sais pas son nom à lui non plus ?!

JP a retiré son bonnet de marin. Il se frotte le crâne en gloussant. Je lui demande la raison de son hilarité.

– Et ta gonzesse, elle était maquée avec un braco ?

– Oui, et alors ?

– Et elle enseigne en zonzon ?

– C'est quoi le problème ? Même si son mec a attaqué des banques, ça n'autorise pas l'administration pénitentiaire à interdire à sa bonne femme l'accès aux prisons. C'est un des principes de justice : la responsabilité est individuelle. Personne ne paie pour les fautes de quelqu'un d'autre.

Mon pirate des mers du Sud se pète de rigolade et l'esclaffade devient générale. Je n'aurais jamais dû employer le mot « principe » dans une prison française.

– En théorie ouais, reprend le flibustier, mais en pratique, qu'est-ce que t'imagines ? Si la gonzesse peut continuer à bosser en prison, c'est parce qu'elle hameçonne…

Je ne comprends pas le sabir de JP. Il s'en rend compte.

– Ils l'ont laissé taffer mais elle est sous surveillance.

Il y a eu un silence. JP a cessé de rigoler. Il s'est raclé le fond de gorge.

– C'est pas pour te foutre le moral à zéro, Lazare, on t'aime bien, tu le sais. Mais fais gaffe. Elle est vérolée, ta môme. Pourrie finie.

C'est l'embarras autour de la table. La gêne pour moi. On a bien quitté l'égrillard… Les gars s'abîment dans de la méditation mélancolique… Michel, le vieux gourmand, le vieux de la vieille, l'ancien de la *Corsica Connection*, me demande, à tout hasard :

– Mais au moins sa bagnole, sa plaque, à elle, elle est bien du treize ?

Je fais non de la tête. On a toujours pris ma bagnole. Il se gratte le menton.

– Quand vous alliez à l'hôtel, elle a payé, des fois ?

– Oui.

– Je te parie que c'était toujours en espèces.

Il a raison, le vieux bandit. Michel grimace.

– Lazare, mon pote, ta Leïla, elle sent sa fliquesse à cent mètres.

Joseph reprend derrière :

– T'es pas sur une affaire, là tout de suite ?

– Ben non… que je mens en rougissant jusqu'aux orteils.

– Moi je dis ça pour toi, hein… Si t'es sur une affaire, t'as intérêt à tout laisser tomber… T'es sûr que t'es pas sur une affaire ?

– Non non, que je proteste.

J'ai l'affreuse sensation de répéter ce qui va se passer sous quelques jours dans un commissariat, en garde à vue.

– D'où elle te connaît ?

– Qui ? Leïla ? je bafouille comme un con.

– Leïla, si elle veut qu'on l'appelle comme ça. *Leïla*, la nuit, ça veut dire en arabe. C'est sûr, vu comme tu nous la décris, qu'elle doit pas s'appeler Claire. D'où elle te connaît ?

– Rien… Comme ça… Le hasard des rencontres…

– J'y crois pas, au hasard… Dans nos métiers de truand, y a pas de hasard, y a que des circonstances, presque toujours aggravantes… Y a vraiment personne qui vous a présentés l'un à l'autre ?

– Non non, personne…

– Personne qui vous connaît tous les deux ? Qui a joué l'intermédiaire ?

– Non non.

Soudain, si. C'est pas seulement mon charme naturel. Je me souviens de ma demande dégueulbiffe à Riccioli, pour qu'il me la donne, Leïla.

– Euh, en fait si.

– Ah. Et ton tampon, là, qu'est-ce que t'en sais de lui ?

– Il bosse en prison, pareil… Euh non… Enfin c'est compliqué…

– Quoi ? il est dans le bizness, lui aussi ?

J'hésite à répondre. Joseph sent ma gêne.

– Écoute, réponds-moi ce que tu veux, ou me réponds pas, je m'en fous… moi c'est pour toi, hein…

– Mais non ! je rétorque pour conjurer les spectres, moitié pour repousser la vérité que je pressens et qui me terrorise, moitié pour ne rien laisser filtrer de mes magouilles avec Riccioli. Je reprends de plus belle :

– Ce mec est blanc-bleu. Il est insoupçonnable. Il bosse au ministère Jeunesse et Sports ! Qu'est-ce que vous allez chercher, tous, là !

Michel part d'un petit rire :

– Il bosse au ministère de la Jeunesse et il te file un rencard avec une nana qui bosse à la pénitentiaire ? Dis donc, ils sont poreux, cette année, les portefeuilles des ministères.

Il secoue sa tête de renard en riant. Robert, le porno, s'y met à son tour :

– Tout philosophe que tu es, peuchère ! T'es bien comme nous, va, à mener ta vie avec ta bite en guise d'aiguille de boussole !…

Je suis muet. J'ai l'impression que la prison à doses homéopathiques, c'est fini, et que je vais m'engager dans une cure allopathique.

Robert continue :

– T'es pas mieux que nous… Toi aussi tu vas tomber pour une gonzesse.

Autour de la table, tous opinent gravement du bonnet.

– … Toutes des putes, conclut gravement Robert.

– … Sauf maman, murmure Rédouane.

Au soir, avant de sortir des Baumettes, je suis passé par les chiottes, y dégueuler. Puis je me suis rincé la gueule et j'ai regardé mon reflet dans la glace cassée. J'y ai vu la tête d'un pauvre type célibataire, baladé de tous côtés, fétu de paille au gré du flot de caniveau, petit étron à la surface, croyant s'amuser de ce qui lui arrivait, et bientôt englouti par la gueule noire de la bouche d'égout. J'ai craché dans le lavabo, me suis rincé la bouche plusieurs fois. Ensuite, j'ai rabattu le couvercle des gogues, et je me suis assis dessus, la tête dans les mains, à reprendre le contrôle de ma respiration, à essayer de mettre de l'ordre dans ma gamberge qui partait en sucette. Mais, que tchique ! Leïla, une femme-flic !... Une salope en civil qui grenouillait en prison pour faire tomber tous les véreux qu'elle rencontrait !... Ah, ils avaient bien raison, les mecs qui la traitaient de *kharba* ! de pute ! du haut des cellules, la première fois qu'on est allés déjeuner ensemble. Mais ils la traitaient de pute non pas pour son cul, mais parce qu'elle était pire qu'une balance et qu'une donneuse : elle orchestrait les coups, tentait les braves couillons comme moi, les mettait en situation de flag, et aussitôt après, elle devait te les ferrer et prendre de l'avancement, Leïla !... Dire que j'étais tombé dans le panneau... Je leur devais une fière chandelle à ces mecs de l'atelier, à Joseph, à Michel, Robert et les autres, de m'avoir retiré les peaux de saucisson que j'avais sur les yeux. L'amour rend aveugle ! dit-on. Moi, il m'avait rendu aveugle, sourd, débile, paraplégique ! Tout, quoi !... J'étais à peu près certain que Leïla avait commencé sa carrière dans la Mondaine, habillée en pétasse, en entraîneuse dans les clubs privés, à chauffer les mecs au comptoir, à leur exploser la braguette comme elle avait explosé la mienne, jusqu'à ce que les gogos apoplectiques et au bord de péter une durite lui demandent le prix de la passe. Et là, salope et carnassière, oh ! je l'imaginais bien sortir les menottes et encabaner les bons pères de famille pour être allés au cul avec un tapin.

À la sortie des chiottes, dans le bâtiment d'entrée, il y a un distributeur de bonbecs et confiseries. J'ai pris des saloperies à la menthe, à sucer, pour me défaire de la sale odeur de bile. J'ai inspiré, et je suis sorti.

Leïla m'attendait. Son sourire qui s'élargissait quand elle m'a vu sortir s'est figé quand elle a pu voir un peu plus distinctement ma tronche.

– Ça ne va pas ? m'a-t-elle demandé, inquiète, en portant ses deux petites mains sur les miennes.

Elle paraissait vraiment inquiète. Que cachait ce visage d'ange ?

– Un truc qui passe pas… J'ai dû bouffer un truc pas sain… C'est rien.

Elle m'a pris par le bras. On laissait donc ma voiture et on prenait le chemin du rade. Les habitudes changeaient donc. Exit les nuits d'hôtel où nous nous battions d'amour. Bonjour le bistroquet sinistre où les explications et les mises au point allaient bon train…

On s'est installés à la banquette habituelle. J'ai repris un bonbec. Le bistrotier, sans nous demander, nous a servi deux cafés. Elle a fouillé dans son sac et en a sorti une enveloppe de papier kraft, de celles jaune orangé qui servent parfois aux envois internationaux. Elle était cachetée, épaisse, paraissait légère. Elle l'a posée sur la table, entre nous deux. Puis elle a croisé les bras, m'a regardé avec un sourire en coin.

– Phase deux, elle a dit.

De la pointe de l'index, elle a avancé l'enveloppe vers moi.

Je l'ai fixée quelques secondes. Puis, moi aussi de l'index, je l'ai repoussée vers elle. J'ai vu sa mâchoire s'affaisser un tout petit peu, sa bouche si mignonne devenir accent circonflexe. Elle m'a regardé et s'est apprêtée à parler. Avant qu'elle ne commence, je l'ai interrompue d'une main levée, et j'ai parlé à sa place.

– Leïla, si vraiment tu t'appelles Leïla, qu'est-ce que je sais de toi ? Je ne sais pas ton nom, ton adresse, je ne connais pas ta famille, tes amis, tes proches, tes goûts. La seule chose que je sais, Leïla, c'est que tu me demandes aujourd'hui quelque chose qui pourrait m'emmener très très loin…

Elle est restée bouche bée. Elle ne s'attendait pas à cela, c'est sûr.

– Tu me demandes de te faire confiance. De faire rentrer des trucs en prison. Tu me laisses une chance, comme tu me l'as dit l'autre fois… Mais comment je peux faire confiance à une femme qui est en permanence masquée, qui ne s'est jamais livrée à moi ? Tu sais, Leïla, au début de notre relation, je mettais ça sur le dos de ton mystère… de ton mystère artiste… Maintenant, j'en suis revenu… Ton mystère, c'est une vulgaire technique policière… Moins on en dit sur soi, plus on en sait sur les autres… Qu'est-ce qui me prouve que tu n'es pas flic ? Hein, Leïla… Ou Jasmine, ou Miriam, ou Florence, ou Isabelle… Flic en civil, à infiltrer les prisons pour y faire tomber les réseaux… Leïla la pianiste… Peuh ! Jamais je ne t'ai entendue jouer !… Mais je comprends, va !… Taper des procès-verbaux sur une bécane dans un commissariat de police, ça n'a jamais qu'un lointain rapport avec le piano…

J'ai commencé à me lever pour partir.

– Tu m'excuses, cette fois-ci, c'est à toi de payer les deux cafés.

Elle s'est penchée par-dessus la table et a saisi mon poignet.

– Attends. Ses yeux étaient brillants de larmes. S'il te plaît.

Les larmes, les larmes d'une femme que j'aime encore un peu. Je ne peux pas. Je me suis rassis en me traitant de tous les noms.

– Tu ne me fais pas confiance ? Et moi, comment pourrais-je te faire confiance ?

Sa voix était toute petite, implorante. Je ne l'avais jamais entendue comme ça. Les larmes venaient. Elles ne coulaient pas, mais elles venaient.

– Comment je pourrais te faire confiance avec ce que tu montres de toi : tu aimes l'argent facile, tu t'affiches avec des crapules douteuses… Et il faudrait que moi, je te fasse confiance ?… Que je te dise tout ?… C'est moi qui risque de me jeter dans la gueule du loup.

Elle a reniflé à gros bouillons.

– Tu veux que je te dise pourquoi tu ne sais rien sur moi ?

– J'aimerais, oui.

– Alors je vais te la raconter ma vie. Ma vie de femme-flic, comme tu m'as traitée…

Alors elle s'est mise à parler, à parler pendant une heure sans doute. Elle brassait large… Action directe, luttes contre les QHS des années soixante-dix, groupe autonome des années quatre-vingt, Black Bloc des années deux mille… Ses parents l'avaient confiée à sa grand-mère dans le quartier du Panier parce qu'ils avaient rejoint des camps d'entraînement de l'OLP en Palestine. Et ils ne s'étaient pas seulement entraînés au kalachnikov dans les sables du désert. Ils avaient rallié des groupes allemands, puis italiens, et sur la suite… Précisément ? Elle est restée là-dessus discrète et gênée… En tout cas, ils avaient dû partir en cavale.

Leïla n'avait des nouvelles d'eux que par le journal télévisé, de temps à autre, au rythme des descentes de flics dans les milieux radicaux et des attentats au Moyen-Orient. Son enfance était rythmée par les insupportables surveillances de flics lorsqu'elle allait à l'école. Elle se souvenait de goûters d'anniversaires avec des mecs en imperméable, dans la rue en contrebas, qui notaient les allées et venues des proches et des petits copains... Ses parents vivaient encore, à l'étranger, dans des planques, grâce à des réseaux de solidarité. Parfois elle recevait une lettre, un coup de fil, de dix secondes, le temps d'une respiration oppressée, d'un mot ou deux... Les flics voulaient la peau de ses parents, et la traquaient, cherchaient chaque jour à la pousser à la faute... Est-ce que je comprenais ce que cela voulait dire ?...

Oh oui... je savais bien ce que cela signifiait. L'ultragauche, je connaissais bien... Mais intellectuellement seulement, comme Jacques Soustelle connaissait les sacrifices mayas sans jamais avoir planté un seul couteau d'onyx dans un cœur humain... Et voilà qu'elle se présentait à moi, l'ultragauche, mais sous la forme de la femme qui me bouleversait et me mettait les sens dessus dessous... Je n'imaginais pas qu'une idée puisse avoir des hanches aussi rondes...

On a repris un café, et elle m'a parlé de la lutte armée... Qu'elle était trop jeune pour pouvoir rallier les groupes militarisés qui avaient été tous démantelés dans les années quatre-vingt, mais qu'elle avait milité dans l'ultragauche debordienne, les groupes de la mouvance *Tiqqun*, autour ou avec Coupat et le Comité invisible. Elle regrettait le caractère autarcique de ces regroupements de « l'International-épicerie », comme elle les appelait, qui voulaient créer des archipels de micro-révolutions. Selon elle, ils épargnaient le système capitaliste dans sa globalité, et retournaient aux misérables utopies en forme de robinsonnade. Elle, de son côté, cherchait toujours la militarisation du politique. On ne peut être révolutionnaire et faire l'économie de la violence. Elle ne craignait pas la violence, parce qu'elle était la forme du changement. C'était un jugement moral posé sur une nécessité historique. Et comme il n'y avait pas grand-chose à tirer des petits Blancs perdus dans leurs micro-révolutions, « ici, maintenant et pour eux, mais surtout pas partout, longtemps et pour tous », elle s'était concentrée sur les banlieues, sur les ghettos ethniques où la chasse aux flics était ouverte, où les armes circulaient en liberté, où la guerre sociale était une réalité quotidienne, avec ses territoires à conquérir, d'embuscade contre les agents de l'État. Son souci, à elle, c'était de parvenir à tirer une passerelle entre les deux groupes. À gauche, des Blancs, urbains ou néoruraux, ayant une conscience intellectuelle claire de la nécessité d'un dépassement du capitalisme par une révolution sociale, mais incapable de s'organiser tactiquement avec des groupes paramilitaires qui engagent concrètement la lutte sur le terrain, contre l'État. À droite, des Arabes et des Noirs, entassés dans des banlieues, dotés d'armes, disposant d'un théâtre d'opérations à leur avantage, tirant à balles réelles et avec des armes de guerre, mais n'ayant aucune conscience politique claire, aucun horizon de reconquête sociale. Le rêve de Leïla, c'était d'unifier les deux tendances… De fédérer les banlieues et les universités… Si c'était le cas, elle promettait des lendemains qui chantent et des Grands Soirs…

Elle s'est arrêtée, lasse, creuse, grise…

– Voilà, tu sais tout de moi… Sinon, je m'appelle Leïla Ecker-Bô, je suis une affreuse bâtarde qui a autant de sang lorrain que chinois et algérien, j'ai trente-deux ans, j'habite pour l'instant un petit appartement au 68 rue Steinberg, avec une amie qui n'ignore rien de mes positions radicales… Elle s'appelle Armelle, milite dans la mouvance anarcho-syndicaliste, est lesbienne mais n'a jamais cherché à me draguer… Je joue du piano, j'aime la poésie chinoise, et Rembrandt, et Matisse… J'ai une petite cicatrice, là, sur le coude, que tu connais, pour être tombée de bicyclette quand j'avais cinq ans. J'ai un chat, qui s'appelle Bébert… Et… je n'ai pas la compétence, moi, pour construire un discours. Les réseaux, je les ai. Mais il faut théoriser la lutte avant de passer à l'attaque… Et je… j'avais pensé à toi…

– À moi ?…

– Ben… Tu les rencontres, toi, tous ces types tombés des cités, la rage au ventre… Ce qu'il leur manque, c'est l'instruction, la conscience politique, la culture, quoi… Et toi, je t'ai vu à l'œuvre… Qu'est-ce que tu leur donnes, sinon des armes, des armes intellectuelles, pour éviter qu'ils se trompent de colère et de cible ?… Tu sais, Blanqui, dans sa prison, disait que le meilleur moyen d'en finir avec la dictature, c'était pas seulement les armes, mais d'abord « les lumières de l'instruction qui descendent dans les masses », sinon, disait-il, une dictature est remplacée par une autre…

Elle a posé sa tête dans ses mains, et elle m'a regardé. Elle avait les yeux encore brillants des larmes qu'elle avait retenues. Elle m'a balancé un sourire navré.

– Et même si tu refuses de prendre le colis, même si tu ne veux pas utiliser ton intelligence de la philosophie pour m'aider dans mon combat révolutionnaire, même si tu me balances aux flics en disant qu'il y a là une belle monnaie d'échange, que tu donnes une fille de terroristes qui peut renseigner sur la planque de ses parents, même s'il y avait tout ça…

Elle s'est arrêtée… Je me suis penché un peu pardessus la table.

– Oui ?…

– Même si tu foutais en l'air ma vie… Même si tu me trahissais…

Elle n'a pas terminé sa phrase. Ses lèvres ont happé les miennes. Je me suis laissé embrasser. Sa petite langue a forcé le barrage de mes dents. J'ai mordu sa lèvre inférieure et je l'ai sucée. Elle a poussé un petit cri. Elle s'est pleinement offerte à moi. Son bras qui cherchait ma nuque a glissé sur la table et avancé l'enveloppe kraft jusqu'à moi. Je ne l'ai pas repoussée, ni elle, ni l'enveloppe.

XV

Règlements de comptes à l'Imperator

Leïla avait téléphoné à Armelle pour savoir si nous pouvions profiter de l'intimité de l'appartement. Armelle s'était inclinée de bonne grâce, et elle nous avait même mis un petit bouquet de fleurs sur la table de la cuisine. L'appartement était envahi par les bouquins et les murs recouverts d'affiches de concerts punk. La chambre de Leïla était minuscule.

Nous avons fait l'amour très tendrement, très doucement, comme si c'était la première fois et comme si nous avions peur de nous briser. Le ciel était orange à cause de l'éclairage public et un peu de lumière passait par le Velux au volet déchiré. Quand Leïla monta sur moi et oscilla, au gré des vagues de plaisir, ses cheveux crépus et en bataille attrapaient un peu de la chaude couleur. J'avais l'impression d'un buisson en feu, crépitant par intermittence.

Il nous fallut redescendre et revenir à la réalité. Pour nous dessoûler de nos étreintes, nous bûmes un café dans le salon. Elle m'expliqua que l'enveloppe était destinée au sergent-chef Marchand. Je lui avais précisé qu'il m'avait semblé très abattu, déprimé, et qu'il avait renoncé à se battre. Elle n'en croyait pas un mot. Elle disait que c'était une stratégie parce qu'il ne me connaissait pas assez, et qu'il ne voulait pas donner l'impression d'être encore en révolte. Je lui dis aussi qu'il s'était débarrassé de tout un fatras de vieux papiers qu'il avait ramenés de là-bas, qui ne le concernaient pas, et qui avaient tous fini à la poubelle. Elle s'en félicita.

Elle ne m'avait pas dit précisément ce qu'il y avait dans l'enveloppe. Je supposais que c'était de l'argent, puisque Marchand m'avait expliqué qu'il n'avait aucun contact et pas de famille depuis qu'il était arrivé ici. Or, quiconque n'a pas d'argent, en prison, est indigent, condamné à travailler, à être exploité, humilié, méprisé. L'argent achète tout, dedans comme dehors. Au moment de prendre l'enveloppe, j'avais cependant été étonné de sentir sous ma main des formes, et un poids qui ne correspondait pas à une liasse de simples biftons.

– Un iPhone, elle me dit en haussant les épaules, un iPhone avec son chargeur.

Marchand était soigné… Pourquoi tant d'attentions ?… Elle me dit, d'une voix neutre, qu'il savait se servir d'armes de guerre, encadrer des troupes et qu'il avait la rage contre le colonialisme à la française… de tels types méritaient qu'on les soigne, disait-elle, car ils n'étaient pas nombreux.

J'étais reparti dans la nuit, car le paquet devait être livré impérativement demain après-midi. Leïla avait été très claire : je devais passer à quatorze heures au rez-de-chaussée du bâtiment où étaient les salles de classe. Là, je devais aller aux toilettes, avec l'enveloppe. Il y avait trois cabines. Je devais entrer dans la première à gauche, monter sur la lunette des chiottes. De là, j'étais assez haut placé pour desceller et soulever la plaque de polystyrène du faux plafond, située au-dessus de la chasse d'eau, glisser l'enveloppe. Après, je devais remettre la plaque, sortir des chiottes, et c'était fini.

En arrivant à la maison, je vis que la décapotable de Djèzonne était garée dans l'allée. Il était plus de deux heures du matin, et Djèzonne ne devait pas qu'étudier la programmation neurolinguistique avec Vanessa. Mais je m'en foutais. Je garai ma tire, en laissant assez de place à Djèzonne pour qu'il puisse sortir son espèce de suppositoire à autobus. Puis je fis suffisamment de bruit pour qu'ils aient le temps de se décoller et d'enfiler un slip. Je sortis de la bagnole avec l'enveloppe destinée à Marchand en sifflotant, contournai la piscine et ouvris la baie vitrée. Le salon était plongé dans le noir. J'entrai et cherchai l'interrupteur.

– Y a quelqu'un ?

Baoum ! Il y eut un éclair et un bruit assourdissant de verre brisé. *Baoum* !... *Baoum* !... D'un coup, jaillissant du noir, une forme, qui me percute de plein fouet dans le ventre. Je perds l'équilibre, le souffle coupé, et bascule dans la piscine. Je suis à moitié noyé. Je me débats dans la flotte. J'ai à peine le temps de sortir que j'entends démarrer la décapotable de Djèzonne. Je sors, secoué, trempé, tremblant, fou de rage...

– Oh mon bébé...

Vanessa éplorée, en nuisette de pilou-pilou ras la touffe, trotte vers moi.

Je me suis hissé hors de la baille, tant bien que mal. J'ai vu les dégâts. La baie vitrée descendue... Moi, rien de grave, des coupures superficielles, quelques côtes froissées. Je cherchai les douilles du flingue… Elles étaient là, encore. Du 22. Petit calibre. Mais suffisant pour m'envoyer *ad patres*.

– Ce petit enculé de Djèzonne a les chocottes et il a voulu me descendre…

Vanessa m'a regardé comme si je crachais des grenouilles en prophétisant la fin du monde.

– Oh bébé, mais tu délires…

– Allez, c'est bon, casse-toi, tu peux baiser avec qui tu veux. Dis à ton Djèzonne qu'il peut y aller, que je lui casserai pas un autre nez.

D'un coup, je me suis souvenu que j'étais entré avec l'enveloppe pour le sergent-chef Marchand, mais que dans la bagarre, elle avait disparu. Merde !… Coup d'œil affolé… Et là je l'ai vue, l'enveloppe, triste et solitaire, à flotter sur la piscine… J'ai plongé en rugissant. Je suis revenu avec mon trophée, dégoulinant et gorgé de flotte, et je me suis enfermé dans mon bureau. Il m'avait semblé, en la repêchant, que l'enveloppe était doublée de papier bulle. Ça laissait une chance à l'iPhone… Mais il fallait faire vite… Leïla m'en voudrait-elle si je changeais l'enveloppe ? Le plus important, c'était de s'assurer que le téléphone marchait bien… Dans le cas contraire, demain matin, j'irais en acheter un autre. J'ouvris la panse jaunasse et gondolée de l'enveloppe. Il y avait effectivement du papier à bulle. Je soupirai d'aise. Double soupir de contentement quand je constatai qu'il était emmailloté de ruban adhésif. Mais bon… Deux précautions valent mieux qu'une. Je fis une incision dans l'abdomen verruqueux de la bête… la pointe du stylet toqua sur quelque chose de dur. J'ouvris un peu plus. Je dégageai un truc en plastique noir, creux… Mais ça n'était pas un iPhone. Un iPhone n'est jamais creux.

– Qu'est-ce que c'est que cette merde…

Je sortis quatre, cinq éléments, compacts, tous en plastique… Mon cœur s'accéléra… merde merde merde… Les morceaux formaient un drôle de puzzle. Ils étaient assez faciles à remonter… Devant moi, la carcasse en polymère d'un Glock, d'un pistolet. Je secouai l'enveloppe sur mon bureau. Non, plus rien. Les éléments métalliques n'étaient pas dedans… Une liasse, en billets de cinq cents. À vue de nez, il y en avait bien pour cinquante mille. Je déchirai nerveusement l'enveloppe. Au fond, des gants. Des gants en Latex… Rien d'autre… Dans quelle souricière j'étais en train de me mettre, moi ?… Je regardai mieux le Glock, je tournai les pièces de la pointe du stylet… Un Glock 26, le modèle le plus compact, celui avec lequel j'avais tiré au champ de tir, avec Riccioli… Était-ce le même ?… Impossible de le savoir… mais purée, si c'était le même, alors il était salopé de toutes mes empreintes digitales… Combien j'avais vidé de chargeurs, moi, avec ce flingue ? Deux ? Trois ? Et Riccioli qui me l'avait fait manipuler dans tous les sens ! C'est sûr que mes empreintes devaient être partout… mais peut-être les siennes aussi ? Ce gros porc l'a touché aussi. J'essayai de me souvenir… Des gants ! Ce gros salaud était venu avec des gants. Lui n'avait laissé aucune trace !… Je revoyais la scène : Riccioli avec ses gants, sortant l'arme d'un sac plastique, me laissant tirer, et ensuite, une fois que l'arme était froide, la remettant dans le sac !… Il n'y avait là-dessus rien que mes traces de doigts… L'enfoiré !

Je me suis levé d'un coup et j'ai commencé à arpenter mon bureau.

– Tu délires, je me disais, tu délires… cette enveloppe, c'est pas Riccioli qui te l'a donnée, c'est Leïla !

Ils n'ont rien en commun ces deux-là… Riccioli, le gros beauf, avec son tatouage de para, et Leïla, gauchiste prônant la lutte armée, rien de commun !… Ou alors… Merde ! Leïla m'avait menti… Un iPhone ! Ah ! fumière ! Si elle m'avait menti sur ça, elle m'avait peut-être menti sur le reste… Sur Riccioli, et le reste ! Des bobards encore ce soir, encore la comédie ? Non pas possible… Au lit, par exemple, jamais on n'avait été comme ça, si doux… Pas possible… Et avant, au téléphone… « Je crois que je t'aime »… C'était pour m'appâter… Me faire mordre à l'hameçon en jouant sur les sentiments… L'odieuse… Elle bosse la main dans la main avec Riccioli, dans mon dos, elle essaye de me faire tomber pour un trafic d'armes, et en même temps elle me fait l'amour comme jamais… J'essayais de l'innocenter, Leïla, de lui trouver des circonstances, de me persuader… de quoi ? Elle est quoi finalement ? Grugeuse, au service de Riccioli qui veut ma peau… Sorte de putain de très haut vol engagée par lui pour me coincer ? Mais qu'est-ce qu'il me veut, Riccioli ? J'ai multiplié son chiffre par dix, vingt… Moi, obscur pékin qui se la joue cow-boy… Ou alors, Leïla, flic… Pour démanteler les réseaux de combats clandestins… Mais pourquoi encore épargner Riccioli alors qu'il en est le Grand Manitou – pire : pourquoi bosser avec lui ?… Ou alors Leïla vraie gauchiste, et la phase deux, c'est ma capacité à ne pas me contenter d'obéir aux ordres. À être capable de vérifier la valeur, la légitimité d'une mission. À refuser d'être un petit soldat… Leïla m'a donné cette enveloppe pour que je l'ouvre, et que je refuse cette mission… Un instant, je me convaincs de ce machiavélisme. Je me félicite d'avoir tout compris. Et si le colis est un colis bidon, pourquoi y glisser cinquante mille euros…

Je me suis assis, lentement. L'envie de vomir me revenait comme en sortant des Baumettes. Je ne comprenais rien. Je me posais des questions à voix haute. Dans le couloir, derrière la porte, j'entendis Vanessa qui venait de se lever et qui avançait à pas comptés sur le parquet. Elle devait flipper sa race.

– Et pourquoi ce flingue ? ruminais-je en tapant du plat de la main sur mon bureau.

J'essayais de mettre de l'ordre dans mes idées. Il n'y avait que deux possibilités. Première solution : Marchand tentait une évasion. Il recevait la carcasse. D'une manière ou d'une autre, il touchait ensuite les pièces métalliques et les cartouches, montait tout ça dans sa cellule. Ensuite, il tentait une sortie… Envisageable. Le pognon servait à sa cavale. Cohérent… Mais les gants, les gants de Latex ? Si Marchand tentait de s'évader, arme au poing, il s'en foutait de laisser ses empreintes, puisque de toutes les façons, ça allait vite se savoir qu'il s'était échappé avec une arme… Non, cette solution n'allait pas…

Il y avait alors une autre possibilité qui me vint à l'esprit. Je m'exclamai :

– On veut le tuer !…

De derrière la porte, Vanessa se rongeait les sangs. En m'entendant parler de meurtre, de flingue, elle devait s'imaginer des scènes de tueries ignobles, avec son Djèzonne percé d'un nombre de trous de balles infiniment supérieur à celui qui était le sien actuellement.

– Tout va bien mon chéri ?

– Va me chercher un Talisker.

J'entendis les petits pas trotter sur le parquet. Je repris le fil de mes déductions à voix haute :

– On veut tuer Marchand. On livre les pièces en polymère du Glock au tueur qui est déjà dans la place. Ça peut être un autre détenu, un maton… Tout est possible… On lui donne aussi les cinquante mille euros pour le contrat. Et le tueur…

Du bout de mon stylet je soulève les gants de Latex, mous, translucides, flaccides, dégoûtants…

– Et le tueur met les gants et abandonne le flingue avec mes empreintes…

Je me lève d'un coup. J'ai l'impression d'être une bête traquée…

– Mais pas moi, putain !… Pas moi, j'ai rien fait !…

Je regarde encore sur le bureau comme si quelque part la réponse était là. Les pièces du Glock. Les gants. Les cinquante mille euros. Je prends la liasse…

– Cinquante mille…

On frappe à la porte. Je hurle :

– ENTRE !!!

J'ai juste le temps de jeter un journal sur la carcasse du flingue. Vanessa entre avec le plateau et la bouteille. Elle voit la liasse, l'animal, attirée qu'elle est par tout ce qui brille.

– Pose ça là, et calte.

Elle s'exécute.

– Cinquante mille… C'est énorme pour un pauvre type… C'est quand même pas JFK… Qu'est-ce qui justifie que son assassin mérite cinquante mille ?… C'est plus un assassinat crapuleux à ce niveau-là… On boxe dans une autre catégorie… C'est politique ? Qu'est-ce que Marchand a à voir avec la politique ?

Bien sûr, je repense au Tchad. Je repense au dossier. Mais il n'y avait rien de compromettant. Des affaires vieilles de vingt ans. Rien à voir avec ce qu'a vécu Marchand et dont il pourrait témoigner. Il l'a reconnu lui-même : en 2008 il n'était rien qu'un lampiste. Un soldat chargé de défendre le palais présidentiel. Rien d'autre, pas de scandale avec l'exportation de diamants, avec l'enrichissement des partis politiques français avec l'or et le pétrole tchadiens… Qui veut la mort du sergent-chef Marchand ?… On ne tue pas pour cinquante mille euros un pousse-cailloux qui fait son boulot de chasse-nègre. Aurait-il tué quelqu'un ? Vu quelque chose ? Non. Son acte de désobéissance commence au moment où il sort de l'hélico et qu'il refuse de défendre le palais présidentiel. Il me l'a dit lui-même. Ensuite, il remonte dans l'hélico et revient sur sa base où il reçoit un savon de la part de ses chefs…

Tout tournait dans ma tête… Je me suis servi encore une lampée de Talisker… Peut-être relire le dossier bleu ? Pas une mauvaise idée. J'y verrai plus clair. Je fouille donc le bureau… Mais… impossible de mettre la main dessus… Et d'un coup… Merde ! Je me souviens… le dossier bleu, je l'ai bazardé à la poubelle !

– VANESSA !

La porte s'ouvre immédiatement. Tu parles qu'elle écoutait aux portes, la greluche, depuis qu'elle m'a vu avec une liasse comaque.

– Oui mon bébé ?…

– Va me chercher la poubelle et viens la vider ici.

Vanessa ne pose pas de questions. Il y a trop de pognon en jeu.

Ci-fait… Amoncellement de détritus à mes pieds.

Je fouille, à quatre pattes… Et le trouve. Il faut que je l'étudie de nouveau avec attention. Je le décortique. Des tas de paperasses sur l'accord de coopération militaire technique de 1960, sur l'article 4 du protocole additionnel de 1990… Je ne comprends rien à ces trucs… Je feuillette aussi un bref dossier de presse sur la disparition du très remuant président adjoint de la Ligue des droits de l'homme, avocat engagé, et retrouvé mort devant chez lui, deux ans après la prise de pouvoir… Les assassins jamais retrouvés… Une piste du côté des barbouzes de la DGSE, comme d'habitude… Des flopées de photos de bidasses français en tout genre… Un article de fond, signé d'un certain « Commandant X, 1er RPIMa/COS » qui détaille la guerre subversive. L'auteur y explique les ressorts psychologiques de la guérilla contre-révolutionnaire. Il s'oppose aux stratégies qui mobilisent des moyens considérables pour un combat permanent, explique la suprématie des interventions rares, brèves, espacées dans le temps et dans l'espace, mais extrêmement « propres » – c'est le mot qu'il emploie –, destinées à frapper, voire à traumatiser l'adversaire en minant ses ressources psychologiques, en lui donnant l'impression que, où qu'il soit, il peut être frappé avec une violence, une impunité et une efficacité extrêmes. Il conclut l'article par ces mots : « N'importe où, à n'importe quel moment, de manière exemplaire. » Ce que je perçois entre les lignes me glace les sangs, et je comprends que les militants du RFC aient pu conserver l'article. C'est une profession de foi de la DGSE en Afrique… Je continue de lire et de feuilleter… Paperasses, photocopies de procès-verbaux sur des exactions de soldats, sur des viols, des exécutions sommaires… Tout cela me donne la gerbe… Je feuillette. Fin du dossier bleu. Plus rien… Rien qui justifie une balle dans la tête à Marchand. Son nom cité nulle part, aucune mention des actions auxquelles il a pris part… Je reprends pour la énième fois le dossier… Mon regard erre sans but…

J'ai tout lu et relu… Rien… En désespoir de cause, je m'attarde sur la série de photos. Elles sont d'une nunucherie extrême : elles sont presque toutes posées, cadrage merdique, surexposition rapport au soleil, inintéressantes au dernier degré. Vie de régiment, gueuleton, apéros. Pas une photo en opération. Pas une charogne humaine… Alors quoi ?… Et les mecs sont souriants, aux côtés de soldats de la milice personnelle du dictateur. Au dos, parfois les dates, presque toujours de 1990, des noms, ou des initiales… Derrière l'une d'elles, ce commentaire laconique qui attire mon attention : « Retour de safari. Savane de Béhidi. Une belle pièce abattue. 1er RPIMa, 16 février 1992. » Je retourne. Un officier blanc, la trentaine, sourire hilare, en uniforme tchadien, flanqué, à gauche et à droite, de deux sous-officiers noirs, aussi en uniforme tchadien. Ils plaisantent, debout, les pouces rentrés dans les ceinturons, sous un beau soleil… Un retour de safari ? Une belle pièce abattue ? Je regarde encore… Logiquement, à leur pied, on attendait le lion, flapi et crevé d'une grosse balle en plein flanc… Au moins une gazelle, son beau cou gracile incliné et ses yeux à longs cils mi-clos sur la mort… Je retourne encore la photo… « Savane de Béhidi. » Le nom me dit quelque chose… Je jette un coup d'œil au Larousse en couleurs qui traîne sur le bureau. Carte du Tchad… Bodélé, Borkou, Kanem, jolies savanes à canne à sucre et patate douce, mais Béhidi, point… le nom d'un patelin, alors ? Faya-Largeau, Moussoro, Bousso, Laï, je veux bien, mais Béhidi, pas plus que de beurre en broche… Et pourtant ce nom… Je remonte plus avant dans les dossiers, pour en avoir le cœur net. Et *bing*, je tombe dessus ! Il n'y a jamais eu de savane Béhidi au Tchad. Béhidi, c'est Joseph Béhidi, le nom de l'avocat assassiné, le président adjoint de la Ligue des droits de l'homme. La date – 16 février 1992 – confirme cela… Je feuillette dans tous les sens. Des photos tombent. La voilà ! Je retourne encore la photo. Ces trois mecs… Ce sont les tueurs de Béhidi… Ils ont posé au retour de l'expédition punitive. Bouchers hilares sous le soleil d'Afrique… Ils me débectent. Leur sourire en banane surtout me débecte. Sourient-ils encore aujourd'hui autant ? Il s'est passé vingt ans… Ils ont dû prendre du bide… Ils sont peut-être morts… Condamnés ? Faut pas rêver ! Ou alors des représailles de la part des rebelles. Sur les deux Noirs, c'est possible, mais l'autre… Hmm… La couleur de peau fait office d'assurance-vie. Je regarde un peu mieux l'officier blanc… Un capitaine. Il devrait avoir la cinquantaine maintenant. Je l'imagine avec du bide… Ça ne me dit rien… Un détail, cependant. Son avant-bras. Un tatouage. Faut plisser des yeux pour voir… c'est un classique de la Légion, un de ceux qu'on grave à la pointe de couteau pendant l'ennui de la vie de caserne… Mon cœur s'accélère… une dague accrochée à un parachute… Bon Dieu… Je l'imagine, mon légionnaire français en habit de soldat tchadien, avec vingt ans de plus, avec une moustache en plus, avec trente kilos en plus… Et je l'ai devant moi… Riccioli !… Riccioli est le tueur de Béhidi !… Riccioli est l'officier français envoyé par la DGSE en 1992 pour supprimer les opposants politiques, de manière propre, avec – c'est quoi, les trois mots de l'article ? – « efficacité, impunité, violence exemplaire »…

Je me lève comme s'il y avait le diable devant moi. Je jette la photo au loin. Elle tombe à côté de la carcasse du Glock 26… Tout s'éclaire :

En 1990 le capitaine Riccioli de la DGSE est appelé sur le théâtre tchadien pour faciliter la prise du pouvoir par le dictateur Déby. Riccioli participe au coup d'État en encadrant des troupes françaises noires sous uniforme tchadien, avec d'autres officiers du Commandement des opérations spéciales et des légionnaires du 1er RPIMa. Il est lui-même issu du rang de leur bataillon, ainsi qu'en témoigne le tatouage. Il reste là-bas jusqu'en février 1992, date à laquelle il supprime l'opposant au régime Joseph Béhidi. Je suppose qu'ensuite, en raison de ses bons et loyaux services, on le rapatrie en France. On le rapatrie d'autant plus vite que ses photos souvenirs ont été dérobées et qu'il va vivre, dorénavant, jour et nuit, avec la frousse que quelqu'un les révèle. Vingt ans après, en 2008, le sergent-chef Marchand refuse de participer aux opérations militaires néocoloniales. Il est mis aux arrêts, croupit en prison parce qu'il n'a ni soutien ni famille, approché par le mouvement de rébellion qui lui met entre les mains le dossier compromettant de Riccioli. Mais Marchand n'est pas assez futé pour le comprendre. Il n'y voit rien qui puisse aider son cas personnel. En revanche, de son côté, Riccioli est mis au courant que Marchand est dépositaire des documents. Il veut les récupérer, c'est une affaire personnelle. Et cette affaire personnelle se double d'une affaire politique : il faut montrer aux rebelles du RFC qu'ils n'ont pas l'impunité, et que les services spéciaux français peuvent les atteindre « n'importe où, n'importe quand ». Le cas Marchand servira de piqûre de rappel… Avec ses relations dans les ministères, Riccioli parvient à transférer Marchand des geôles tchadiennes à la maison d'arrêt de Nîmes. Pendant tout le temps nécessaire au déplacement de

Marchand, Riccioli me repère et me recrute. Il me corrompt, je deviens porteur de valises et d'enveloppes ; je tire avec l'arme qui servira à tuer Marchand. Au jour J, c'est moi qui, sans le savoir, apporterai l'arme à un tueur dans la prison. La mission une fois exécutée, l'arme sera abandonnée sur le site. Le contre-espionnage français aura beau jeu de prendre pour cible le RFC – et comme il bénéficie de moyens quasiment illimités et qu'il peut agir à la marge de la légalité sur le territoire national et avec ses propres ressortissants, ce ne sera pas difficile pour lui de supprimer tous ceux qui s'approchent un peu trop près de la vérité.

Mais l'arme n'est pas complète. Il manque les cartouches et les fûts métalliques, canon, ressort, etc. Qu'à cela ne tienne, la bonne vieille technique des « bombes » dont m'avaient parlé les Romanos doit être efficace. Rassembler toutes les pièces manquantes dans la balle de tennis, ça doit pouvoir se faire avec le Glock le plus compact de sa génération. Combien m'avait dit Riccioli ? Un canon de huit centimètres ? Broutille ! Je réfléchis encore. À quelle heure je dois déposer la carcasse ? À quatorze heures. La sortie en promenade, le matin, est à dix heures. Je suis à peu près certain qu'une bombe sera lancée dans la cour de promenade le matin à dix heures. L'exécuteur assemble les pièces l'après-midi, et il tue le soir…

Et le rôle de Leïla ?… Une Mata Hari… Une pute de luxe au service de la DGSE, histoire de bien me ferrer, d'être sûrs que j'exécute toutes les étapes de la mission sans renâcler… Riccioli était capitaine à la DGSE… Sans doute Leïla l'est-elle également, peut-être d'un grade inférieur. Mais de m'avoir bien baisé, ça va lui apporter du galon… Ah la jolie salope… Elle n'est ni femme de bandit, ni flic, ni gauchiste… Rien que barbouze de haut vol… ma jolie petite barbouze…

Les abeilles me prennent… là, dans mon bureau. Je gueule après Vanessa. Elle arrive.

– Oui mon bébé ?

– Djèzonne, il est reparti à Montpellier ?

– Hein ?…

– Fais pas la conne. Où il est ?

– Oui, elle me dit comme une petite fille qui attend la mandale après s'être fait gronder.

– Dis-lui de revenir, avec son flingue.

– Avec son… flingue ? Mais s'il veut pas.

– Dis-lui que s'il n'est pas là dans une demi-heure, je te baise sur les cendres ardentes de sa boîte de com.

Vanessa songe fugitivement à ce que cette nouvelle expérience pourrait lui procurer, hésite brièvement en se mordant les lèvres, mais s'en va téléphoner.

Moi, pendant ce temps, j'allume bécane, scanner et imprimante, je retrousse mes manches et je passe ce qui me reste de la nuit à faire des tas de petits frères et de petites sœurs au dossier bleu…

J'étais à peu près certain que Riccioli était là cette nuit, à Nîmes. Il avait besoin d'être sur le « théâtre d'opérations » pour s'assurer, à l'heure de la promenade, que la « bombe » soit bien lancée et bien réceptionnée. Il devait aussi guetter mon entrée pour quatorze heures… En bon chef d'état-major, il lui fallait un poste de campagne d'où tout surveiller, où il était facile de le contacter, jour et nuit. Ça ne pouvait pas être ailleurs que l'Imperator…

Je me suis présenté à la réception à neuf heures pétantes, avec une sacoche en bandoulière.

– Un Chronopost pour monsieur Riccioli à signer par le destinataire.

– Chambre 212, deuxième étage, sur votre droite.

Enfantin.

J'arrive à hauteur de la porte. Je jette un coup d'œil au verrou. Il n'est pas tiré. La porte est donc ouverte. Je ne crois pas que Riccioli soit un mec à dormir la porte ouverte, il a trop de secrets sous l'oreiller. C'est donc que quelqu'un est déjà entré et lui rend visite… Trop tard pour faire demi-tour. J'ouvre en grand la lourde d'un bon coup de saton.

– Debout là-dedans, c'est le facteur !

Devant moi, Riccioli, la gueule ouverte, avec un croissant encore tout dégouttant de chocolat chaud. Et en face de lui, partageant son petit déj, Leïla…

– Tiens tiens, comme on se retrouve, je leur dis, la chèvre et le légionnaire… Joli tableau.

Riccioli se lève d'un coup, bazardant au petit bonheur tasse, croissant et chocolat, il se jette sur sa veste, accrochée à un revers de chaise. Mais je sors le Beretta 70 de Djèzonne et le lui fourre sous le pif.

– Désolé, Riccioli, je suis le plus rapide cette fois-ci… Jusqu'à présent j'ai été un peu lent, mais aujourd'hui, j'ai décidé de me rattraper.

– Qu'est-ce qui te prend, espèce de petit con ?! Baisse le calibre et viens discuter.

Je ne baisse pas le calibre d'un millimètre.

– Votre guerre n'est pas la mienne. Démerdez-vous avec qui vous voulez pour défendre les intérêts français en Afrique noire, mais comptez pas sur moi pour aider à dessouder Marchand.

Il éclate de rire.

– Je vois que t'as ouvert l'enveloppe…

Il s'est tourné vers Leïla :

– Ah félicitations ! Ton protégé, on peut vraiment lui faire confiance, puis s'adressant à moi : Et qu'est-ce que tu vas faire maintenant ?

– Simple. Je détruis la carcasse du Glock. C'est du plastique, je la passe au four. Elle fond, mes empreintes disparaissent avec. Après je me casse avec les cinquante mille euros. Il y a bien de quoi refaire sa vie ailleurs, pas vrai ?

Riccioli éclate de rire.

– Et l'*autre flingue* ?

Je n'ai pas le temps de répondre qu'il continue son explication :

– Le Sig Sauer volé à un flic allemand ! Tu sais bien ! Le Sig Sauer qui a dû servir à de belles saloperies, et qui est plein de tes empreintes… C'est vrai qu'il a un sale passé, ce flingue… Il a été volé à un flic boche, et ensuite il a été retourné contre lui… Dis donc, Lazare Vilain, tu te vois, toi, partir en cavale, à plus forte raison à l'étranger, avec un dossier Interpol sur le dos, comme tueur de flic ? Les mauvaises vacances que tu vas passer ! Allez, va… cesse de faire le con… Va remettre le Glock dans une enveloppe et va le poser où on t'a dit… Efface les empreintes si tu veux… je m'en fous, j'ai les tiennes sur le Sig… Eh ! Le pognon, tu le laisses, par contre, hein ? Rodolphe… Rodolphe, tu sais le petit maton si charmant, il en a besoin pour exécuter le contrat et se payer une lune de miel en Thaïlande… Si tu veux, toi, je t'en donne du pognon… Qu'est-ce qui te ferait plaisir ? Hein, dis-moi, Vilain ? T'as déjà la gérance du club à Rocky, t'as dix pour cent sur les matchs, bientôt tu vas négocier avec les Gitans… Mais ce mec a un appétit d'ogre, moi je te le dis, Leïla... Au lit, ça doit être quelque chose...

Je ricane. Riccioli prend la barre au front, cette barre de concentration qui signe les mauvais jours.

– Quoi ? Qu'est-ce qu'il y a ? Ça te fait rire ?

Je fouille dans ma sacoche. J'en sors la photo du safari Béhidi, et je la balance au milieu des croissants et du chocolat. D'un coup, je sens que la bascule s'inverse.

– Tiens, capitaine Riccioli, y a bon Banania.

– Qu'est-ce que c'est que ça ?... il mord sa moustache, s'empourpre, se jette sur la photo en poussant un rugissement, et la déchire rageusement.

Je continue de rigoler.

– Faudra aussi penser à déchirer l'original... Et les notes qui vont avec... Et toutes les copies qui attendent ici et là... S'il m'arrive quoi que ce soit, les copies sont balancées aux journalistes les plus féroces de la presse papier, télé et internet...

Leïla se lève.

– Bouge pas, je lui dis, t'approche pas de moi, Machine... Femme de truand-flic-gauchiste-barbouze... Toi qui prends le petit déjeuner avec un agent du colonialisme qui te fait tant gerber... Tu me dégoûtes...

– J'ai pas choisi, Lazare, elle me dit d'une petite voix triste, j'ai pas choisi... C'est lui, il m'a fait chanter... Il a un dossier sur moi.

– Conneries... que je lui dis. Ça marche plus, Leïla, ça marche plus... T'essayes encore de m'emberlificoter avec tes salades, mais tu vis que dans le mensonge et la dissimulation...

– Crois-moi... Je t'en prie.

Elle se lève, je la pointe du flingue et je recule d'un pas.

– N'avance pas.
– Tu n'oseras pas tirer.
Elle esquisse encore un pas. Imperceptiblement, mon arme se dévie d'elle. C'est Riccioli que je pointe, et seulement lui. Le capitaine est toujours assis sur sa chaise, à souffler comme un phoque. Leïla est tout près de moi. Je sens la chaleur de son visage, de son souffle. Elle me murmure, les yeux brillants de larmes.
– Emmène-moi loin de lui.
Mon flingue est toujours braqué sur Riccioli. Je vois Leïla avancer tout doucement vers moi. Je suis tétanisé, paralysé. C'est quoi ?... L'amour ?... Elle vient poser tout doucement sa tête contre mon épaule. Elle pose une main sur ma poitrine. Elle inspire, elle cherche mon odeur, les yeux fermés. Son autre main est posée sur mon bras qui tient l'arme, sa main légère sur mon bras, comme un oiseau sur sa branche.
– S'il te plaît, elle me supplie dans un soupir.
Je sens son cœur battre contre le mien... Toutes mes meilleures résolutions s'effritent et partent en poussière. L'espace d'un instant, j'inspire l'odeur de tabac et d'épices de son épaisse chevelure brune... Je vois le visage des petits vieux des Baumettes qui hurlent mais leurs bouches ne profèrent plus aucun bruit. Je ne sais plus quoi penser... Je ne sais plus penser... Je recule encore, avec Leïla collée à moi. Je suis contre la porte maintenant.
– C'est compris, Riccioli ? Si tu sors le Sig Sauer tueur de flics, si tu essayes de me coincer avec, alors je te sors les dossiers. Ah ! Et j'oubliais, arrange-toi pour libérer Marchand. Il a assez payé pour son courage...
De ma main libre, j'ouvre la porte. Je suis dans le couloir. Leïla est avec moi. Légère... Si elle veut, de

sa main posée sur mon bras droit, elle peut dévier le coup, Riccioli peut sauter, venir au corps à corps. Le coup peut partir… Ça peut être un désastre… Bien sûr, je sais tout ça… Bien sûr, je sais ce qui risque de m'arriver, si je suis pris dans un hôtel, armé, avec deux officiers du renseignement… Je suis bon pour vingt ans derrière les barreaux… mais l'odeur des cheveux de Leïla… Elle me prend par la nuque. Je ferme les yeux… J'entends le loquet de la porte qui se referme… Sa chaude respiration contre le lobe de mon oreille… Je suis là, corps chaud contre le sien. Ma main armée descend. Je glisse mes deux mains sous son pull. Je sens sa peau satinée. Le contact glacé du métal de l'arme contre sa chair la fait frissonner.

– Merci, elle me dit, et elle m'embrasse sur les lèvres.

– De quoi ?

– D'avoir accompli la phase deux.

Je suis dans le couloir. Elle est à mes côtés. Si elle veut, elle peut me sauter dessus, appeler à l'aide, crier qu'on l'assassine, et je suis cuit. Mais j'en peux plus. J'ai comme des étourdissements. Je m'adosse à un mur. Crevé je suis. À sa merci… Je suis mordu d'elle…

– C'était quoi, la phase deux ? je lui demande entre deux baisers.

– De me libérer de Riccioli. Il savait tout sur mon passé. Il me faisait chanter pour mes parents… Que je balance les opérations auxquelles ils ont participé, les planques… Ou bien je montais avec lui l'exécution de Marchand, ou bien il me coffrait pour complicité avec entreprise terroriste.

– Et moi, là-dedans ?

– Je t'ai recruté pour que tu me sortes de ce merdier. Je n'ai jamais douté de toi. Merci.

– Rien d'autre à me dire ?

– Si…

– Alors dis-le…

– Je t'aime.

Table

RÉALISATION : IGS-CP À L'ISLE-D'ESPAGNAC
IMPRESSION : CPI BRODARD ET TAUPIN À LA FLÈCHE
DÉPÔT LÉGAL : JANVIER 2013. N° 107712 (70751)
IMPRIMÉ EN FRANCE

Éditions Points

Le catalogue complet de nos collections est sur Le Cercle Points, ainsi que des interviews de vos auteurs préférés, des jeux-concours, des conseils de lecture, des extraits en avant-première…

www.lecerclepoints.com

DERNIERS TITRES PARUS

P2922. Les Enquêtes d'Erlendur, *Arnaldur Indridason*
P2923. Intermittence, *Andrea Camilleri*
P2924. Betty, *Arnaldur Indridason*
P2925. Grand-père avait un éléphant
Vaikom Muhammad Basheer
P2926. Les Savants, *Manu Joseph*
P2927. Des saisons au bord de la mer, *François Maspero*
P2928. Le Poil et la Plume, *Anny Duperey*
P2929. Ces 600 milliards qui manquent à la France
Antoine Peillon
P2930. Pensées pour moi-même. Le livre autorisé de citations
Nelson Mandela
P2931. Carnivores domestiques (illustrations d'OlivSteen)
Erwan Le Créac'h
P2932. Tes dernières volontés, *Laura Lippman*
P2933. Disparues, *Chris Mooney*
P2934. La Prisonnière de la tour, *Boris Akounine*
P2935. Cette vie ou une autre, *Dan Chaon*
P2936. Le Chinois, *Henning Mankell*
P2937. La Femme au masque de chair, *Donna Leon*
P2938. Comme neige, *Jon Michelet*
P2939. Par amitié, *George P. Pelecanos*
P2940. Avec le diable, *James Keene, Hillel Levin*
P2941. Les Fleurs de l'ombre, *Steve Mosby*
P2942. Double Dexter, *Jeff Lindsay*
P2943. Vox, *Dominique Sylvain*
P2944. Cobra, *Dominique Sylvain*
P2945. Au lieu-dit Noir-Étang…, *Thomas Cook*
P2946. La Place du mort, *Pascal Garnier*
P2947. Terre des rêves (La trilogie du Minnesota, tome 1)
Vidar Sundstøl

P2948. Les Mille Automnes de Jacob de Zoet, *David Mitchell*
P2949. La Tuile de Tenpyô, *Yasushi Inoué*
P2950. Claustria, *Régis Jauffret*
P2951. L'Adieu à Stefan Zweig, *Belinda Cannone*
P2952. Là où commence le secret, *Arthur Loustalot*
P2953. Le Sanglot de l'homme noir, *Alain Mabanckou*
P2954. La Zonzon, *Alain Guyard*
P2955. L'éternité n'est pas si longue, *Fanny Chiarello*
P2956. Mémoires d'une femme de ménage
Isaure (en collaboration avec Bertrand Ferrier)
P2957. Je suis faite comme ça, *Juliette Gréco*
P2958. Les Mots et la Chose. Trésors du langage érotique
Jean-Claude Carrière
P2959. Ransom, *Jay McInerney*
P2960. Little Big Bang, *Benny Barbash*
P2961. Vie animale, *Justin Torres*
P2962. Enfin, *Edward St Aubyn*
P2963. La Mort muette, *Volker Kutscher*
P2964. Je trouverai ce que tu aimes, *Louise Doughty*
P2965. Les Sopranos, *Alan Warner*
P2966. Les Étoiles dans le ciel radieux, *Alan Warner*
P2967. Méfiez-vous des enfants sages, *Cécile Coulon*
P2968. Cheese Monkeys, *Chip Kidd*
P2969. Pommes, *Richard Milward*
P2970. Paris à vue d'œil, *Henri Cartier-Bresson*
P2971. Bienvenue en Transylvanie, *collectif*
P2972. Super triste histoire d'amour, *Gary Shteyngart*
P2973. Les Mots les plus méchants de l'Histoire
Bernadette de Castelbajac
P2974. La femme qui résiste, *Anne Lauvergeon*
P2975. Le Monarque, son fils, son fief
Marie-Célie Guillaume
P2976. Écrire est une enfance, *Philippe Delerm*
P2977. Le Dernier Français, *Abd Al Malik*
P2978. Il faudrait s'arracher le cœur, *Dominique Fabre*
P2979. Dans la grande nuit des temps, *Antonio Muñoz Molina*
P2980. L'Expédition polaire à bicyclette, *Robert Benchley*
P2981. Karitas, livre II – L'art de la vie
Kristín Marja Baldursdóttir
P2982. Parlez-moi d'amour, *Raymond Carver*
P2983. Tais-toi, je t'en prie, *Raymond Carver*
P2984. Débutants, *Raymond Carver*
P2985. Calligraphie des rêves, *Juan Marsé*
P2986. Juste être un homme, *Craig Davidson*
P2987. Les Strauss-Kahn, *Raphaëlle Bacqué, Ariane Chemin*